ロマン主義文学と絵画

19世紀フランス「文学的画家」たちの挑戦

村田京子

新評論

はじめに

フランス文学と芸術の関わりは深く、画家、音楽家、彫刻家を主人公とする芸術家小説をはじめとして、美術や音楽に関連する作品が数多く見出せる。本書では、絵画が一九世紀フランス文学の中でどのように扱われているのかを、「近代小説の祖」と呼ばれるオノレ・ド・バルザック（一七九九－一八五〇）の作品を中心に見ていきたい。バルザックは生涯に約九〇篇の作品を生み出し、それら全体を体系づけて『人間喜劇』と呼んだが、そこで言及される画家や彫刻家、およびその作品は二〇〇近くにのぼる。しかもその時代的範囲は古代（ミロのヴィーナス像）から同時代（ロマン主義のウジェーヌ・ドラクロワや新古典主義のドミニク・アングルなど）までと幅広い。その中でも目を引くのが、女性を描写する手法である。バルザックは女性の美を表現する際、しばしばラファエロの聖母像などの絵画を引き合いに出している。それはバルザックに限らず、テオフィル・ゴーチエやスタンダールなど、同時代の多くの作家に共通している。

しかし、小説作品の人物描写において絵画の比喩が用いられるようになったのは、実はバルザックの生きた時代、すなわち一九世紀前半以降のことに過ぎない。その背景にはいくつかの要因があった。一つはサロン（官展）の影響である。サロンという呼び名は、ルイ一五世の時代に遡り、一七三七年にルーヴル宮殿の「正方形の間（Salon carré）」で王立絵画彫刻アカデミーが主宰する美術展が開催されたことに由来する。フランス革命で王立アカデミーが廃止された後もサロンそのものは存続し、定期的に美術展が開かれていた。サロンは画家たちの登竜門であり、そこで当選し、注目を浴びた画家の作品は、国や貴族階級、裕福なブルジョワ階級に買い上げられた。画家はそれを機に富裕層から作品を受注し、生活の糧とすることができた。革命前はアカデミー会員しか出展できなかったが、一七九一年からは誰でも自由に参加できるようになり、サロンは拡大の一途を辿っていく。とりわけ一八三〇年の七月革命後は、経済的覇権を確立したプチ・ブルジョワたちが文化的教養を求めてサロンに殺到するようになる。それはまさに「芸術の大衆化」であった。

それに加えて、革命後に一般開放されるようになったルーヴル美術館は、当時からすでにイタリア・ルネサンス絵画の宝庫であり、人々に様々な名画に接する機会をもたらした。さらに複製画やリトグラフ（石版画）の普及で、小説の読者である大衆にとっても、絵画はより一層身近な存在となった。その結果、小説の中で読者に登場人物のイメージを喚起させるために、絵画を比喩として使うことが可能になる。例えば「彼女は、ダ・ヴィンチのモナリザのような神秘的な微笑を口に浮かべていた」などという表現が通用するためには、モナリザのイメージが広く認知されていることが前提となるからだ。一九世紀の作家たちはサロンに足繁く通い、そこに展示された絵画を解釈し、そのイメージを自らの作品に織り込んでいった。

文学作品で絵画が言及される場合、それがどのようなメタファーとして使われているのか、見定める必要がある。そこには芸術的要素だけではなく社会的要素が含まれる。とりわけ人物像には、「男らしさ」「女らしさ」に関する作家の考え方や当時の社会的通念が無意識のうちに投影されている。第一部では、バルザックの作品における人物描写と絵画との関係を見る際に、こうしたジェンダーの観点を意識していきたい。また第二部では、バルザックと同時代のロマン主義作家テオフィル・ゴーチエやマルスリーヌ・デボルド=ヴァルモール、ジュルジュ・サンドの作品を取り上げ、絵画受容におけるバルザックとの違いを明らかにしたい。特にデボルド=ヴァルモールとサンドに関しては、男性作家とは異なる女性作家の視点に焦点を当てていく。

ロマン主義時代は詩人、作家、画家、彫刻家、音楽家などが、分野を超えて創造行為を行う「芸術家」として連帯し、互いに影響を及ぼし合った時代である。本書では、そうしたロマン主義の文学作品と絵画との相関性を探ることで、文学作品の読解に新たな視角を加えるとともに、当時の社会における芸術の意味をも浮かび上がらせることができればと思う。

ロマン主義文学と絵画／目次

第二部　ロマン主義作家と絵画

第一部　『人間喜劇』と絵画

バルザックは、同時代の他の作家と同様に、サロンに足繁く通った。サロンは彼にとって絵画の知識を深める場であると同時に、作品の題材を見出す場でもあった。『ウジェニー・グランデ』（一八三三）の序文には、次のようなくだりがある。

> 文学的画家がこれまで、田舎暮らしの素晴らしい情景を描くのを断念してきたのは、軽蔑や観察力の欠如のせいではない。恐らく能力がなかったせいであろう。〔…〕一見したところあまり精彩がない（peu colorées）が、その細部や［色彩の］半濃淡（demi-teintes）が、最も巧みな絵筆のタッチ（touches du pinceau）を必要とするような人物像が存在する。それを描くためには、そしてこれらの光景（tableaux）において彼らの灰色の影とその明暗（clair-obscur）を再現するには、〔…〕様々な準備と途方もない入念さが必要ではなかろうか。また、このような人物描写のためには、古代の細密画（miniature）の精巧さが必要となるのではないだろうか。[1]

バルザックはここで、作家を「文学的画家（peintres littéraires）」という言葉で表現し、「書く行為《エクリチュール》」を絵画の専門用語を使って説明している。つまり彼は、絵筆の代わりに言葉を使って、画家と競おうとしていた。

しかし、多くの批評家が指摘しているように、バルザックにはテオフィル・ゴーチエやシャルル・ボードレール（一八二一－三九）のような美術批評を書けるほどの芸術的素養もなければ、美学的センスも備わっていなかった。彼はむしろ絵画を感覚的に捉え、そこに描かれた人物に感情移入し、一つの物語を見出そうとした。ボードレールが語る次のようなエピソードが、それを如実に物語っている。

> 聞くところによると、〔…〕バルザックはある日、一枚の美しい絵——掘っ立て小屋と貧しい農民の姿が所々に見える、雨氷に覆われた非常にメランコリックな冬の絵——の前に立ち、細い煙が立ち上る小さな家を

じっと見つめた後で、こう叫んだという。「何と素晴らしい！　でも彼らはこの小屋で何をしているのだろう。彼らは何を考えているのか。どんな苦悩を抱いているのか。収穫は多かったのだろうか。ひょっとして、支払い期限のきた借金を抱えているのではないだろうか」(2)。

いかにも莫大な借金に生涯苦しんだバルザックらしい感想である。このように、絵画はバルザックにとって、物語のテーマや登場人物のイメージを自分の内に想起させ、作品を生み出す一種の起爆剤として働いている。さらにこのエピソードは、『ファチーノ・カーネ』（一八三六）の冒頭に出てくる次のような場面を彷彿とさせる。

> 一一時半から真夜中にかけて、アンビギュ＝コミック座から連れ立って帰宅する職人の夫婦に出くわしたりすると、私は［…］よく自分から進んでその後について行った。律儀そうな夫婦は、最初はもっぱら今観てきた芝居について言葉を交わしている。が、やがて話はそれからそれへと進み、二人の会話はいつしか自分たちのことに行き着くのだった。［…］夫婦は翌日自分たちに支払われるはずの金を胸算用し、あれやこれや二〇通りもの使い道を相談する。ついで暮らしの細々したことに話題を転じ、じゃがいもの値段が法外に高いことや、冬の終わる気配が一向になく、泥炭が値上がりしていることへの苦情が始まる。［…］そしていつしか会話も険悪化し、二人はしきりに言葉を連ねて、持って生まれた性格を互いに曝け出すのだった。こうした人たちの話を聞くと、私は彼らの生活をそのままそっくり自分自身のものとすることができた。彼らのぼろ着を纏い、彼らの穴のあいた靴を履いて歩くのだった。彼らの願いや欲求など、そのすべてが私の心の中に入り込ん

（1）傍点引用者、以下同。
（2）Charles Baudelaire, *Curiosités esthétiques. L'Art romantique*, Classiques Garnier, 1990, p.216.

> でくるのだった。いやむしろ、私の心が彼らの中に入り込んでいったと言うべきだろう。［…］自分の日頃の習慣を捨て、精神を酔わせて自分とは別の人間になること、そして思うがままこのゲームに取り組むこと、それが当時の私の気晴らしだった。私はこの能力を何に負っているのか。これが第二の眼と呼ばれているものだろうか。この力はみだりに行使すると、人を狂気に至らしめる類いの能力だろうか。今まで私は、その源泉を探ってみたことはない。私はその能力を持ち、それを行使している、ただそれだけである。

貧しい苦学生の独白の形をとったこの場面は、作家自身の創作過程の一端を垣間見させるものとして有名である。作者の修業時代が投影されているらしき語り手の「私」は、自分の前を歩く労働者夫婦の会話を聞くうちに、自らの魂が相手の魂に乗り移り、彼らの生活、その望みや苦悩を自分のものとして感じることができた。バルザックはこうした直感的な洞察力を「第二の眼」と呼んだが、彼はこの力を使って、小説空間において様々な階級の老若男女二〇〇〇人にのぼる登場人物を創造したのである。そしてボードレールによれば、バルザックは絵画の中の人物たちの生活も、同じ能力を発揮して「自分自身のもの」にしようとしていた。

ピエール・ローブリエが指摘しているように、バルザックにとって「見ることは、結果を超えて原因に到達することであり、見かけの裏に潜む本質を見抜くこと」[3]であった。それゆえ、バルザックが小説の中で絵画を援用する目的は、単に視覚的イメージを読者の脳裏に浮かび上がらせ、想像力を掻き立てるためだけではない。彼の作品では、絵画的表象が心理的メタファーとなって登場人物の性格を表し、その運命すら予告する場合もある。

以下の第一部では、バルザックが『人間喜劇』で絵画をどのように援用し、どのような意味を付与したのかを探っていきたい。第一章では『人間喜劇』の中で初めて画家が登場する『毬打つ猫の店』、第二章ではプッサンやポルビュスといった実在の画家が登場する絵画小説『知られざる傑作』を取り上げ、これらの作品と関わりのある画家および絵画と結びつけながら、小説を読み解いていく。第三章では、「画家のアトリエ」が舞台となる『ラ・

ヴェンデッタ』を取り上げる。そのモチーフは、第二部で扱うマルスリーヌ・デボルド=ヴァルモールの『ある画家のアトリエ』とも関連するものである。

画家フレノフェール（1845年フュルヌ版『知られざる傑作』挿絵）

（3）Pierre Laubriet, *Un catéchisme esthétique. Le Chef-d'œuvre inconnu de Balzac*, Didier, 1961, pp.90-91.

第一章 「無垢な処女像」の悲劇
——『毬打つ猫の店』

1 理想の処女像

『毬打つ猫の店』は一八三〇年四月に、他の五つの短編——『ラ・ヴェンデッタ』、『不身持ちの危険』（後の『ゴプセック』）、『ソーの舞踏会』、『貞淑な妻』（後の『二重家族』）、『家庭の平和』——とともに、『私生活情景』と題した短編集に収録されて出版された。当時は『栄光と不幸』というタイトルであったのが、一八四二年に『人間喜劇』に収められる時、『毬打つ猫の店』に改題され、それ以降、『人間喜劇』の巻頭を飾る作品となっている。

物語の冒頭では、パリのサン＝ドニ街に店を構えるラシャ商人ギヨーム一家の住む古い建物が「一六世紀のブルジョワ階級の遺物」として詳細に描写される。続いて、その店先に早朝から佇むダンディな出で立ちの青年が登場する。バルザックは、この青年のポルトレ（人物描写）の中で、彼の「黒い巻き毛」を「カラカラ帝のような髪形」と形容し、それを「今世紀初頭に顕著だった古代ギリシア・ローマ様式への熱狂とダヴィッド派によってもたらされた流行」によるものとしている。新古典主義の画家ジャック＝ルイ・ダヴィッド（一七四八－一八二五）は、ナポレオンの主席画家を務め、《ナポレオンの戴冠式》を描いたことで有名だが、古代ギリシア・ローマを題材とした絵画も多く残している。青年の短い巻き毛姿が、古代ローマのカラカラ帝（図1）や、ダヴィッドの《テルモピュライのレオニダス》（図2）を彷彿とさせるものとして描かれている。バルザックがここでダヴィッドに言及しているのは、この青年がローマ賞を獲得して七年間ローマに滞在し、パリに戻ってきたばかりの画家であることの伏線となっている。やがて青年の友人として、ダヴィッドの実在の弟子アンヌ＝ルイ・ジロデ（一七六七－一八二四）が言及され、彼の絵画が物語と深く関わっていることが明らかにされていく。

この青年は、テオドール・ド・ソメルヴィユという名の貴族で、数か月前に偶然ギヨームの店の前を通りかかった時に、自分の追い求めていた「慎ましく物想いに耽る処女」をギヨームの娘オーギュスチーヌの内に見出す。彼女を一目見ようと、早朝から店の前に立っていたソメルヴィユの念願叶い、やがてオーギュスチーヌが四階の窓辺に顔を出す。

図1　カラカラ帝の彫像（212），ナポリ国立考古学博物館／図2　ジャック＝ルイ・ダヴィッド《テルモピュライのレオニダス》（1799-1803, 1813-14），ルーヴル美術館。画面中央がスパルタ王レオニダス1世（?-B.C. 480）

水の中で花開いた白い花冠のように瑞々しい若い娘が姿を現した。頭には皺の寄ったモスリンのヘアバンドを巻いていたが、そのおかげで娘の顔はうっとりするほど無垢な様子を帯びていた。彼女の首と両肩は茶色の布に包まれてはいたが、眠っている間によじれたのか、僅かな隙間から肌がのぞいていた。いかなる気詰まりな表情も、この顔の天真爛漫さとこの眼の平静さを損ねはしなかった。その眼はラファエロの崇高な作品の中で予め不滅のものとなっていた。それは周知のあの聖処女たちと同じ優雅さ、同じ平静さであった。

『人間喜劇』に登場する女性のポルトレにおいて、最も多く言及される画家がラファエロである。「人間喜劇総序」（一八四二）に「多くの処女を創り出すのはラファエロでなければできない業だ」とあるように、

図3　ラファエロ・サンティ《サン・シストの聖母》（1513-14頃），アルテ・マイスター絵画館（ドレスデン）／図4　ポーリニエ《聖母像》（1834），個人蔵。ジロデの聖母像は現存せず，複数の模写が残るのみである

その聖母像は、バルザックが「処女」を描く際のクリシェとなっている。ラファエロの数ある聖母像の中でもバルザックが最も惹かれたのは、ドレスデンの美術館に展示されている《サン・システの聖母》（図3）であった。彼が実際にドレスデンを訪れてこの聖母像を見たのは晩年のことだが、当時、その精巧な複製版画が出回り、バルザックもそれを所有していた。このラファエロ最後の聖母像では、子イエス・キリストを腕に抱いて雲の上に立つ聖母が、サン・シストの指し示す地上に今まさに降り立とうとしている。動じることなく正面をまっすぐ見つめる聖母の眼は、バルザックがオーギュスチーヌの表情に与えた「優雅さ」と「平静さ」を湛えている。このようにバルザックの作品世界では、ラファエロの聖母像は「純潔」「優雅さ」「天真爛漫」「平静さ」「静かな喜び」「慎み深さ」といった性質を表していた[1]。

　オーギュスチーヌに魅入られてソメルヴィユが描いた彼女の肖像画に関しては、バルザックはジロデの聖母像（図4）を念頭に置いていたとされる。確かに、眼を伏せ、薄茶色の布で慎み深く胸元を隠す聖母は、「茶色の布」を纏ったオーギュスチーヌの姿と重なる。彼女はまさにソメルヴィユが理想とする「慎ましく物想いに耽る処女」を具現している。ソメルヴィユはこの肖像画をサロンに出展し、注目を浴びる。

ところで、ジロデもローマ賞を取ってイタリアで絵の修業をした画家で、ソメルヴィユにはジロデの性格が一部投影されている。ジロデと親しかった彫刻家のテオフィル・ブラ（一七九七－一八六二）は、彼を「激情的で風変わり、移り気で鷹揚、寛大で情熱的、時には錯乱にも似た熱狂状態で仕事をする」[2]と評している。やはり激情型のソメルヴィユも、八か月間アトリエにこもって熱狂的な状態でオーギュスチーヌの肖像画を描いた。ソメルヴィユ（Sommervieux）という名前自体が、ジロデの《ピュグマリオンとガラテイア》（四〇頁参照）の注文主であったイタリア人の豪商で芸術愛好家のソンマリーヴァ（Sommariva）に由来するとみなされている[3]。

このように、ジロデはバルザックにとって、ラファエロに劣らず重要な画家であった。実際、『人間喜劇』において同時代のフランス人画家で一番多く言及されているのがジロデである[4]。バルザックはすでに修業時代の初期小説の中でジロデの絵画に触れている。そこで次に、彼にとってジロデの絵画がどのような意味を持っていたのかを見てみよう。

（1）Danielle Oger, « Commentaire de *La vierge de Saint Sixte* », in *Balzac et la peinture*, Tours, Musée des Beaux-Arts de Tours, 1999, p.210.

（2）Cité par Sylvain Bellenger, *Girodet 1767-1824*, Gallimard / Musée du Louvre Éditions, 2005, p.26.

（3）Alexandra K. Wettlaufer, *Pen vs. Paintbrush. Girodet, Balzac and the Myth of Pygmalion in Postrevolutinary France*, New York, Palgrave, 2001, p.162. ソンマリーヴァはイタリアにおけるナポレオンの傀儡政権時代にミラノ総督として莫大な財産を築いた人物で、一八〇六年からパリに滞在し、カノーヴァの彫刻や新古典主義絵画の収集家として名を馳せた。『サラジーヌ』に登場するイタリア出身のランティ一家（怪しげな素性で、出所のわからない莫大な財産の所有者）もソンマリーヴァがモデルとされている（Cf. Thomas Crow, « B/G », in *Vision and Textuality*, Durham, Duke University Press, 1995, p.308）。

（4）澤田肇（「『人間喜劇』における画家たちの世界」、『テクストの生理学』朝日出版社、二〇〇八年、八六頁）によれば、一番多いのがジロデで二四回、次いでジェラール二一回、ダヴィッド一四回となっている。

図5　アンヌ=ルイ・ジロデ《アタラの埋葬》(1808)，ルーヴル美術館

2　ジロデ的女性像

バルザックは二〇歳の頃からすでにジロデに関心を持っていた。それは現存するバルザックの書簡の中で、最初に現れる画家がジロデであることからもうかがえる（妹ロールに宛てた書簡）。当時、彼は作家としての才能を両親に認めさせるために『クロムウェル』という戯曲の執筆に専念しており、妹への手紙の中で次のように書いている。

> ぼくが一番困っているのは国王と王妃が登場する第一場だ。そこにはとてもメランコリックで、とても感動的で、とても優しい調子、とても純粋で新鮮な思想が漲っていなければいけないのだが、ぼくには太刀打ちできない。それは、絵画におけるジロデのアタラのタイプに沿った崇高なものでなければならない。もしお前にオシアンの気質があれば、その色調をぼくに授けておくれ。

ジロデの《アタラの埋葬》（**図5**）は、ロマン主義作家フランソワ=ルネ・ド・シャトーブリアン（一七六八－一八四八）の『アタラ』（一八〇一）を題材とした作品で、一八〇八年にサロンに出展された。新世界アメリカ大陸で、先住民とスペイン人の混血として生まれた娘アタラは、長じてキリスト教に改宗し、純潔の誓いを立てる。しかし先住民の青年シャクタスと出会って恋に落ち、信仰と彼への愛のはざまで苦しんだ末に自ら死を選ぶ。霊的で聖なる価値観（＝信仰）と卑俗な価値観（＝官能的な愛）との相克の中で死んだアタラを絵画に描くことで、ジロデはロマン主義的な「実現不可能な愛」を浮き彫りにしている。彼の師匠ダヴィッドは、この絵の「非現実性」と「埋葬の場面のエロチスム」を批判したが、それはまさにロマン主義のテーマであった。(5) バルザックを惹きつけたのも、引用傍点部の「メランコリック」「感動的」「優しい」「純粋」「新鮮」「崇高」といった言葉が示すような、ジロデのロマン主義的要素であった。

さらにバルザックは同じ手紙の中で、「オシアン」に言及している。オシアンは三世紀のスコットランドの吟唱詩人とされ、ケルト神話を歌った彼の詩の写本を、スコットランドの作家ジェームズ・マクファーソン（一七三六－一九六）が「発見」し、一七六一年に英訳出版して流布した（実際はマクファーソンの捏造であったことが後に判明する）。超自然的な現象や幻想的な光景をメランコリックな調子で歌ったオシアンの詩は、一八世紀末から一九世紀にかけてイギリスやフランスで大流行し、ロマン主義の先駆けとなった。ジロデもオシアンを題材に《自由を求める戦いにおいて祖国のために死んだフランスの英雄の神格化》（図6）を描いている。この絵はフランソワ・ジェラール（一七七〇－一八三七）の《ローラの岸辺に竪琴の音で亡霊を呼び寄せるオシアン》（図7）とともに、ナポレオンのマルメゾン城を飾るために注文されたものである。ジロデの作品は、戦死したナポレオン軍の英雄たちが勝利の女神に導かれて昇天し、オシアンら天上の英雄たちの亡霊に歓待される様子を描いたもので、ナポレオンへの崇敬の念が込められていた。完成した作品を見たナポレオンは、自分のよく知る将軍たちがはっきり見分け

（5）Bellanger, *op.cit.*, p.304.

図6　アンヌ=ルイ・ジロデ《自由を求める戦いにおいて祖国のために死んだフランスの英雄の神格化》（1801），マルメゾン宮国立美術館

られるとジロデを褒めたという[6]。たしかに絵の中には、マレンゴの戦いで戦死したドゥゼ将軍や、エジプト・シリア戦役後に暗殺されたクレベール将軍の表情や軍服、武器などが細部にわたって正確に描かれていた。ジロデは作品の中で、史実を巧みに神話化したのである。

　ジロデの絵はこのように、幻想世界のみを描いたジェラールとは異なり、現実と想像の混交が特徴となっている。様々な歴史的人物と神話の亡霊が入り混じるこの絵は、ジェラールの簡潔さと比べて混沌としたイメージを与える。とりわけ、ダヴィッドが「水晶の人物」[7]と呼んだ半透明の亡霊たちが、灰色がかった空中に漂っているさまは、見る者に奇異な感覚をもたらした。その上、ジロデは自らの博学な知識を絵に注ぎ込み、人物や動物に象徴的な意味を与えたため、一八〇二年のサロンに出展した時には、この絵のために六頁もの解説が必要となった。こうした謎めいた難解さに、さらに批判が寄せられた。

この絵はバルザックに、創作の様々な面できわめて大きな影響を与えた。バルザックが作品中で最初にジロデの絵に言及し始めたのは、一八二〇年代に彼が匿名で書いた初期小説の中であった[8]。例えば、オラース・ド・サン=トーバンというペンネームで出版した『アルデンヌの助任司祭』（一八二二）の中に、ジロデの名が見出せる。この小説は、イギリス・ゴシック小説の影響を受けてフランスで流行した暗黒小説《ロマン・ノワール》の範疇に属する。その中で、海賊にさらわれて城に閉じ込められた女主人公の人物像が、次のように描写されている。

図7　フランソワ・ジェラール《ローラの岸辺に竪琴の音で亡霊を呼び寄せるオシアン》（1801），ハンブルク美術館

　ロマン主義の友たる想像力の持ち主ならば、ジロデやジェラールが彼らのオシアンの絵に描き入れた、あの空気の精の一人を垣

（6）P. A. Coupin, *Œuvres posthumes de Girodet-Trioson : Peintre d'histoire*, t.2, Jules Renouard, 1829, p.281.

（7）Éienne-Jean Delécluze, *Louis David. Son école et son temps*, Macula, 1983, p.266.

（8）バルザックの一八二〇年代の初期小説におけるジロデの絵の影響については、André Lorant, « Sources iconographiques du jeune Balzac », in *L'Année balzacienne 1998*, pp. 70-71を参照のこと。

間見たと思ったことだろう。その女は、白っぽいかすかな靄にも似て、古い封建制の精霊のように立ち現れていた。

この引用で明らかなように、バルザックはジロデとジェラールの絵に言及することで、ゴシック的な幻想空間を自らの作品に導入している。ジロデの絵（図6）でバルザックが特に惹かれたのは、オシアンの足元で将軍たちを迎える「空気の精」たちの、白っぽい靄に包まれた儚げな様子であった。バルザックは女主人公をこの「空気の精」に喩えることで、彼女があたかも肉体を持った女性ではないかのような印象を与えている。

バルザックは、こうしたジロデの女性像に詩情《ポエジー》を見出していた（ジロデ自身、自らの絵を「詩的《ポエティック》」[9]とみなしていた）。例えば『人間喜劇』の一作品『財布』（一八三二）において、主人公の画家シネールの理想の女性像を体現するアデライドは、次のように描かれている。

> この見知らぬ女性の顔は言わば、プリュードン［第一帝政期に活躍した新古典主義の画家］派の華奢で繊細なタイプに属し、ジロデが彼の幻想的な人物に与えたあの詩情も持ち合わせていた。

また、『三十女』（一八三二）には、「ラファエロの聖母像がジロデのスケッチと、詩情において競い合っている」という一節がある。ラファエロの聖母像がジロデの女性像と同列に並べられ、その宗教性、神秘性よりもむしろ、詩情に重きが置かれている。つまりバルザックの作品の中で、ジロデやラファエロの女性像に喩えられる女の登場人物は、セクシュアリテを伴わない純潔さ、非物質性で特徴づけられ、何よりも詩的な女性であった。そのため、例えば社交界のコケットな女性が純真な青年を誘惑するといった、一九世紀小説に一般的なシチュエーションにおいては、「ラファエロの聖母のポーズを取って無垢を装う」（『ユルシュール・ミルエ』）か、または「白い布をふん

図8　1843年フュルヌ版『ウジェニー・グランデ』挿絵／図9　1842年フュルヌ版『二重家族』挿絵

だんに使って、ジロデによってかくも詩的に描かれたオシアンの娘たちを想起させよう」と努める（『ベアトリクス』）などの表現が用いられる。ここでジロデとラファエロの女性像は言わば、「純粋無垢」「非物質的な美」を表す記号として機能しているのだ。先に見たように、『毬打つ猫の店』のオーギュスチーヌのポルトレもこの記号で満ちている。

3　「窓辺の娘」の構図

オーギュスチーヌの人物像には、もう一つのクリシェが見出せる。すなわち「窓辺の娘」の構図である。先に見たように『毬打つ猫の店』では、物語の冒頭で、画家のソメルヴィユの眼を通して四階の窓辺に立つオーギュスチーヌの姿が描かれている。こうした「窓辺の娘」の構図は他の作品でも見出せる。例えば『ウジェニー・グランデ』では、地方の強欲なブルジョワの一人娘ウジェニーが窓辺に座って、外壁の割れ目から萌え出た花々をじっと眺める様子が描かれている（図8）。『二重家族』でも、老母とともにパリで貧しい暮らしを送るカロリーヌが、窓辺に座って針仕事に勤しむ姿（図9）が描かれて

（9）Coupin, *op.cit.*, p.278.

いる。

一九世紀の文学や絵画において、「窓」は「家庭と社会を分ける境界」、「公的なものと私的なものを隔てる境界」として機能している。[10] したがって「窓辺の娘」の構図は、家庭空間に閉じ込められた女性のメタファーとなっている。

イザベル・ナジンスキーは、ドイツ・ロマン派の画家カスパー・ダーヴィド・フリードリヒ（一七七四―一八四〇）の二枚の絵を比較しつつ、「空間には男女の性別がある」[11] と述べている。その絵とは《雲海の上の旅人》（**図10**）と《窓辺の女性》（**図11**）で、両者は構図上、「こちらに背中を向けた人物と、その人物が見ている光景」という点では共通している。しかし、その意味するところは対極にある。ナジンスキーはまず《雲海の上の旅人》を次のように解説する。

> 黒いエレガントなフロックコートを着て、貴族らしいステッキを手にした若い男が、髪を乱れるにまかせ、最も高い岩の上に立って周りに聳える切り立った山々をじっと見つめている。彼はあまりに高い所にいるので、雲海の中を、そして乳状の光の中をまるで泳いでいるかのようだ。背中を向けて描かれた彼のシルエットは高貴で、背筋がまっすぐ伸び、深い瞑想に耽っているように見える。視線と瞑想が人物の価値をいっそう高めている。フリードリヒの旅人は、崇高を垣間見ることを許された人物である。[12]

一方、《窓辺の女性》については、次のように述べている。

> 若い娘は、画面中央の鎧戸しか開いていない窓の縁におとなしくもたれかかり、自然や光に間接的にしか触れることができない。旅人は明るい光に包まれ、高みに向かっていた。一方、女性のシルエットは絵の下部分

図10　カスパー・ダーヴィド・フリードリヒ《雲海の上の旅人》(1818)，ハンブルク美術館／図11　カスパー・ダーヴィド・フリードリヒ《窓辺の女性》(1822)，ベルリン・ナショナル・ギャラリー

（10）小倉孝誠『〈女らしさ〉の文化史——性・モード・風俗』中公文庫、二〇〇六年、八八頁。

（11）Isabelle Naginski, « Les deux *Lélia* : une réécriture exemplaire », in *Revue des Sciences humaines*, 1992-2, p.72.

（12）*Ibid.*, p.71.

に配置され、暗い雰囲気の中で光を浴びている。彼女もまた観衆に背を向け、その視線は窓外に向けられている。そこに示されているのは船のマストのごく一部分だけで、休息と無為を想起させる。夢見る娘は静止した彼女の人生の虚無をじっと見つめている。［…］窓の上部が画布の三分の二以上を占め、人物の価値の低下が生じている。［窓と鎧戸の枠という］境界線で囲まれた部分が、物想いに耽る女性を囚われの身に留め、その不動性を保証している。(13)

確かに《雲海の上の旅人》は、ジョージ・ゴードン・バイロン（一七八八－一八二四）の劇詩『マンフレッド』（一八一七）の青年主人公を彷彿とさせる。峻厳な自然に立ち向かう「崇高」で「高貴」な存在は、文学でも絵画でも常に男の姿で描かれ、その「力」「支配欲」「行動力」は男の属性とみなされてきた。バルザックの作品世界でも同様である。男の眼には絶世の美女に、女の眼には凛々しい男性に見える両性具有的な人物を主人公にした小説『セラフィタ』（一八三四）の冒頭では、ノルウェーの厳しい冬の最中に、ファルベルク山の近寄りがたい断崖の上に立つ主人公の姿が描かれている。主人公はこの時、女のセラフィタとしてではなく、男のセラフィトゥスとして登場する。バルザックは、セラフィトゥスが深淵と向かい合う様子を、次のように描いている。

> セラフィトゥスは、［…］絶壁の縁まで行くと、眼も眩みそうな高さをものともせず、そこからフィヨルドの底を深々と覗き込んだ。彼の体は揺らぎもせず、顔は白いまま平然としていて、あたかも大理石の彫像のようであった。それは深淵と深淵の対決だった。

さらに、次のような表現も見られる。「セラフィトゥスは並の背丈であったが、飛び立とうとするかのように額を前に突き出すと背が伸びた」。この一節に関してガストン・バシュラールは、「セラフィトゥースはまさにセラフィータの拡大され力動化された形であるようにみえる。額はかくしてずっと男性的になる」[14]と評し、セラフィトゥスが「垂直に力動化された空間」[15]に生きているとした。これは男性のみに許されたものだった。その証拠に、セラフィトゥスによって山頂まで導かれた可憐な少女ミンナは、深淵を前にして、その力に抗しきれず、思わずその底に身を投げようとする。まさに、深淵を前にした男と女の違いが明確に現れる場面である。

男のみに付与されたこの「垂直の視線」は、『ゴリオ爺さん』（一八三五）の最後で、主人公のラスチニャックがペール・ラシェーズ墓地の高台からパリ市内を見下ろし、この権力と虚飾の都への挑戦を誓う有名な場面（**図12**）にも反映されている。

図12　1843年フュルヌ版『ゴリオ爺さん』挿絵

「窓辺の娘」のモチーフは、こうした男性像の対極にある。それは家庭内に閉じ込められた女性の「受動性」「消極性」を象徴し、そこから浮かび上がってくる女の属性は「休息」「静止」「無為」である。さらに、『人間喜劇』に登場する「窓辺の娘」の特徴として、古びた建物の窓枠に縁取られていることが挙げられる。『毬打つ猫の店』では、オーギュスチーヌの瑞々しい無垢な顔つきが、「ごつごつした輪郭の、どっしりした窓の古めかしさ」と対比されている。あるいは『村の司祭』（一八三九）では、窓辺に座る女主人公ヴェロニックの姿が次のように描写されている。

> この古い素朴な家にはさらに素朴なものがあった。ファン・ミーリスやファン・オスターデ、テル・ボルフやヘリット・ドウ〔いずれも一七世紀オランダの風俗画家〕の絵筆にふさわしい若い娘の肖像である。それは彼らが好ん

（13）*Ibid.*
（14）ガストン・バシュラール『空と夢』宇佐見英治訳、法政大学出版局、一九七七年、八一－八二頁。
（15）同、六三頁。

図13　ヘリット・ドウ《若い母親》（1658），マウリッツハイス美術館（デン・ハーグ）

で描いた、半ば壊れ摩滅した、あの褐色の古い窓枠で縁取られていた。

ここでヴェロニックは、一七世紀オランダ絵画（図13）に特徴的な、くすんだ褐色の色調を背景に立ち現れている。『毬打つ猫の店』では、後述するようにギヨーム一家の夕食の場面が、レンブラントを連想させる光と影のコントラストのもと、オランダ派の絵画に喩えられている。その室内は「厳格な秩序と節約を示す尊敬すべき清潔さ」を保ち、「長老」と呼ばれる父親を中心にした家庭の「平和」と「沈黙」、「慎ましい生活」を表していた。

このように、「窓辺の娘」のモチーフは父権的な価値観と切り離すことができない。「褐色の古い窓枠」は、「窓辺の娘」たちに嵌められた父権制の枠である。彼女たちの多くがジロデやラファエロの聖母像に喩えられるのも、その特性が「純潔」や「羞恥心」を重んじるブルジョワ道徳に合致していたためであろう。彼女たちはまさに、家父長的な社会における「理想の処女」であった。

先ほどの挿絵（図8・図9）のように、「窓辺の娘」のモチーフのほとんどは、フリードリヒの《窓辺の女性》（図11）とは逆に、画家と鑑賞者の視線が家の外側から室内を覗き見る構図となっている。「窓辺の娘」は、通行人から一方的に「見られる」立場にある。実際、オーギュスチーヌはソメルヴィユの欲望の眼差し――リュス・イリガライの言葉を借りれば「ファルス的な眼差し」[16]――の対象となり、「ネグリジェ姿を見られる」という無防備な立場に陥っている。ピーター・ブルックスが指摘するように、近代の語りにおいて、眼差しは所有欲と結びつき、「視覚は基本的に男の特権であり、その視覚を魅了する対象は女の肉体である」[17]。バルザックもまた、こうしたジェンダー構造に基づいて、オーギュスチーヌという女性像を造形している。

ところでソメルヴィユは、オーギュスチーヌの肖像画だけでなく、他の作品でもサロンで評判を取る。先に触れたギヨーム一家の夕べの食卓を描いた風俗画が画壇に「革命」を引き起こし、それ以降、「夥しい数の風俗画」がサロンに出展されるようになったのだ。これには現実の出来事が反映していると思われる。『毬打つ猫の店』が出版される少し前、新古典主義の画家ミシェル＝マルタン・ドロリング（一七八九－一八五一）がサロンに出展した《台所の内部》（**図14**）は、彼が得意とする歴史画とは一線を画す風俗画であった[18]。この絵では、若い娘が窓辺で縫い物をする様子が、室内からの視線によって描かれている。

アカデミー絵画のヒエラルキーでは、神話や聖書を題材とした歴史画が頂点に立ち、その下に王侯貴族の肖像画、戦争画、静物画・動物画、風景画、風俗画と続く。つまり庶民の日常生活を描いた風俗画は、長らく一番下位に位置づけられていた。しかし一九世紀になると、ブルジョワ社会の志向を反映して脚光を浴びるようになったのである。それは「私生活」の発見であり、芳川泰久によれば、「画家に室内＝プライヴァシーという主題を絵のモチーフとして発見させつつ、小説においても、室内で起こる〈私生活〉こそが新たに出現したトピックであることを告げている」[19]。

ソメルヴィユは、画壇に新風を吹き込んだこの室内画をギヨーム夫妻に贈ろうとするが、芸術を解さない彼らには、彼らの日常生活をありのままに描いた絵の美的価値がまったくわからない。バルザックは、この絵をめぐって

（16）Luce Irigaray, *Speculum de l'autre femme*, Minuit, 1974, p.53.

（17）Peter Brooks, *Body Work : Objects of Desire in Modern Narrative*, Cambridge /London, Harvard University Press, 1993, p.11, 88.

（18）『人間喜劇』の一作、『ピエール・グラスー』（一八三九）で、主人公の画家が室内画を描く際、模範としたのがドロリングであった。

（19）芳川泰久「化石と手形　バルザック的創造への道案内として」、バルザック『ゴプセック　毬打つ猫の店』解説、芳川訳、岩波文庫、二〇〇九年、二五四頁。

図14　ミシェル=マルタン・ドロリング《台所の内部》（1815），ルーヴル美術館

交わされる、ギヨーム一家とソメルヴィユの会話を面白おかしく描いている。

「それはどうもご親切に。この絵に三万フラン〔現在の日本円にして三〇〇〇万円相当〕出してもいいという人がいたそうだね」と、ギヨームが叫んだ。

「だって私の帽子の飾り紐がそこに描かれているのですもの」とギヨーム夫人が続けた。

「そしてこの拡げてある布地ときたら、手に取ってみたいと思いたくなりますね」と、ルバ〔店員〕が言い添えた。

「布地の襞〔draperie：美術用語「ドラペリー」（人物像の着衣の波形や襞の表現）のこと〕は常に描き映えするのです」と画家は答えた。「我々現代の画家が古代のドラペリーの完璧さに達することができれば、それこそ幸福に過ぎるというものです」。

「ではあなたは、ラシャ販売業（draperie）がお好きなのですね」とギヨーム爺さんが叫んだ。

このように作者は、draperieという言葉の意味の取り違えによって、両者の価値観の相違を浮き彫りにしている。典型的ブルジョワであるギヨーム夫妻にとって、絵画は芸術的・美学的価値ではなく、経済的価値で判断すべきものでしかなかった。後述するように物語の最後で、オーギュスチーヌの肖像画が粉々に引き裂かれたのを見た時も、ギヨーム夫人は「相当な損失」だと嘆きながら、次のように言って娘を慰める。「この絵は確かにお前とそっくりだった。でも大通りには、五〇エキュ〔二五〇フラン〕で素敵な肖像画を描いてくれる男がいるって聞いたよ」。

『毬打つ猫の店』は、こうしたブルジョワ家庭に育ったオーギュスチーヌが、貴族のソメルヴィユと身分違いの結婚をしたことで、やがて悲劇に追い込まれるという物語である。その最後の場面もまた、ジロデの絵画と深く関わっている。

4 分身としての肖像画

情熱的な恋愛を経てソメルヴィユと結婚したオーギュスチーヌだったが、一年間の蜜月の後、夫は中断していた画家の仕事を再開し、夫婦で社交界にも出入りするようになる。しかし、社交界ではオーギュスチーヌの教養のなさが露呈し、次第に夫婦仲に亀裂が生じる。自分の作品を評価する美的感覚を持たない妻に対して、夫の愛情は冷めていく。やがてソメルヴィユは社交界の花形カリリャーノ公爵夫人のサロンに入り浸るようになり、ついには妻を描いた肖像画を公爵夫人に譲ってしまう。夫の心が自分から離れたことを知ったオーギュスチーヌは、思い余って公爵夫人の元を訪れ、男を魅惑する愛の技巧を教わろうとする。同情した公爵夫人は、夫には常に本心を隠すことを教え、肖像画も返却してくれる。しかし、純情なオーギュスチーヌは、夫人の言うようなコケットな女にはなれなかった。肖像画と同じ装いをして夫の前に姿を現すことで、かつての愛情を取り戻そうとした。だが夫は、肖像画とそのモデルが自分の行為を咎めていると感じ、自尊心を深く傷つけられる。そして妻に入れ知恵した公爵夫人に怒りの矛先を向け、「あの女を、夜中にクラウディウスの宮殿を抜け出すメッサリーナの姿で描いてやろう」［ローマ第四代皇帝クラウディウスの妻メッサリーナは、夫に隠れて春をひさいでいたと言われる］と呪詛の言葉を吐く。物語はその翌朝、粉々に引き裂かれた肖像画の破片を呆然と見つめるオーギュスチーヌの姿が描かれた後、彼女の突然の死で終わっている。

この結末は、ジロデの身に起こった実際のスキャンダルが下敷きになっている。一七九七年、当時有名な舞台女優だったランジュ嬢が、武器商売で財をなしたシモンという男と結婚した。ジロデはこのシモン夫妻の注文で、元女優の新妻の肖像画を描き、サロンに出展した。しかしランジュ嬢はこの絵を気に入らず、即刻サロンから引き揚げるようジロデに命じる。芸術家の誇りを傷つけられたジロデは、この絵を引き裂き、ランジュ嬢の元に送りつけた。それればかりか、絵を新しく描き直してサロンに出展した。それが《ダナエに扮したランジュ嬢》（**図15①**）で

図15　アンヌ=ルイ・ジロデ《ダナエに扮したランジュ嬢》（1799），ミネアポリス美術研究所（②は①の画面右下部分の拡大図）

ある。

この絵は、アルゴスの王女ダナエを見初めたゼウスが、黄金の雨に姿を変えて彼女の元を訪れたというギリシア神話に基づいている。しかし、ジロデはそこに、現実のランジュ嬢への痛烈な皮肉を込めた。天から降り注いでいるのは黄金の雨ではなく金貨であり、ダナエ＝ランジュ嬢はそれを嬉しげに布で受け止めている。つまりこの絵では、彼女が「金で買える女」であることが暗示されている。一方、画面左で恍惚とした表情で羽をむしられている七面鳥は、女が金目当てであるとも知らず、美貌に心奪われて結婚した夫シモンを表している。画面右下では、彼女の愛人と鳩が、金貨＝財力で傷つけられた様子が描かれている。念入りなことに、鳩の首輪にはラテン語で「貞節」と刻まれている（図15②）。

バルザックはこの事件を踏まえて、ジロデのダナエをクラウディウスの淫乱な妻メッサリーナに置き換え、公爵夫人に対するソメルヴィユの復讐の言葉としたのである。

ジロデとランジュ嬢の事件の顛末は、バルザックの年上の愛人であったダブランテス公爵夫人の回想録（一八三二）に、「ジロデと芸術家の復讐」という小見出し付きで語られている。(20)

バルザックはダブランテス夫人と一八二六年頃に知り合い、彼女の回想録の執筆を手助けしたとされる。それゆえ、彼が自分の生まれた年に起こったこの事件を熟知していたとしても不思議ではない。『毬打つ猫の店』が書かれたのは一八二九年一〇月、彼がダブランテス夫人とタレーランの館に滞在していた時期であった。したがって、この小説を書くにあたって、バルザックの脳裏にジロデのエピソードが浮かんだのも当然で、しかもジロデの弟子ピエール＝アレクサンドル・クーパンが、同年に師の遺作文集を出版している。(21) ジロデは当時のバルザックにとって、かなり身近な存在であった。

このように、バルザックは『毬打つ猫の店』を創作するにあたり、ジロデの作品や実生活上のエピソードを巧みに取り込んだ。しかも単に絵画を小説の題材にするだけではなく、絵画とその創作行為に独自の意味を付与している。すなわち、バルザックの小説では、絵画が愛情の象徴となっており、それが物語の軸ともなっている。

作中でソメルヴィユの友人として登場するジロデが、オーギュスチーヌの肖像画を見て最初に発した言葉は、「君は恋しているの？」であった。やがて肖像画がサロンに展示され、オーギュスチーヌが自分の似姿を見にやって来る。ソメルヴィユはその場で彼女に愛を打ち明けるや、直ちにサロンから絵を引き揚げてしまった。つまりソメルヴィユにとっては、オーギュスチーヌを描くこと、そして完成した肖像画を彼女に見せることが、そのまま彼女への愛の告白であり、言葉による告白はその確認にすぎなかった。サロンで彼がこの肖像画を売ることを拒み、模写すら許可しなかったのは、この絵が金銭には換えがたい愛情と関わっていたからだった。だがカリリャーノ公爵夫人への心移りとともに、肖像画も夫人の手に渡り、ついに夫婦仲が決定的に破綻した時、絵も破壊される。生き写しのようだった肖像画は次第にモデル本人と一体化し、絵の破壊は彼女の心の破壊、ひいては彼女の存在そのものの破壊を意味することになる。

『毬打つ猫の店』において、絵画は心や感情を表す指標として機能するだけでなく、心や感情の依り代、あるいは人物そのものの分身と化す。そこでは「感情の物化《モノ》」(22) が生じている。バルザックは、エドガー・アラン・ポー（『楕円形の肖像』）やオスカー・ワイルド（『ドリアン・グレイの肖像』）に先駆けて、「分身としての肖像画」というモチーフを文学の中に導入したと言えよう。

（20）*Mémoires de la duchesse d'Abrantès*, t.III, Garnier Frères, 1832, pp.54-58.

（21）ジロデは高い教養の持ち主で、絵画の他に詩をものし、自らの美学を言葉でも表現しようとした。死後、弟子のクーパンが彼の詩や絵画論、そして彼の親友であった作家ベルナルダン・ド・サン=ピエール（『ポールとヴィルジニー』の作者）に宛てた書簡などをまとめて一八二九年に出版した。バルザックはそれを読んだとされている。

（22）Philippe Le Leyzour, « Liminaires », in *Balzac et la peinture*, p.18.

第二章

「聖なる娼婦」の寓話

――『知られざる傑作』

バルザックの『知られざる傑作』は、一八三一年に『アルティスト』誌に掲載され、その後書物として出版されて以来、版を重ねるたびに加筆修正された。特に一八三七年版では、親しかったゴーチエや画家のドラクロワ、さらにはドゥニ・ディドロの絵画論の影響を受けて、絵画に関する部分が専門用語を交えて大幅に加筆され、本格的な芸術小説となった。その上、一八四六年版の決定稿（フュルヌ版）では、それまでの版には見られなかった重大な表現が付け加えられている。すなわち、作中の画家フレノフェールの「傑作」、題して《カトリーヌ・レスコー》に、新たに「ベル・ノワズーズと呼ばれる美しき娼婦」という呼び名が加わったのである。なぜ、決定稿で「娼婦」という呼び名が付け加わったのか、その謎については本章の最後で解き明かしていきたい。

この小説の特色の一つは、他の多くの作品とは違い、物語の時代が作家と同時代の一九世紀ではなく、一七世紀（物語は一六一二年末から始まる）に設定されていることだ。さらに、登場人物の三人の画家のうち、二人が実在の画家であった。一人は古典主義の画家ニコラ・プッサン（一五九四－一六五五）で、物語の進行役を課せられている。彼の代表作《アルカディアの牧人たち》（図16）について、バルザックは晩年の未完の作品『農民』で言及している。その他にもプッサンの《洪水》を、音楽小説『マッシミルラ・ドーニ』（一八三九）でロッシーニの音楽と比較している。しかし、『知られざる傑作』ではプッサンはまだ才能ある画家の卵でしかない。もう一人は、フランドルの画家フランス・ポルビュス（一五七〇－一六二二）で、アンリ四世やマリー・ド・メディシスの肖像画で有名である。残るフレノフェールのみが、架空の天才画家という設定となっている。

この物語は、画家の卵である若いプッサン、中年の円熟期に達したポルビュス、そのポルビュスを凌ぐと思われる技量の持ち主の老画家フレノフェールという三世代の画家を登場人物として、フレノフェールがプッサンたちに芸術の奥義を伝授する話である。物語冒頭で、フレノフェールは幻想的な雰囲気を伴って登場する。バルザックは次のように描いている。

> まるでレンブラントの絵が、黒い背景の中を額縁なしに静かに歩いているかのようであった。黒い背景は、この偉大な画家が我がものとしていたものであった。

図16　ニコラ・プッサン《アルカディアの牧人たち》（1638-40），ルーヴル美術館

肖像画の人物が額縁から抜け出てくる話は、アイルランドの作家C・R・マチューリン（一七八二－一八二四）の『放浪者メルモス』（一八二〇）をはじめとする一八－一九世紀のゴシック小説にしばしば見受けられるモチーフで、バルザックはここでそれを活用し、見知らぬ老画家の「不気味さ」を浮き彫りにしている。それと同時に、レンブラント作品のイメージによって、老画家を包む厳格な雰囲気が伝わってくる。前章で見たように、レンブラント（一六〇六－一六九）をはじめとする一七世紀オランダ絵画は、『人間喜劇』において尊厳や厳格な秩序など父権的な価値観と結びついていた。とりわけ、レンブラントが光と闇のコントラストのもとに描いた老人の顔つき（**図17**）は、その内面を映し出し、「瞑想」や「内省」の表徴となっている。(1) フレノフェールの顔も、「年齢による疲れによって、さらに魂と肉体を同じように穿つ思考によって奇妙なほど生気を失っていた」。このように、レンブラント

図17 レンブラント《縁なし帽をかぶった老人の肖像》，別名《レンブラントの父の肖像》（1630-31），マウリッツハイス美術館

の絵が、謎の人物の本質を読者に予告する視覚的装置となっている。

ところで、前章で見た『毬打つ猫の店』において、画家ソメルヴィユにはジロデの性格が反映されていたが、フレノフェールにも同様のことが言える。まずそれを詳しく見ていくことにしよう。

1 フレノフェールとジロデ

『毬打つ猫の店』のソメルヴィユに付与されていたジロデの「激情的な性格」や、「錯乱にも似た熱狂状態で仕事をする」姿勢は、フレノフェールにも当てはまる。とりわけ、ポルビュスのアトリエを訪れ、彼が完成させつつあった大作《エジプトのマリア》に助言を与え、それを手直ししようと絵筆を激しく動かすフレノフェールの様子は、さながら悪魔が乗り移ったかのようなイメージで捉えられている[2]。

また、現実のジロデは絵の制作中は誰もアトリエに入れず、秘密主義に徹するので有名であった[3]。しかも、一つの作品を仕上げるのに長い年月をかけるのが常だった。例えば、後述する《ピュグマリオンとガラテイア》の場合、一八一二年に豪商ソンマリーヴァから注文を受けた後、ジロデは描き直しを繰り返し、完成まで七年を費やした（サロン出展は一八一九年）。バルザックの画家も同様である。フレノフェールは、理想の女性「カトリーヌ・レスコー」の肖像を一〇年間描き続け、その間、誰にも見せず、「しっかり閂をかけてしまい込んでいた」。二人の年下の画家にとって、フレノフェールの「知られざる傑作」を一目見ることが衝迫的な欲望となり、そのことが物語の最大の焦点となっている。

芸術を極限まで追求する狂気の点でも、ジロデとフレノフェールは重なり合う。同時代の画家・美術批評家エチエンヌ=ジャン・ドレクリューズの証言によれば、ダヴィッドは、ジロデの《自由を求める戦いにおいて祖国のために死んだフランスの英雄の神格化》（以下、《フランスの英雄の神格化》）（一八頁図6）を見た後、次のような感想を述べている。

　彼は気が狂っている、ジロデは！……彼が狂っているか、もしくは、私にはもはや絵の技術が何もわからなくなったかだ。彼が我々にあそこで見せてくれたのは水晶の人物たちだった……本当に残念なことだ！　あの男は素晴らしい才能を持ち合わせているというのに、もはや狂気じみたもの以外、決して作り出せないだろう。(4)

　ダヴィッドにとって、自らの奉じる新古典主義の基本は、古代の芸術またはその継承者とみなされる芸術家たち（ラファエロ、プッサンなど）を模範とし、「手本＝模範に似せることを意図しつつ美術作品を制作する」(5)ことにあった。オシアンの亡霊を半透明の「水晶の人物」として描くことで、「非物質性の幻想」(6)を生み出したジロデの新しい試みは、ダヴィッドにとっては規範破りであり、狂気の沙汰でしかなかった。

　フレノフェールにも、ジロデに似た狂気が見られる。作中、老画家の語る絵画論を聞いたポルビュスは、次のように自問する。

（1）Cf. Thierry Laugée, « Balzac et les peintres d'intérieur », in *L'Année balzacienne 2011*, pp.49-61.

（2）プッサンから見たフレノフェールは次のように描写されている。「悪魔が彼の肉体に宿り、何か不思議な力で彼の手をつかみ、彼の意志に反してその手を動かしているかのように思えた」。

（3）ジロデと親しかったE＝J・ドレクリューズは次のように証言している。「ジロデは徹底した秘密主義で、一つの絵に従事している間は誰もアトリエに入れないだけではなく、たとえ相手が誰であろうとも、自分の取りかかっている主題を話題にすることもなかった」（Delécluse, *Louis David. Son école et son temps*, Macula, 1983, p.264）。

（4）*Ibid.*, p.266.

（5）鈴木杜幾子『画家ダヴィッド　革命の表現者から皇帝の主席画家へ』晶文社、一九九一年、一五頁。

（6）Susan Libby, « "Je préfère le bizarre au plat". Ossian et l'originalité », dans *Girodet 1767-1824*, Gallimard / Musée du Louvre Éditions, 2005, p.65.

図18　ポール・セザンヌ《パレットを持つ画家》別名《自らの傑作を見せるフレノフェール》（1867-72），バーゼル美術館。（セザンヌはフレノフェールへの共感を作品化した）

フレノフェールの気は確かなのか、それとも狂ったのだろうか。芸術家の幻想に支配されてしまったのか？　それとも彼が述べた考えは、長い間大作に没頭したために我々の心に生じる、言葉では言い表しがたいあの狂信に由来するのだろうか？　こうした奇妙な情熱と折り合いをつけることなど、果たして期待できるであろうか？

この引用の中で、ポルビュスはフレノフェールの狂気を、「奇妙な情熱（passion bizarre）」という言葉で表現している。規範から外れた「奇妙さ」を批判されたジロデも、弟子たちには常々、「私は凡庸よりも奇妙さ（le bizarre）を好む」[7]と語っていた。

物語のクライマックスで、プッサンとポルビュスはついに念願叶い、フレノフェールの《カトリーヌ・レスコー》を見せてもらうに至る。だが、老画家が心血を注いだ「傑作」も、二人の年下の画家の眼には「無数の奇妙な線で抑えつけられ、雑然と積み重なった色彩だけの絵の具の壁」にすぎず、そこには「虚無」しか感じられなかった。しかし、現代の観点から見れば、フレノフェールの絵画およびその絵画論は印象派の仕事を先取りしたものとみなされ、ポール・セザンヌ（一八三九－一九〇六）が「フレノフェールは私だ」と宣言するほどであった[8]（**図18**）。これもまた、ダヴィッドを含め当時の人々にとっては理解不能だった、ジロデのオシアンを想起させる。

ジロデが《フランスの英雄の神格化》で、非現実的かつ非物質的な存在に具象性を与えたことに対して、一八〇二年のサロン評は、彼が絵画の領域を越えて詩の領域に踏み込んでしまったと批判した。その上、「錯乱状態の想像力の産物以外の何物でもない。もしくはそれは絵ではない」[9]とまで弾劾された。ジロデのオシアンは「絵に描かれた詩」[10]とみなされたのだ。実際、絵画と文学の融合を目指したジロデは、「詩人画家（peintre poète）」[11]と呼ばれていた。『知られざる傑作』でも、プッサンがフレノフェールを評して「彼は画家である以上に詩人だ」と述べ、同じく「詩人」扱いしている。

「芸術の使命は自然を模倣することではなく、表現することだ」と述べるフレノフェールがジロデの側に立っているとすれば[12]、ポルビュスはダヴィッドの側に立っている。ダヴィッドはジロデを批判して、「ジロデは我々にはあまりに学者すぎる。［…］我々は自然を模倣するだけに留めておこう」[13]と語っている。ポルビュスも「理屈と詩情が絵筆と争う」ことを戒めて、「画家は手に絵筆を持った状態でしか、考えてはいけない」とプッサンを諭している。

（7）Delécluse, *op.cit.*, p.270.

（8）Cf. Catherine Coeuré et Chantal Massol, « Postérité du *Chef-d'œuvre inconnu* », in *Balzac et la peinture*, Tours, Musée des Beaux-Arts de Tours, 1999, pp.158-160 et pp.266-267; Bernard Vouilloux, « "Frenhofer, c'est moi". Postérité cézannienne du récit balzacien », in « *Balzacien* », *Style des imaginaires*, *Eidôlon*, No 52, 1999.

（9）Cité par Sylvain Bellenger, *Girodet 1767-1824*, p.244.

（10）*Ibid.*, p.243.

（11）*Ibid.*, p.15.

（12）ジロデは自らの《フランスの英雄の神格化》について、次のように述べている。「半透明の人物たちを支配する灰色がかった色調は自然の模倣であるはずがなく、自然はこうしたジャンルのモデルを提供することはない。［…］完全なインスピレーションによる作品の模倣でもない。それは誰かの芸術作品のだ」（Coupin, *Œuvres posthumes de Girodet-Trioson : Peintre d'histoire*, t.2, Jules Renouard, 1829, p.279）。

（13）Delécluse, *op.cit.*, p.264.

図19　アンヌ=ルイ・ジロデ《ピュグマリオンとガラテイア》（1813-19），個人蔵

このように、フレノフェールとポルビュスの関係には、時代錯誤的ではあるが、ジロデとダヴィッドの関係が投影されている。その上、バルザックの小説では、後に古典主義の巨匠となるプッサンに、ポルビュスがダヴィッド的な観点から忠告を与える。ダヴィッドがプッサンを古典の模範としたことに鑑みると、これは一種の皮肉である。バルザックは、「フレノフェール＝ジロデ対ポルビュス＝ダヴィッド」という対立構図の中にプッサンを配置することで、新古典主義の絵画論の限界を示しているかのようだ。

2　ピュグマリオン神話

ところで、一八一九年のサロンに出展されたジロデの《ピュグマリオンとガラテイア》（**図19**）は、キュプロス島の王ピュグマリオンにまつわる神話に基づいている。ローマの詩人オウィディウスの

『変身物語』によれば、現実の女性に幻滅したピュグマリオンは、理想の女性像を象牙に彫り、その彫像に恋してしまう。アプロディテに熱心に祈ったところ、女神は王の願いを聞き届け、この像に生命を吹き込んで生身の女に変えたという。後世の人々はこの女を、美貌で知られる海の女神ガラテイアの名で呼ぶようになった。ジロデの絵では、彫像が象牙から大理石に変わっている。ジロデ自身が説明しているように、彼が目指したのは「光に完全に浸った金髪の女」が「さらに明るい背景の中に半濃淡でくっきり浮かび上がり」、上半身はすでに「生命を帯び」、足元は「まだ大理石のまま」のガラテイア像であった(14)。ジロデは、光の中で彫像が生命を帯びて動き出す瞬間を描こうとしていた。ガラテイアを等身大で描くことで、彫像から生身の女への変貌を鑑賞者がよりリアルに感じ取れるように工夫されている。

一方、バルザックの小説では、自らをピュグマリオンに喩えるフレノフェールが、《カトリーヌ・レスコー》を二人の画家に見せる時、「君たちは女の前にいるのに、絵を探している」と述べ、次のように続けている。

> この絵では空気は本物で、我々を取り巻いている空気との違いをもはや見分けられない。[…] 体の輪郭が背景から浮かび上がっているさまをとっくり味わってくれ。背中に手を回せるような気がしないか? […] それにこの髪の毛、光が髪全体に溢れていないか? […] 肉がぴくぴく動いている。彼女はまさに立ち上がろうとしている。

フレノフェールもまた、ジロデと同じように、理想の女の像が生命を帯び、光を浴びながら動き出す瞬間を描こ

---

(14) Cf. Bellanger, *op.cit.*, p.464.

うとしている。フレノフェールの言葉を構築する時、作者の脳裏にはジロデのガラテイアが浮かんでいたのではないだろうか。フレノフェールは「平べったい画布に自然の浮き彫り《レリーフ》と丸みを表す」ことに腐心し、二次元の画布の上に空気を循環させ、三次元の世界を創り出すことを目指していた。それは、絵画的表象に生命を吹き込むことであり、ピュグマリオン神話の実現であった。

バルザックがフレノフェールの絵画論を創作する際、ディドロやゴーチエ、ドラクロワの絵画論や、様々な美術の解説書が影響を及ぼしたことがすでに指摘されている。(15) それに加えて、これまで言及されてこなかったジロデの絵画論も、バルザックに少なからず影響を与えたように思える。フレノフェールは、彼が摑み取ろうとしている「自然の奥義」について、「形象《フォルム》は神話のプロテウスよりずっと捉え難く、隠れ家を多く持っている。それは長い格闘の後で初めて、不承不承本当の姿を見せてくれるものなのだ」と説明している。美の形象を、ギリシア神話の変幻自在な海の神プロテウスに喩える比喩は、ジロデも使っている。「美の属性とみなされる優美に関する論考」で、ジロデは次のように述べる。

> 我々はいつも、次のようなことを納得し、確定済みにさえ思っている。すなわち、多様であると同時に普遍的で、非常に力強いが繊細でもあり、明白だがヴェールのかかった、姿をちらっと見せはするが完全に現前することのない、魅了するつもりがないのに惹きつける［…］この魅力は、真に魔術的で、次々と変貌する愛すべきプロテウス――それに人は「美神」という甘美な名をつけた――として戯れながら、分析の最も執拗な追求から巧みに逃れ、一つの定義に閉じ込めることができない、ということを。(16)

このように、ジロデは「美」の本質を、摑みがたく、「一つの定義に閉じ込めることができない」ものと規定した。フレノフェールも同様に、「美」を「溢れ出る過剰なもの」、「何ともわからないもの」と述べ、言葉に定着させることができないものとみなしている。

そしてフレノフェールは、こうした捉えがたい美を描き尽くすためには、自らの技能だけでは足りず、理想のモデルが必要であることを告げる。「傑作」を是が非でも見たいプッサンは、自分の恋人ジレットをモデルとして差し出す。ジレットの完璧な裸体を眼にした老画家は、ついに《カトリーヌ・レスコー》を完成させる。フレノフェールが「傑作」を二人の画家に見せる場面は、ジロデの弟子フランソワ＝ルイ・ドゥジュインヌの《ソンマリーヴァの前でピュグマリオンとガラテイアを描くジロデ》（図20）を連想させる。大きなカンバスを前に絵筆を振るうジロデと、彼を眺める二人の男（座っているのが注文主ソンマリーヴァ、立っているのがドゥジュインヌ自身）という構図は、老画家とその作品に見入る二人の後進画家を想起させる。さらに画面右、アトリエ奥の片隅には、服を脱ごうとしている（または服を着る最中の）女のモデルが椅子に座っている。彼女は、芸術的創造に携わる男たちの親密な空間から完全に疎外されている。それはまさに、フレノフェールのモデルをさせられたジレットを彷彿とさせる。ポルビュスとプッサンが完成した絵を夢中で見ている間、ジレットは「片隅に忘れ去られていた」のである。

芸術家が自らの天分によって作品に命を吹き込むというピュグマリオン神話が席巻したロマン主義時代において、芸術的創造――とりわけ絵画や彫刻のような造形芸術――は、男の領域とみなされていた。アンヌ・ヒゴネットによれば、一九世紀フランスにおいて「エネルギー、想像力、生産は男のセクシュアリテと結びついた価値観として現れ、その対極の消極性、模倣、再生産は女のセクシュアリテと不可分に結びついていた」[17]。要するに、「男は独創

（15）Cf. Pierre Laubriet, *Un catéchisme esthétique. Le Chef-d'œuvre inconnu de Balzac*, Didier, 1961, pp.89-122 ; René Guise, Introduction à l'édition Pléiade du *Chef-d'œuvre inconnu*, t.X, 1979, pp.409-410 ; Adrien Goetz, Préface à l'édition Folio du *Chef-d'œuvre inconnu*, 1994, pp.12-15.

（16）P.A. Coupin, *op. cit.*, p.131.

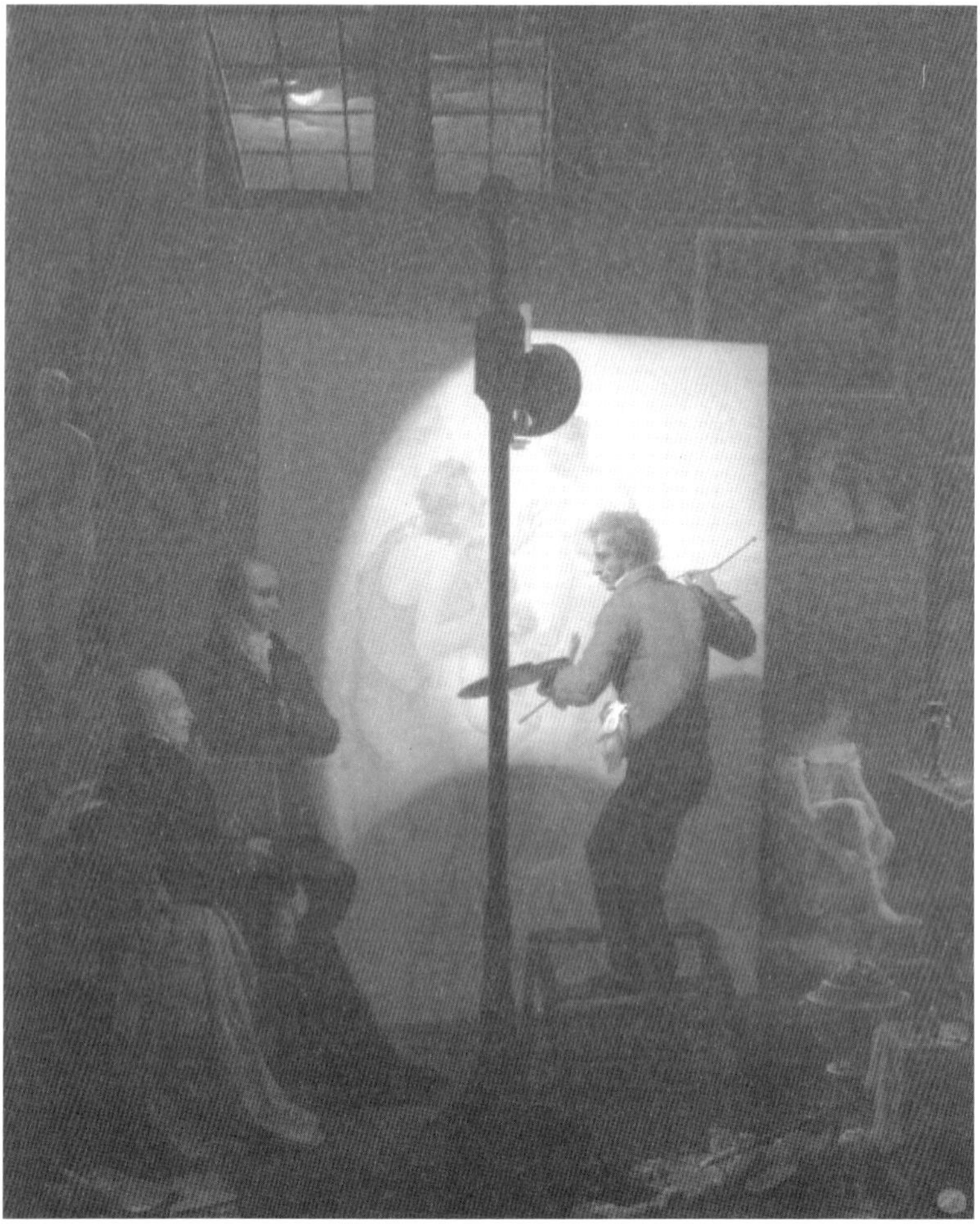

図20　フランソワ=ルイ・ドゥジュインヌ《ソンマリーヴァの前でピュグマリオンとガラテイアを描くジロデ》(1821)，ジロデ美術館（モンタルジ）

的な芸術作品を創造し、女は子どもの中に自らを再生産する」[18]と考えられていたのだ。バルザックの絵画小説でも、女性はモデルか、せいぜい絵の鑑賞者の役割しか演じていない。次章で扱う『ラ・ヴェンデッタ』の女主人公ジネヴラも、巨匠の作品を模倣するだけのアマチュア画家である。こうしたジェンダー構造を、ドゥジュインヌの描くジロデのアトリエに読み取ることも可能であろう。

3 「聖なる娼婦」の探求

ここまで見てきたように、ジロデとフレノフェールには様々な類似点が見出せるが、根本的に違う点が一つある。それは、フレノフェールが自分の作品を単なる絵ではなく、恋人とみなしていることだ。彼は自ら描いた「カトリーヌ・レスコー」を「妻」と呼び、「二〇年来、あれと一緒に暮らしている」と語っている。当然ながら、フレノフェールにとって「カトリーヌ」を他の男の眼に晒すことは、「おぞましい売春」に他ならない。彼は次のように述べている。

> 私の絵は絵ではない。それは一つの感情であり、一つの情熱だ！　私のアトリエで生まれたからには、そこで処女のままでいなくてはいけない。［…］詩情と女性は恋人にしか、裸体を委ねてはいけない。

『毬打つ猫の店』のオーギュスチーヌの肖像画と同様に、フレノフェールの絵もまた自然の単なる模倣ではなく、愛する者に向けられる「感情」や「情熱」そのものであった。その観点から見れば、『知られざる傑作』は芸術と

（17）Anne Higonnet, « Femmes et images. Apparences, loisirs, subsistance », in *Histoire des femmes 4. Le XIXe siècle*, sous la direction de Geneviève Fraisse et Michelle Perrot, Plon, 1991, pp.254-256.

（18）*Ibid.*, p.256.

図21　マビューズ（ヤン・ホッサルート）《アダムとイヴ》（1525-30），ダーレム美術館（ベルリン）

愛の葛藤の物語である。実際、三人の画家たちには愛の対象としての女性が存在する。プッサンにはジレットという恋人が、ポルビュスとフレノフェールにはそれぞれの作品に描かれた理想の女性（「エジプトのマリア」と「カトリーヌ・レスコー」）がいる。「女には女」というポルビュスの言葉に象徴されるように、三人の女性は、現実に存在するか否かを問わず、「女」として扱われている。そのことは、『知られざる傑作』自体が、「ジレット」と「カトリーヌ・レスコー」という章構成になっていることにも表れている。

フレノフェールはフランドルの画家マビューズの唯一の弟子とされ、彼から「浮き彫りの秘密と、人物像に特別な生命を与える力」を伝授されたという。マビューズ（本名ヤン・ホッサルート）（一四七八頃－一五三二）は、イタリア風の裸体画と古典的主題をフランドルに導入することに貢献した。バルザックの小説では、フレノフェールはマビューズの絵を一枚だけ所有している。実在のマビューズは聖書や神話を題材とした絵を多く描いたが、裸体像としては《アダムとイヴ》、《ネプトゥヌスとアンフィトリテ》など、男女のペアを等身大で描いた。現在、ベルリン美術館やベルギー王立美術館に数点所蔵されている彼の《アダムとイヴ》（図21）は、どれも裸体の男女が画布の半分ずつを占めている。フレノフェールが所有しているのはこの《アダムとイヴ》の一枚とみなされる。だが興味深いことに、バルザックはフレノフェールに一貫してこの絵を《アダム》と呼ばせ、あたかもイヴが存在していないかのように扱っている。しかもマビューズが描いた「立ち上がり、今にも我々の方にやって来そう」な、「生きている」アダムには、「肉がぴくぴく動き、今にも立ち上がろうとしている」フレノフェールのカトリーヌが対置される。まるで、マビューズが迫真的に描いたのは「原初の男」だけであり、彼にふさわしい「原初の女」を描くことが、後に続く世代の画家たちの使命だと言わんばかりである。

フレノフェールは、絵を完成させるためには完璧な美しさを持った理想の女性モデルが必要だと告げた時、次のように言っている。

崇高で完全な自然、つまり理想を一瞬、ただ一目でも見るためとあらば、私は全財産を投げ出してもいい。天上の美よ、私は御身を求めて冥府へもゆくぞ。オルフェウスのように、芸術の地獄へ降りていって、その命を持ち帰ろう。

ここでは、美の理想と、描く対象の女がいつのまにか同一視され、芸術の奥義を摑み取ると同時に、女という存在の奥底まで降りていって、その本質を捉えようとする男の芸術家の狂気じみた情熱が垣間見られる。それは、ポルビュスに向けたフレノフェールの、エロチックなメタファーを伴う次のような台詞に顕著に表れている。

君は形の奥底まで十分降りていっていない。形が回りくどい手段を使って逃げ回るのを追い求めるだけの愛と忍耐が足りない。美は厳しく、なびきにくく、そうやすやすと手に入る代物ではないのだ。無理やり降参させるには、美がくつろぐ時を待ち、つけ狙い、しつこく口説き、しっかり抱きすくめないといけない。

フレノフェールはさらに続けて、真の画家とは「自然が素っ裸になって、その真髄を見せざるを得なくなるまで」、根気強く追い求めるものだとも言っている。こうした彼の言説において、原語では「形（forme）」「美（beauté）」「自然（nature）」という抽象名詞がすべて女性名詞であり、女性代名詞の elle や la に置き換わったり、形容詞の女性形を取ったりしている。その結果、読者はあたかも、ここで追求されているのが美や自然ではなく、「女」であるかのような錯覚を抱いてしまう。このように、バルザックにおいて「美の探求」は、「女性性《フェミニテ》の探求」でもあった。

女の心の奥底に潜み、男性原理では捉え難い「神秘」とは、女のセクシュアリテに他ならない。前章で見たように、父権的な社会における理想の女性像は、セクシュアリテを伴わない、希薄な身体性に還元される。セクシュアリテを前面に押し出す女性はジェンダー規範に反し、父権制の枠から外れる危険性があった。セクシュアリテは本来、あらゆる女性に潜在するはずのものだが、バルザックの世界では「処女」や「妻」に関しては無垢性または母性が優先され、「娼婦」がセクシュアリテを一手に引き受けている。[19]『人間喜劇』において、「娼婦」は「本質的に不安定な心の持ち主」[20]で、衝動のままにあらゆる感情に身を任せるあまり、ヴァン・デル・ガンの言葉を借りれば「無限に変貌する力」[21]を獲得し、一定の形を持たない混沌とした存在となる。それはまさに、プロテウスに喩えられた「美」の本質と重なり合う。したがって、女の裸体をモデルとする絵画において、芸術の「神秘」と重ね合わせる形で、女の真髄——その未知の部分が男を惹きつけると同時に畏怖の念を呼び起こすがゆえに「聖なる娼婦」と呼べるもの——を捉え、所有することが画家の目的となる。画家は画布の中に「娼婦」を囲い込み、閉じ込めることで、女の心の深層に隠された不可視なものを、絵画という可視的な表象空間に収斂し、制御しようとしているのだ。

バルザックが、実在のポルビュスが描きもしなかった《エジプトのマリア》を持ち出したのも、それが「聖なる娼婦」であったからであろう。「エジプトのマリア」(カトリックでは四〜五世紀頃の聖人)の伝承は、修道僧ゾシマスがエジプトの砂漠で彼女に出会い、聞いた話として伝えられている。[22]マリアは一七年間にわたり、アレクサンドリアで娼婦をしていたが、エルサレム巡礼に出かけた際に回心し、自らの罪を清めるために四七年間を砂漠で孤独のうちに過ごしたとされる。彼女に関する有名なエピソードは、エルサレムに向かうため海を渡る時、路銀を持ち合わせず、船頭に自分の体を委ねて船賃とした、というものである。さらに、砂漠での苦行の間、三個のパンと野草だけで生きたという奇跡が語られている。後に、エジプトのマリアを守護聖人とする教会が各地に建立されたが、船頭とのエピソードをモチーフにしたステンドグラスを擁する教会もあったという。

　絵画においては、バロック期スペインの画家ホセ・デ・リベーラの《エジプトのマリア》（図22）が示す通り、砂漠での厳しい苦行によってやせ衰え、肉の削げた体に朽ち果てた着衣で（またはゾシマスのマントに身を包んで）描かれるのが常である。同じ聖女でも「マグダラのマリア」（図23）とは大きく異なる。ところが、バルザックの「エジプトのマリア」は、「若い娘の肌のぽってりしたしなやかさ」を持つ「情熱的なエジプト女」と形容され、官能性に溢れた女として描写されている。『知られざる傑作』の初版には、「エジプトのマリア」を「マグダラのマリア」と誤記した箇所があり、作家自身、一時期はイメージを混同していたらしい。しかし最終的には「エジプトのマリア」を選択している。作家が絵画上の決まり事に反して、ポルビュスの作品を「官能的なエジプトのマ

（19）例えば、『二人の若妻の手記』においてバルザックは、情熱や快楽、官能に生きるルイーズと、家族に献身的で母性愛に溢れるルネを対置させ、最後には「情熱に対する母性愛の勝利」で物語を終わらせている。良妻賢母が尊ばれたバルザックの時代には、「妻」に関しても、セクシュアリテではなく母性愛が求められた。詳細は拙論「恋愛結婚と政略結婚の行く末――バルザック『二人の若妻の手記』」、『女性学研究』第一四号、二〇〇七年を参照のこと。さらに老嬢は『従妹ベット』のベットのように「不毛性」を表す。

（20）バルザックは『娼婦盛衰記』の中で、次のように述べている。「娼婦は本質的に不安定な心の持ち主で、わけもなく最も愚鈍な不信から絶対の信頼へと移る。この点からみれば、彼女たちは獣以下である。喜びにつけ、信仰につけ、無信仰につけ、あらゆる点で極端に走る彼女たちは、もし彼女たちに特有の死亡率の高さによって、ばたばたと死んでいかなかったならば、[…] ほとんど皆発狂してしまうことだろう」。

（21）W. H. Van Der Gun, *La courtisane romantique et son rôle dans La Comédie humaine de Balzac*, Leiden, Van Gorcum & Gomp. N.V., 1963, p.77.

（22）「エジプトのマリア」に関しては、『19世紀ラルース大百科事典』の « Marie l'Égyptienne » の項および、オットー・ヴィマー『図説　聖人事典』藤代幸一訳、八坂書房、二〇一一年、二三九－二四〇頁を参照した。

図22　ホセ・デ・リベーラ《エジプトのマリア》（1641），ファーブル美術館（モンペリエ）／図23　ティツィアーノ《マグダラのマリア》（1533頃），ピッティ美術館

リア」としたのには、何らかの理由があったはずだ。バルザックは、エルサレムに向かうマリアが船頭に身を任せる直前の、衣服の裾をたくし上げる場面を読者に思い浮かばせることで、「娼婦」の要素をより一層際立たせたかったのではなかろうか。または、当時流行したオリエンタリスムの影響で、「エジプト」という言葉の響きによって「官能的なオリエントの女」のイメージを喚起させたかったのかもしれない。

ポルビュスの「エジプトのマリア」がこのように官能的な娼婦である限り、美の探求者フレノフェールの「カトリーヌ・レスコー」は、さらにその上を行く「娼婦」でなければならなかったはずだ。それが、バルザックが決定稿でこの絵に「ベル・ノワズーズと呼ばれる美しき娼婦」という呼称を付け加えた理由であろう。フレノフェールは自らの絵を、「一人の女が垂れ幕の陰で、ビロードの寝床に横になっている」と説明している。それは、アングルの《グランド・オダリスク》（図24）またはティツィアーノの《ウルビーノのヴィーナス》（図25）を彷彿とさせる。どちらも娼婦を連想させる、エロチックな女性美を描いた絵画である。ポルビュスとプッサンは、フレノフェールの絵の片隅に、混沌とした色調の霧の中から「かぐわしい片足、生きている足」が突き出ているのに気づく。その足は「かぐわしい、官能的な」を意味する délicieux という言葉で形容されている。これはまさにアングルのオダリスクの足を想起させる。しかも、「この一片の画布には、どれほどの快楽が秘めら

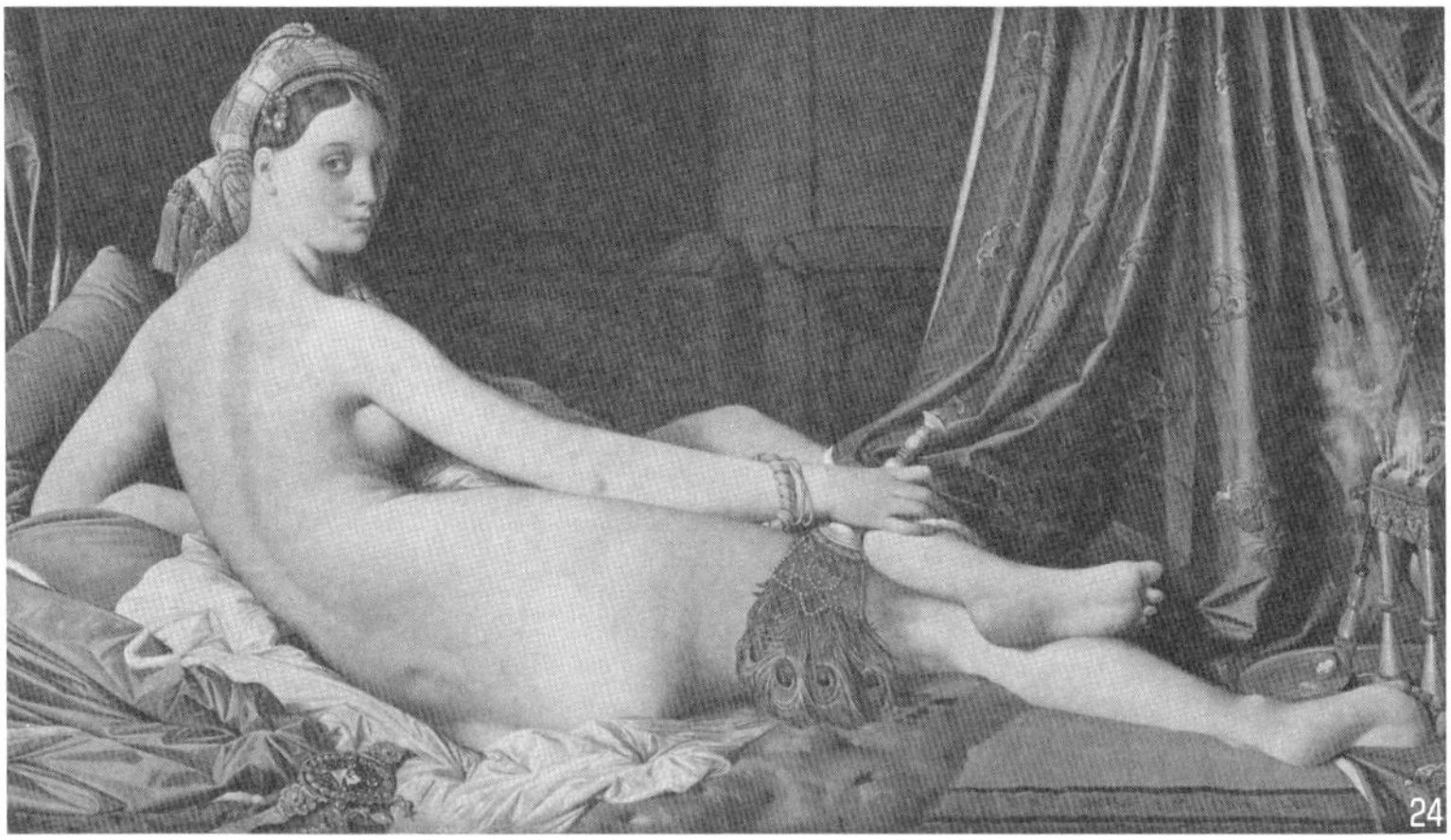

図24　ドミニク・アングル《グランド・オダリスク》（1814），ルーヴル美術館／図25　ティツィアーノ《ウルビーノのヴィーナス》（1538），ウフィツィ美術館

れていることか！」というポルビュスの台詞には、「性的快楽」を暗示する jouissances という語が巧みに挟み込まれているのだ。

「ベル・ノワズーズ（Belle Noiseuse）」の語義は、「美しき諍《いさか》い女《め》」である。なぜ、バルザックは「諍い女」と名づけたのであろうか。ミシェル・セールはこれを、「ざわめく海（mer noiseuse）」から生まれたアプロディテに由来するイメージだとしている。[23] 確かに作中、カトリーヌの「破壊から免れた」足が、「消失した町の廃墟の中から出現した［…］ヴィーナスのトルソ［像の胴体部分］」に喩えられ、カトリーヌはヴィーナス＝アプロディテと深く関連づけられている。アプロディテは処女神であると同時に、豊饒と官能の女神、売淫の女神でもある。実際、古代ギリシアのアプロディテの神殿には、神聖娼婦［巫女の一種で、豊饒の儀式として売春を行った］や寺院娼婦［売上の一部をアプロディテの神殿に納めた］が存在していた。[24] こうしたアプロディテの属性は、「処女」でありながら「娼婦」でもあるとされる「カトリーヌ・レスコー」と重なり合う。

しかも、noise の語源はラテン語の *nausea*（船酔い）で、海と深く結びつき、英語ではそこから「物音」という意味が派生している。セールはこの語を「奥底の音」と関連づけ、「奥底の音と我々が名づけるものをしっかり聞き取れるのは、まさしく海においてしかない。［…］奥底の音とは恐らく、存在の奥底であろう」[25] と語っている。それはまさに、フレノフェールが探求した女の「心の深層」と結びつく。セールはさらに続けて、「存在の奥底」は最終的には、あらゆる形を取る原初のマチエール、プロテウスに行き着くとしている。[26] このように、フレノフェールの「娼婦」は、アプロディテ、プロテウスという神話的表象にまで高められている。

高階秀爾は、バルザックがエドゥアール・マネの《オランピア》（一八六三）に先駆けて、画中の裸婦に「カトリーヌ・レスコー」という固有名をつけたことに、「現実と競い合おうとする芸術の野望」[27] を見ている。それはまた、言語を駆使する小説家として、「名づける」という行為によって、混沌と無秩序の象徴たる「娼婦」に具体的な形を与えたいという願望でもあったのではなかろうか。女神に喩えるほどその美を賞賛しながらも、娼婦の名をつけることでその捉えがたい美を地上に引き戻し、我が手にしたいという願望。つまり、「ベル・ノワズーズ」という渾名は、「娼婦」のイメージを鮮明に浮かび上がらせ、不可視のものを可視的存在に変換する言葉の装置の役割を果たしていると言えよう。

しかし、無定形の女の本質を画布に定着し、閉じ込めようとするフレノフェールの企ては、結局、失敗に終わる。彼の絵筆は、「混沌とした色彩と色調、おぼろげなニュアンス、一種の形のない霧」しか生み出せなかった。自分はカトリーヌ・レスコーの「父であり、恋人であり、神である」と宣言するものの、老画家はその「断片」＝片足を捉えただけで、後にはカオスが残るばかりである。「この下には女がいる！」と叫ぶポルビュスの言葉が象徴しているように、女の本質は男性原理では捉えきれず（つまり画布の上には再現されず）、混沌の下に隠されたままであった。

後世、先に触れたように印象派の画家セザンヌはフレノフェールの内に自らの姿を見出した。セザンヌと同世代のエミール・ゾラもこの作品に影響を受けて、絵画小説『制作』（一八八六）を書いている。その他にも、パブロ・ピカソが一九三一年版の『知られざる傑作』に挿絵を描き（図26）、

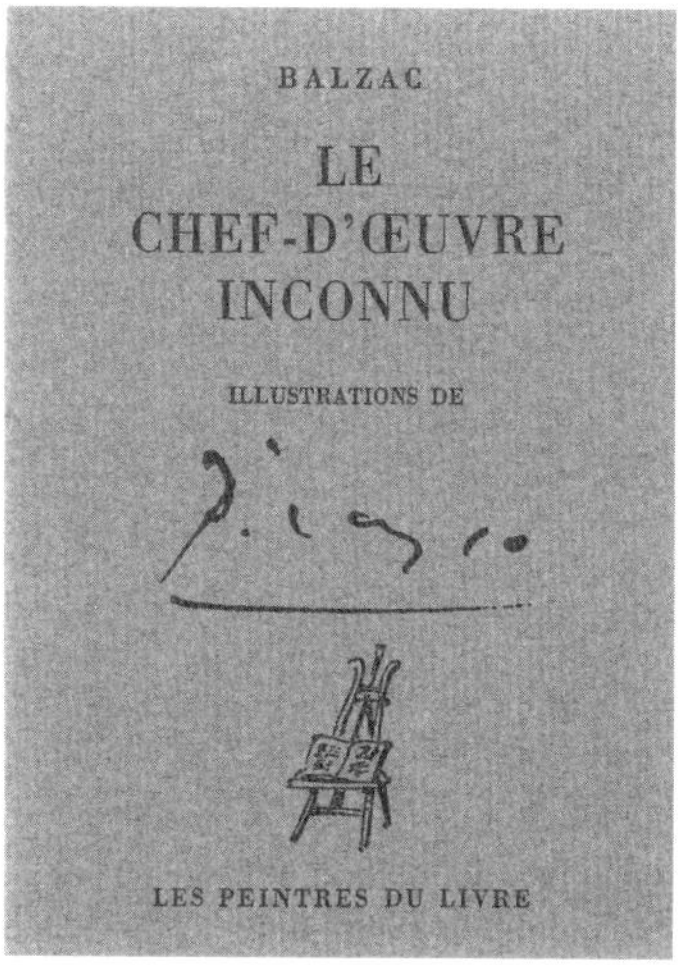

図26　バルザック『知られざる傑作』，ピカソ挿絵版表紙（1931）

（23）Michel Serres, *L'Hermaphrodite*, Flammarion, 1987, p.128.
（24）バーン＆ボニー・ブーロー『売春の社会史　古代オリエントから現代まで』香川檀・家本清美・岩倉桂子訳、ちくま学芸文庫、上巻、一九九六年、一一九－一二〇頁参照。
（25）Michel Serres, *Genèse*, Grasset, 1982, p.32.
（26）*Ibid.*, p.33.
（27）高階秀爾『想像力と幻想』青土社、一九八七年、三五〇頁。

近年ではジャック・リヴェットが時代を現代に設定して映画化している（『美しき諍い女』一九九一年）。このように『知られざる傑作』は、いまだ多くの芸術家を惹きつけてやまない作品であり続けている。それはこの作品が、女性性、女の美、女の真髄といったものを、造形化によって所有することはできるのかという、絵画ひいては芸術をめぐる根源的な問いを読む者に突きつけるからであろう。

第三章 性別役割の転倒
——『ラ・ヴェンデッタ』

第一章で触れたように、『ラ・ヴェンデッタ』は一八三〇年にバルザックが『私生活情景』というタイトルで出版した短編集に収められている。この小説にはジネヴラという名の女性画家が登場する。本章では、彼女がどのように描かれているのか、さらに絵画が物語の展開にどのように関連しているのかを検証していきたい。

1　セルヴァンのアトリエ

物語は一八〇〇年一〇月末、コルシカ人のバルトロメオ・ディ・ピオンボが、妻と幼い娘ジネヴラを連れてチュイルリー宮のナポレオンに面会を求める場面から始まる。彼はコルシカで宿敵ポルタ家にヴェンデッタ（復讐）を行い、パリに逃れて同郷のナポレオンに庇護を求めにきたのだった。

チュイルリー宮はこの当時、ルーヴル宮の入り口に位置し、ナポレオンの公邸として使われていたが、一六世紀に王母カトリーヌ・ド・メディシスが建造を命じて以来、長らく政治権力の本拠地であった。一方ルーヴル宮は、王宮としての歴史はさらに古いが、フランス革命以降は美術館として機能し、サロンが開催される場所でもあった。ナポレオン皇帝時代は、彼が諸国から収奪してきた美術品で溢れかえったという。その上、一七世紀初頭のアンリ四世の時代からすでに、優れた画家・彫刻家たちがルーヴルの一画に住居を構えてアトリエを持つことを許され、彼らは「名士（Illustres）」と呼ばれていた。(1) こうした伝統は一八〇六年、ナポレオンがルーヴルから芸術家たちを追い出すまで続いた。一七世紀古典主義の画家ニコラ・プッサンやジョルジュ・ド・ラ・トゥール、一八世紀ロココ時代のフランソワ・ブーシェ、ジャン・シメオン・シャルダン、ジャン＝バチスト・グルーズ、ジャン・オノレ・フラゴナール、一八世紀末の新古典主義のダヴィッドやジロデ、アントワーヌ＝ジャン・グロ、ピエール＝ポール・プリュードンなど、著名な画家たちが代々ルーヴルの住人として「名士」の生活を送った。[2] このように、ルーヴルは美術史においても、権威あるアカデミーに属する画家・彫刻家たちの拠点であった。

王立絵画彫刻アカデミーは設立当初、女性を排除せず、一七世紀末には五人の女性画家を受け入れていたが、一七〇六年に女性会員を締め出すようになる。一八世紀になると、優れた技術を持つ肖像画家として高く評価されたアデライド・ラビーユ＝ギアール（一七四九－一八〇三）や、「マリー・アントワネットの肖像画家」として有名なエリザベト＝ルイーズ・ヴィジェ＝ルブラン（一七五五－一八四二）の登場によって、アカデミーも女性会員を一部受け入れざるを得なくなった。その結果、女性は四人までという制限をつけて選出されるようになる。しかし、フランス革命の勃発後、一七九〇年に王立アカデミーが廃止されると、「再建されたアカデミーから女は全面的に排除され、一九世紀のほぼ全期間を通して、女性は主要な芸術機構であるアンスティチュ・デ・ザール〔芸術学士院〕から締め出され[3]た。革命中には、「人権宣言」（法の下における平等をうたいながら、女性はそこから排除されていた）に対抗して「女権宣言」を公にしたオランプ・ド・グージュや、ジロンド派の黒幕的存在として活躍したロラン夫人など、政治・社会的分野への女性の躍進が見られたが、革命後からナポレオン帝政にいたって、その反動として、公的空間から女性が排除されるようになった。芸術の領域でも同様である。

しかも、アカデミー絵画の序列の最高位にある歴史画を描くには、男性の裸体モデルを用いた素描研究が必須であった。それゆえ、フランス語ではいまだに、男の裸体のデッサンを「アカデミー」（**図27**）と呼んでいる。しかし当時、女性は裸体の男性をモデルにすることを禁じられており、肖像画や静物画、風俗画など下位のジャンルを手がけるしかなかったのだ。したがって、『ラ・ヴェンデッタ』の冒頭場面は、ナポレオンと美術アカデミーという、政治と芸術の「父権制の象徴」が力を振るう空間としてのルーヴルが舞台となっていたと言える。

物語が動き出すのは、冒頭の場面から一五年後の一八一五年、パリに住む画家セルヴァンのアトリエにおいてである。セルヴァンは画業の傍ら、若い娘たちを生徒に迎えて画塾を開き、評判を取っていた。それは専らセルヴァンの「品行方正さ」と、娘の母親たちの「信頼に値しようとする彼の配慮」によるものであり、しかも彼は「金持ちまたは尊敬できる家柄の娘たちだけを生徒にした」。ここでは男の弟子のためのアトリエとは違い、教師の絵の技量や教え方よりも、その素行や社交性が評価の条件となっている。しかもセルヴァンの画塾には、ある種の絵画教育が決定的に欠落していた。

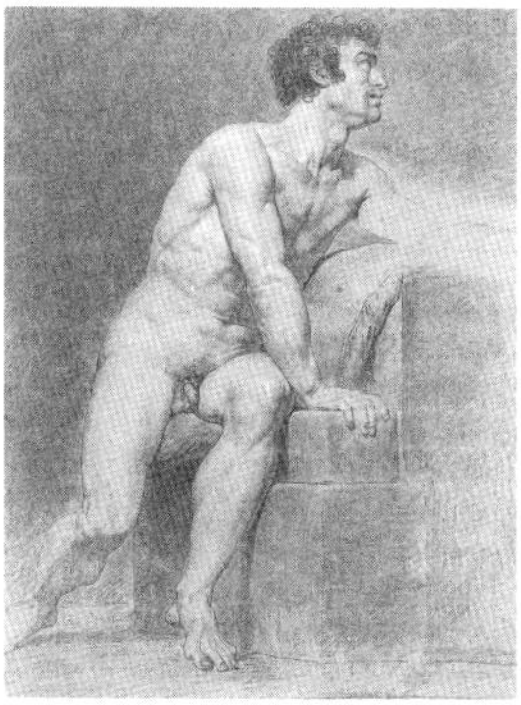

図27　アンヌ=ルイ・ジロデ《座って頭を横に向けている男のアカデミー》（制作年不詳），ジロデ美術館

> 彼は芸術家志望の娘たちを弟子にすることすら断っていた。そのような娘たちには、それなしには絵画の才能を伸ばすことなど不可能な、特定の教育を施す必要があったであろうから。

この「特定の教育」とは言うまでもなく、男の裸体モデルを用いたデッサンの勉強を意味している。当時、結婚前の良家の娘が男の裸体を見るなどということは、不道徳の極みとして許されなかった。実際、

（1）Cf. Jean Galard, « Histoire du palais et du musée », dans *Promenades au Louvre en compagnie d'écrivains, d'artistes et de critiques d'art*, Bouquins (Robert Laffont), 2010, p.32.

（2）*Ibid.*, pp.41-43.

（3）グリゼルダ・ポロック、ロジカ・パーカー『女・アート・イデオロギー　フェミニストが読み直す芸術表現の歴史』萩原弘子訳、新水社、一九九二年、五九頁。

（4）François-Louis Bruel, « Girodet et les Dames Robert », in *Bulletin de la Société de l'art français*, 1912, p.84.

この時代には、多くの男性画家が女性専用のアトリエを持ち、裸体デッサン抜きで絵を教えていた。そこではセルヴァンのアトリエ同様、「良家の子女に対する配慮」が何よりも要求された。例えば、ラ・ペ通りにアトリエを開いたジロデがその管理を託したロベール夫人は、「用心深い母親であり、彼女の手に委ねられた若い娘たちの純真さを尊重する」(4) 女性とみなされていた。バルザックはセルヴァンのアトリエの果たす役割を、次のように説明している。

つまるところ、セルヴァンのところで絵の勉強をした若い女性は、美術館の絵の良し悪しを判断したり、肖像画を見事に描いたり、模写や風俗画を描いたりする能力があると認められていた。このように、この芸術家は貴族階級のあらゆる要望を満たしていた。

一九世紀フランスにおいて、裕福な家の女性たちは、たとえ才能があってもあくまでもアマチュアの絵描きであった。他人に見せる機会といえば、描きためた小さなサイズの絵をしばしばアルバムにまとめて私的な空間で披露するに過ぎず、芸術的な尺度で評価されることはなかった。セルヴァンのアトリエは、こうした女性たちが嗜む芸事（art d'agrément）の場として機能していた。それゆえ彼のアトリエは、公的な空間で活躍する画家たちの拠点ルーヴルとコントラストを成していた。

建物の屋根裏全体を占め、並外れて広いセルヴァンのアトリエは、次のように描写されている。

この一種のギャラリーは、枠付きのガラス窓から差し込む大量の光に照らし出されていた。［…］小さなストーヴと大きな煙突――煙突は屋根の梁に向かって奇怪なジグザグを描いている――が、間違いなくこのアトリエの飾りとなっていた。壁一面に棚板が巡らされ、その上には石膏像が雑多に並べられていた。そのほとんど

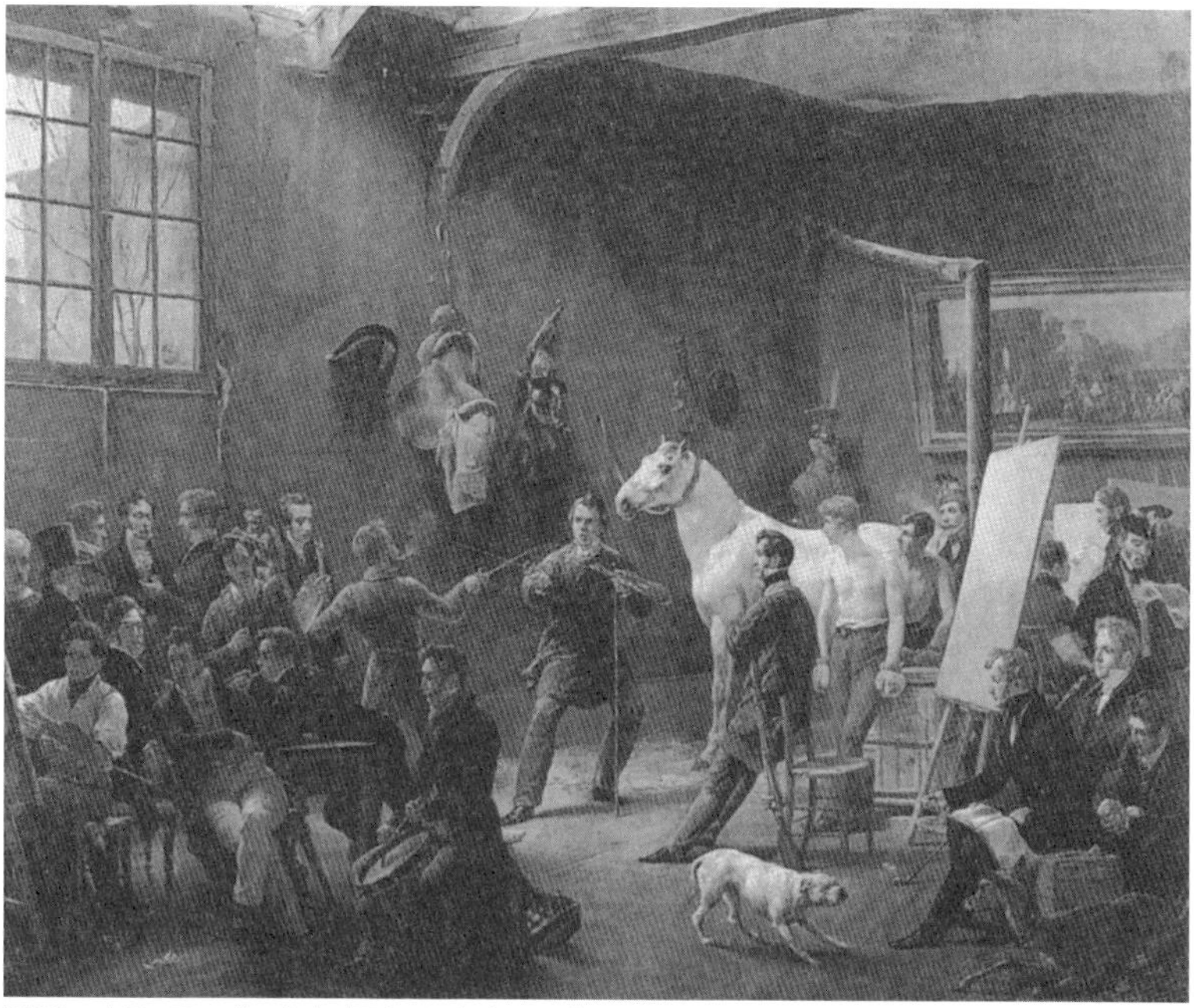
図28　オラース・ヴェルネ《アトリエ》（1820），個人蔵

が黄金色の埃をかぶっている。棚の下のあちらこちらでは、釘に掛けられたニオベ像の頭部が苦しみのポーズを見せたり、ヴィーナス像が微笑んだりしていた［…］。要するに、この乱雑な部屋にアトリエとしての様相を与えているのは、絵やデッサン、人体模型、カンバスが張られていない額縁、額縁に張る前のカンバスに他ならなかった。そしてこのアトリエは、装飾と素、貧困と富、気配りと無関心の奇妙な混合によって特徴づけられていた。

このセルヴァンのアトリエのモデルは、オラース・ヴェルネ（一七八九－一八六三）が一八二二年のサロンに出展した《アトリエ》（**図28**）だとされている。[5] 確かにこの絵には「小さなストーヴ」と、「ジグザグ」を描きながら屋根まで達する煙突が描かれており、その雑多なイメージは、セルヴァンのアトリエの描写と共通している。ただし、ヴェルネのアトリエには壁面の棚はなく、その代わりヴァイオリンや馬の鞍、兜が壁に掛け

図29　アドリエンヌ・グランピエール=ドゥヴェルジ《アベル・ド・ピュジョルのアトリエ》（1822），マルモッタン・モネ美術館

られている。画面中央にいる二人の男は、それぞれ左手にパレットを持ったまま、右手に剣を握ってフェンシングをしている。左側の、こちらに背を向けて煙草を吸っている方がヴェルネ本人で、その対戦相手が彼の弟子ルデューである。画面前景には猿や鹿、猟犬がおり、後景には大きな白馬がつながれていて、動物たちの発する匂いと喧騒が伝わってくるようだ。しかし、セルヴァンのアトリエにあるニオベ像やヴィーナス像など、画家の仕事場につきものの伝統的な石膏像は見当たらない。

実は《アトリエ》に描かれている人物は、従軍画家であったヴェルネをはじめとして、その大多数がナポレオン軍の元兵士であった(6)。描かれている様々な小道具（フェンシングの剣、ボクシングのグラブ、太鼓、トランペット、羽飾り付きの軍帽、馬の鞍など）もすべて、兵士にまつわるものであり、絵に好戦的な雰囲気を付与するのに貢献している。この点は、バルザックが描く「娘たちのアトリエ」とは異質である。むしろ、アドリエンヌ・グランピエール=ドゥヴェルジの《アベル・ド・ピュジョルのアトリエ》（図29）の方が、セルヴァンのアトリエのモデルにふさわしいように思える。

アベル・ド・ピュジョル（一七八五－一八六一）はダヴィッドの弟子で、この絵は彼の女弟子で後に妻となるアドリエンヌの作品である。中央やや右寄りに座り、傍らに立つ女生徒の絵を批評しているのがピュジョルである。広い屋根裏部屋のアトリエは、まさに天井の「ガラス窓から差し込む大量の光」に照らし出され、ストーヴと、屋根まで伸びるジグザグ状の煙突を備えている。左手壁面に設えられた棚には石膏像がずらりと並び、部屋の奥にはヴィーナス像が配置されている。総じてピュジョルのアトリエは、「乱雑な部屋」どころか、むしろ整然としたイメージを醸し出している。しかし、前景中央で身を屈め、絵具箱から絵具を取り出そうとしている人物など、女性たちの生き生きとした動きを捉えたこの絵の方が、若い娘たちが集うセルヴァンのアトリエのイメージに近いように思われる。また次節以降で詳しく見るように、『ラ・ヴェンデッタ』には、セルヴァンの画塾に通うジネヴラが興味本位でアトリエの隣の部屋を覗く場面がある。絵の右端で、好奇心に駆られたように画業そっちのけで窓の外を眺める女性の姿は、その時のジネヴラと重なる。しかも壁際の棚の上には、一体だけ後ろ向きに置かれた石膏像が見える。これは男の裸体のトルソで、先に述べた当時の道徳観を証している。そして画面奥でポーズをとる女のモデルも、ヌードではなく上品な衣装を纏っている。こうした環境のアトリエならば、良家の母親たちも喜んで娘を送り出したであろう。さらに、壁に掛かっている三つの油絵はすべてピュジョルの作品であり、「ピュジョルが膝に乗せている——つまりは彼の支配下にある——デッサンを除いては、女性たち自身の絵はどれも〔鑑賞者には〕

（5）Anne-Marie Meininger, Introduction de *La Vendetta*, t.I, Pléiade, 1976, p.1025 ; Françoise Pitt-Rivers, *Balzac et l'art*, Chêne, 1993, p.56.
（6）Cf. Nina Maria Athanassoglou-Kallmyer, « *Imago Belli* : Horace Vernet's *L'Atelier* as an Image of Radical Militarism under the Restoration », in *The Art Bulletin* 68-2, 1986.
（7）Alexandra K. Wettlaufer, *Portraits of the Artist as a Young Woman. Painting and the Novel in France and Britain, 1800-1860*, Columbus, Ohio State University Press, 2011, p.48.

見えない」(7)。アドリエンヌは、自らは女性でありながら、「女の描いた絵」を埒外に置いたのである。中央に大きくピュジョルを配し、あたかも一群の娘たちを統制する存在であるかのように描いたこの絵には、作者の師でありやがて夫となる男の父権が刻印されている。

ここでオラース・ヴェルネの《アトリエ》に戻ろう。この作品では、弟子のルデューと師匠のヴェルネとの間にそのような支配－被支配関係は見られず、むしろロマン主義的な平等と連帯の精神が画面に漲っている。こうした観点からも、ヴェルネの《アトリエ》はセルヴァンのアトリエのモデルにそぐわない。貴族階級やブルジョワ階級の保守的な道徳観を満足させるアトリエのモデルとしては、《アベル・ド・ピュジョルのアトリエ》の方が適しているといえよう。セルヴァンのアトリエもピュジョルのそれと同様、父権的な空間のメタファーとして機能している。つまり女主人公ジネヴラは、ルーヴルとセルヴァンのアトリエという二つの父権的枠組みに縛られて生きていた。

2　ジロデの《エンデュミオンの眠り》

冒頭の前置きを除き、物語はちょうどナポレオンの百日天下が瓦解した後の話で、セルヴァンのアトリエの隣の部屋には、負傷したナポレオン軍の青年将校ルイジが匿われていた。その存在に気づいたジネヴラがこっそり部屋を覗くと、そこには「彼女が数日前に模写したジロデの傑作、エンデュミオンと同じくらい優雅な顔つき」をした青年が眠っていた。ジネヴラは一目で恋に落ちる。

《エンデュミオンの眠り》（**図30**）は一七九一年、ジロデがその二年前にローマ賞を獲得して、ローマのアカデミー・ド・フランスで絵画の修業をしていた時期に描かれた作品である。九三年にサロンに出展され、大好評を博した。ギリシア神話の美貌の羊飼いエンデュミオンの逸話［エンデュミオンに惚れ込んだ月の女神ディアナが、眠る彼のもとを夜ごと訪れ、抱擁した］を題材とする歴史画で、「眠れるエンデュミオン」は多くの画家が好んで取り上げた

図30　アンヌ=ルイ・ジロデ《エンデュミオンの眠り》（1791），ルーヴル美術館／図31　ジャン=オノレ・フラゴナール《ディアナとエンデュミオン》（1753-56），ワシントン・ナショナル・ギャラリー

テーマであった。一八世紀ロココ時代を代表するジャン=オノレ・フラゴナールの作品（図31）もその一つである。この画題では、ほぼ必ず画面を二分する形で、眠っている青年と彼を見つめる月の女神が描かれ、若い羊飼いの美貌と女神の官能的な肉体がともに強調される。それに対して、ジロデの作品には女性の姿をした女神は登場しない。そこに存在するのは、一条の月の光に照らされたエンデュミオンと、彼に光が届くよう茂みを手で押さえるクピド（キューピッド）の二人だけである。

ジロデはこの頃からすでに、「新しさ」[8]を追求していた。とりわけ女神を月の光で描いたのは、他の画家には見られない彼独自の手法である。ジロデ自身、叔父のトリオゾンに宛てた手紙[9]の中で、次のように述べている。

ぼくはディアナの姿を描いてはいけないと思いました。［…］月の光の方がもっと繊細で詩的なように思えたのです。さらに当時、それは新しいことでもありました。こうした考えは全くぼくだけのものです。葉むらを広げながら微笑んでいるゼフィロス［西風の神］の姿をした若いクピドも同様です。だから、この絵は一部の人たちが呼んだような《ディアナとエンデュミオン》では決してなく、《エンデュミオンの眠り》なのです。[10]

この手紙でジロデ自身が明言しているように、彼の絵の焦点はエンデュミオン一人に絞られ、鑑賞者はディアナの視線＝「月の光」に同化して、エンデュミオンを覗き見る立場に置かれている。しかも、アビゲイル・ソロモン=ゴドーが指摘しているように、ジロデのエンデュミオンの肉体には「解剖学的に奇妙な歪曲」[11]が見出せる。まず目に付くのは、手足の長さに比して頭部が大きいことだが、それだけではない。「美青年の肉体は原則として、ほっそりと、釣り合いの取れた筋肉を付して描かれるものなのに、このエンデュミオンは筋肉の構造がほとんど全く見分けられない」[12]のだ。

ジロデはダヴィッドのアトリエで教育を受けた才能豊かな画家であり、男の肉体の解剖学的構造を知悉していた。

したがって、ジロデはこの作品において、故意に規範から外れて、しかもダヴィッドの筋骨逞しい英雄像（図２）の対極として、エンデュミオンの肉体を女性のように描いたと考えられる。当時のアカデミーの理論によれば、

図32　ジョルジョーネ《眠れるヴィーナス》（1510頃），アルテ・マイスター絵画館（ドレスデン）

「理想的な女の肉体は、骨や筋肉の構造を一切見せない[13]」ように描くことが鉄則で、膨らみを帯びた蛇のような曲線が理想とされていた。エンデュミオンの肉体はまさにそれを具現化している。青年のふくらはぎの柔らかい感触、その艶かしさは、フラゴナールの絵（図31）で言えばむしろ女神のふくらはぎの形状に近い。つまりジロデは、「女の裸体像の法則に基づいて、エンデュミオンの解剖学的構造を造り上げた[14]」ことになる。しかも、片腕を頭の後ろで曲げるポーズは、ジョルジョーネの《眠れるヴィーナス》（**図32**）に典型的なように、ヴィーナスやオダリスクなど女性の裸体像にしばしば用いられるモチーフであった。それは「官能に身を任せた状態」を想起させ、「鑑賞者に捧げられた」裸体である[15]。このように、女性化された官能的な肉体が、ジロデのエンデュミ

（８）ジロデは叔父トリオゾンに宛てた手紙（一七九一年四月一九日付）の中で、「何か新しいものを作り出したいという欲望」に駆られて《エンデュミオンの眠り》を制作したと述べている（P. A. Coupin, *Œuvres posthumes de Girodet-Trioson : Peintre d'histoire*, t.2, Jules Renouard, 1829, p.387）。また同年一〇月二四日付の手紙でも、「とりわけ私がうれしかったのは、私の絵がダヴィッド氏の作品と全く似ていないという声しか聞かれなかったことです」（*Ibid.*, p.396）と書いている。

（９）年代・日付不詳。弟子クーパンの推定では一八〇六年以降。

（10）*Ibid.*, p.340.

（11）Abigail Solomon-Godeau, « Endymion était-il gay ? Interprétation historique, histoire de l'art homosexuelle et historiographie queer », in *Girodet 1767-1824*, Gallimard / Musée du Louvre Éditions, 2005, p.91.

（12）*Ibid.*

（13）*Ibid.*

（14）*Ibid.*

（15）*Ibid.*, p.92.

オンの特徴であった。ジロデは女性の肉体を持った女神を描かず、代わりに「女性化された男の裸体」を描くことで、絵をより詩的なものとしたのである。

この絵に関しては、同性愛的観点からの分析[16]や、エンデュミオンを両性具有的存在とみなす解釈[17]、または精神分析的な原体験と結びつけた解釈[18]、さらには政治的・社会的コンテクストのもと、エンデュミオンを若い共和国の理想とみなす解釈[19]など、様々な解釈がなされてきた。では、バルザックはこの作品をどのように捉えていたのであろうか。次にそれを少し探っていきたい。

3 『サラジーヌ』におけるアドニス像

第二章で触れた《ピュグマリオンとガラテイア》は、ジロデ最後の大作であり、後世、消えゆく古典主義の「白鳥の歌」[20]とされることになった。同じ年のサロンにはテオドール・ジェリコーの《メデューズ号の筏》が出展され、その陰惨な情景が物議をかもすと同時に、ロマン主義の華々しい幕開けを飾った[21]。このサロンに関してバルザックは、金物商人テオドール・ダブラン[22]に宛てた手紙（一八一九年一〇月二五日付）の中で、ぜひ入場切符を手に入れて欲しいと頼んでいる。ただし、目当てはジロデの《ピュグマリオン》ではなく、《エンデュミオンの眠り》であった（結局、一八一九年のサロンに《エンデュミオンの眠り》は出展されなかった）。ジロデの《エンデュミオン》に対するバルザックの思い入れは、それほど深いものであった。

バルザックはこの絵について、まず『ラ・ヴェンデッタ』と同年の一八三〇年に出版された『サラジーヌ』の中で、間接的な形で言及する。この小説は、ランティ伯爵夫人の舞踏会の場面から始まる。そこに現れた不思議な老人に興味を抱いたロシュフィード侯爵夫人が、語り手の「私」にあれは誰かと尋ねる。そこで「私」は、侯爵夫人をランティ家の小部屋に案内する。そこには一枚のアドニス［アプロディテに愛された美少年］の絵が掛けられていた。それは彫刻家サラジーヌが制作した彫像を、画家のヴィアン[23]が模写したものであった。語り手と侯爵夫人は、アドニスの絵をじっくりと鑑賞する。

私たちはしばらくの間、この驚くべき絵をじっと見つめていた。それは何か超自然的な筆で描かれているように見えた。絵はライオンの毛皮の上に横たわるアドニスを描いたものであった。閨房の中央に吊るされた、白大理石の器に入ったランプがその時、この画布を柔らかな光で照らした。そのため、私たちは絵の美しさを隈なく見てとることができた。

「これほど完璧な人間が存在するでしょうか？」と侯爵夫人は私に尋ねた。彼女はかなり満足気で穏やかな微笑みを漏らしながら、身体の輪郭やポーズ、肌の色や髪の毛、要するにそこに描かれたすべてを、じっくり吟味していた。

（16）*Ibid.*, p.90.

（17）Thomas Crow, « B/G », in *Vision and Textuality*, Durham, Duke University Press, 1995.

（18）Anne-Marie Baron, *Balzac, ou les hiéroglyphes de l'imaginaire*, Honoré Champion, 2002, pp.49-62.

（19）Wettlaufer, *Portraits of the Artist as a Young Woman*, pp.31-61.

（20）Sylvain Bellenger, *Girodet 1767-1824*, p.464. 死に瀕した白鳥の歌が最も美しいとされることから、芸術家の最後の傑作または絶筆をこのように呼ぶ。

（21）一八一六年にフランス海軍のフリゲート艦メデューズ号が難破し、一五〇名近くの船員たちは筏で脱出したが、そのほとんどが救出までの一三日間で死亡。生き残った一五人も飢餓のために死体を食したり、狂気に陥るなど極限状態で発見され、国際的なスキャンダルとなった。ジェリコーの絵はこの悲劇的な事件を題材としたものであった。

（22）ダブランは芸術に造詣が深く、バルザックは当時彼を師と仰いでいた。Cf. Jean Adhémar, « Balzac, sa formation artistique et ses initiateurs successifs », in *Gazette des Beaux-Arts* N° 104, 1984, pp.231-235.

（23）ジョゼフ=マリー・ヴィアン（一七一六－一八〇九）は、萌芽期の新古典主義の画家で、ダヴィッドの師でもある。一七四四－五〇年、ローマのアカデミー・ド・フランスの館長を務めた。当初はロココ調の画風であったが、五〇年代末から新古典主義を思わせる新しい様式での制作を始めた。

バルザックの小説では、ジロデがこのアドニスの絵に着想を得て、《エンデュミオンの眠り》を制作したとされている。ただ、ジロデの《エンデュミオン》自体はほんの一言、言及されるだけで、アドニスの絵が言わば《エンデュミオン》を胚胎した作品として、その表象の役割を果たしている。青年の体の下に敷かれた豹の毛皮がライオンの毛皮に、「月の光」が小部屋の天井に吊るされた（＝絵の外にある）ランプの「柔らかな光」に代わっている。そして、月の女神に代わって美しい男の肉体に視線を投げかけるのは、ロシュフィード侯爵夫人である。

ところで、先の引用には「閨房（boudoir）」という表現が出てくる。語の本来の意味（閨房＝女性の寝室）からすれば、絵の中で艶かしい姿態で横たわるのは女性であるべきだが、ここで「欲望の眼差し」の対象となっているのは美青年の裸体であり、眼差しの主体は女性である。バルザックはジェンダーの転倒によって、何を表現しようとしていたのだろうか。

この絵の元になった彫像は、サラジーヌが歌姫ラ・ザンビネッラをモデルに制作したものだった。サラジーヌは彼女の中に理想の女性美を見出した。彼が舞台上のラ・ザンビネッラを初めて見る場面は、次のように描写されている。

> サラジーヌは、彼のために台座から下りてきたピュグマリオンの彫像を貪るように見つめた。［…］彼はあまりに愛に酔いしれていたので、劇場も観客も俳優も目に入らず、音楽ももはや聞こえなかった。しかも、自分とラ・ザンビネッラの間の隔たりがなくなり、彼女を所有するに至っていた。釘付けになった彼の眼差しは、彼女を独占していた。

ここで、第二章で見たピュグマリオン神話が再び登場している。ラ・ザンビネッラはサラジーヌにとって、ピュグマリオンが自らの理想を形にしたガラテイアの像と同じ意味を持っていた。彼女に対するサラジーヌの「欲望の眼差し」が繰り返し言及され、視線によってラ・ザンビネッラの肉体が「所有」される様子が描かれている。すでに述べたように、バルザックにとって「見る」ことは「所有する」ことであった。さらに、歌姫を貪るように見つめるサラジーヌと、絵の中のアドニスを凝視する侯爵夫人が重ね合わされ、この小説そのものが「眼差しの物語」として立ち現れる。しかし、サラジーヌがその肉体を理想の美として愛したラ・ザンビネッラが、実は女性ではなくカストラート［去勢された男性歌手］であることが判明した時、彫刻家は悲劇的な死を遂げることになる。冒頭、ランティ伯爵夫人の舞踏会に現れた不思議な老人こそ、このラ・ザンビネッラの年老いた姿であった。

サラジーヌの悲劇を境に、「現実の女（実はカストラート）をモデルとした彫像」は美少年（アドニス）の絵に転移し、「欲望の眼差し」の主体も男性から女性に反転する。その装置となっているのが、アドニスの絵に含意として隠されたジロデのエンデュミオンである。バルザックにとって、「女の裸体像の法則に基づいて」描かれたジロデの《エンデュミオン》は、男女の性的役割という既成の価値観を転覆した作品であった。

ジロデが画家として活躍した時期には、理想的な美を表すモデルは男性でも女性でも同じ基準であった。[24] しかし一八二〇年代以降、絵画・彫刻における理想美の概念に大きな変化が起こる。七月王政期には「人間の肉体の、官能的でエロス化され、理想化された表現は女性をモデルとしたものでなければならない」とされ、アングルが「女の裸体の専門家」として一世を風靡するようになる。[25] こうした時代の流れの中で、ジロデのエンデュミオンは、「官能的な美を表現する男の肉体」を描いた点で稀有であり、バルザックはそこに惹かれたのではないだろうか。エンデュミオンの肉体を刺し貫く「月の光」＝「女の視線」は「ファルス的視線」であり、視線の対象であるエンデュミオンは、従来は女の属性であった「消極性、受動性、官能性」を引き受けることになる。

(24) Cf. Solomon-Godeau, *op.cit.*, p.83.
(25) *Ibid.*, pp.82-83.

それでは、ジロデの《エンデュミオンの眠り》が、『ラ・ヴェンデッタ』の物語展開にどのように関わっているのか、詳しく見ていくことにしよう。

4 《エンデュミオンの眠り》の文学的転換

『ラ・ヴェンデッタ』で、女主人公ジネヴラが眠れる青年を覗き見る場面は、ジロデの《エンデュミオンの眠り》を再現したかのようだ。そして、ジロデがオシアンの絵でナポレオン軍の将軍たちを登場させ、歴史的事件を神話化したように、バルザックはナポレオン軍の将校ルイジをエンデュミオンに置き換えることで、青年の類い希な美しさを強調している。この場面ではまず、セルヴァンのアトリエの光に溢れた様子が描かれる。

七月の輝く太陽の光がアトリエを照らしていた。二つの光線が幅広の透明な黄金の帯となってアトリエを奥まで貫き、埃の粒子がきらきらと輝いていた。

アトリエを貫く光線は、エンデュミオンの肉体を照らし出す「月の光」を彷彿とさせる。隣の部屋の物音に気づいたジネヴラは、机に椅子を載せて足場を作り、その上によじ登って、アトリエとの仕切り壁の割れ目から隣の部屋を覗き込む。そこにはジロデの「エンデュミオンと同じくらい優雅な顔つき」をした青年が眠っていた。ジネヴラは「月の光」さながら、眠る青年に向かって高みから「垂直の視線」を投げかけている。青年を見つめる彼女の眼差しは「アラジンの財宝を見つけた守銭奴の眼差し」に喩えられ、女性から男性に向けられたファルス的な欲望の視線として描かれる。一方、深い傷を負った青年は昏睡状態にあり、ゼウスによって永遠の眠りを授けられたエンデュミオンさながら、アトリエから漏れ聞こえる少女たちのざわめきにも眼を覚まさない。

『ラ・ヴェンデッタ』は、コルシカの由緒ある家柄ピオンボ家の一人娘ジネヴラと、ピオンボ家と敵対するポル夕家の息子ルイジとの悲恋物語で、コルシカ版『ロミオとジュリエット』とも言える。一五年前、ジネヴラの父バルトロメオは、一人息子グレゴリオを殺された復讐としてポルタ一家を襲い、家に火を放つ。家族の中で唯一生き残ったのがルイジであった。ルイジがエンデュミオンに喩えられたことで、読み手は悲劇を予感することになる。というのも、神話において「永遠の若さ」と引き替えに「永遠の眠り」を授けられたエンデュミオンは、「不死」の象徴とみなされることもあれば、逆に「永遠の眠り」＝「死」の象徴とみなされることもあるからだ。バルザックの小説では、エンデュミオンは後者に当たり、やがて「眠りのような死」が二人を襲うことになる。ジネヴラとルイジはバルトロメオの反対を押し切って結婚し、子どもを設けて束の間の幸福を味わうが、次第に生活に困窮するようになる。そして生活苦の中で、ついに衰弱した赤ん坊がジネヴラの胸に抱かれたまま死んでしまう。その様子をバルザックは次のように描いている。

> 二人のコルシカ人はまず、勇敢に戦った。しかしやがて、死に先立つあの眠りにも似た無気力さに身を委ねることが増えた。［…］
> 天窓から差し込む最後の日の光が、ジネヴラの顔の上で消えようとしていた。彼女は胸に子どもを抱いて、椅子に座ったまま眠っていた。

「消えようとしていた」という文には、原文では「死ぬ（mourir）」という動詞が使われている。ここでも「死」と「眠り」のモチーフが見出せる。物語は、子どもを失って悲しみに暮れるジネヴラが息絶え、妻を追うかのようにルイジも死ぬことで終わる。「眠り」と「死」に運命づけられたこの小説の悲劇的な結末は、ジロデの《エンデュミオンの眠り》への言及によって予告されていたと言えよう。

また、ジネヴラの死は、家の掟＝父の言いつけを破った「罰としての死」とみなすこともできる。ジネヴラは女性的な「優雅さ」と「気高さ」だけではなく、男性的な「知性」と「力」をも併せ持つ女性として描かれている。父親の反対を押し切っての結婚も、彼女の強い意志の力によるものであった。ジネヴラとルイジの力関係は、当時の支配的な性別観を逸脱していた。それは最初の出会いの場面――女のジネヴラが男のルイジに対して、「欲望の眼差し」＝「ファルス的な視線」を投げかける――ですでに決定づけられていた。しかし、そのような視線は神話の女神のみに許されるものであり、生身の女性であるジネヴラがそれを行使することは、ジェンダー規範への背反を意味している。一九世紀の家父長的なブルジョワ社会では、それは容認しがたい罪とみなされ、死という厳罰をもってその報いを受けたと考えることもできる。

バルザックの小説には他にも、ルイジと同様ジロデの青年像に喩えられる人物が登場する。『幻滅』（一八四三）の主人公リュシアン・ド・リュバンプレである。彼もまた、「若い娘が男装しているような」女性的な美貌の持ち主で、「女のような腰つきをしていた」と表現されている。彼の魅惑的な肉体は女たちの「欲望の眼差し」の対象となるが、最後は牢獄内で首を吊るという悲劇的な死を迎える。また、『マラナの女たち』（一八三二）に登場するモンテフィオーレは、ジロデの《カイロの反乱》（**図33**）に描かれた「瀕死のトルコ人の青年」に喩えられている。画面右端、褐色の肌をした逞しい男性に抱きかかえられた色白の青年は、華奢な体に華やかな衣装を纏い、その姿態は一見、女性と見紛うほどだ。モンテフィオーレはこの青年さながら、「最もきれいな男の子たちの一人」「繊細なプロポーション」などと形容され、女性化された肉体の持ち主として描かれている。彼も女主人公ジュアナの「欲望の眼差し」の対象となり、最後は殺される運命にあった。このように、ジロデの青年像はバルザックにとって、「女性化された肉体」を持ち、女の「欲望の眼差し」の対象となり、やがて悲劇に見舞われる美貌の青年の表徴となっている。バルザックの世界では、こうした男たちは、いわゆる「男らしさ」から逸脱した存在として、社会から抹殺される運命にあった。

一方、女性に関しても、視線の対象から視線の主体に――「見られる」立場から「見る」立場に――入れ替わる

図33　アンヌ=ルイ・ジロデ《カイロの反乱》（1810），ヴェルサイユ宮美術館

ことで、伝統的な男女の役割を逆転させ、秩序を壊乱したとみなされた。第一章で見たように、当時のフランス社会では、「慎み深さ」を具現するラファエロやジロデの聖母像が女性の理想像であった。その規範から外れる女性は、社会の基盤を揺るがせかねない「危険な存在」として排除される傾向にある。『マラナの女たち』のジュアナは、もともとスペインの血を引く女性で、物語の最後にはフランスを離れてスペインに旅立つ。一方、『ラ・ヴェンデッタ』のジネヴラは、コルシカという当時「野蛮」とみなされていた地域の出身である。二人ともこの時代のフランス社会においては、絶対的な「他者」であった。

以上のように、『ラ・ヴェンデッタ』では、《エンデュミオンの眠り》における「月の光」（=女神）と青年の構図が、ジネヴラとルイジの関係、および二人の運命を予告していた。バルザックが物語冒頭でルーヴルとセルヴァンのアトリエという、二つの父権的な空間を描いているのも、その枠組みから外れた女と男の悲劇を強調するためだったのではなかろうか。バルザックはこの小説において、ジロデの《エンデュミオンの眠り》に描かれたジェンダーの転倒を、一九世紀フランス社会の文脈に置き換えて表現した。その試みによって彼は、絵画の含意を文学的次元に転換したと言えよう。

第二部　ロマン主義作家と絵画

第一部では、バルザックの『人間喜劇』の作品と絵画の関連性を見てきた。第二部では、バルザックと関わりのあった同時代のロマン主義作家の作品を取り上げ、絵画の援用の仕方や芸術観をバルザックと比較してみたい。なかでもテオフィル・ゴーチエやジョルジュ・サンドは自ら絵筆をとり、画家としての才能にも恵まれていた。それが自ずと二人の小説にも反映されていると思われる。こうした観点からも、バルザックの作品との違いを明らかにしていきたい。

第四章では、ゴーチエの『金羊毛』および『カンダウレス王』を取り上げ、とりわけピュグマリオン神話の解釈に関して、バルザックの『知られざる傑作』と対比しつつ考察していく。第五章では、マルスリーヌ・デボルド＝ヴァルモールの『ある画家のアトリエ』を取り上げ、バルザックの『ラ・ヴェンデッタ』のアトリエの描き方と比較する。第六章では、ジョルジュ・サンドの『ピクトルデュの城』を取り上げ、ドラクロワと関連づけながらサンドの絵画論を探る。同時に、バルザックの描く男性画家とは異なるサンドの女性画家の特徴を浮き彫りにしていきたい。

（上）テオフィル・ゴーチエ画「モーパン嬢」（1834）／（下）ジョルジュ・サンド画《マルスリーヌ・デボルド=ヴァルモールの肖像》（制作年不詳）

第四章

美を永遠化する夢
――ゴーチエ『金羊毛』『カンダウレス王』

テオフィル・ゴーチエ（一八一一―七二）は、一八三六年に『プレス』紙に「下院の絵画　玉座の間」というタイトルの美術評論を掲載して以来、一八七二年に亡くなるまで半世紀近く、様々な新聞・雑誌にサロン評や演劇評を発表し、文芸評論家として名を馳せた。文芸評論だけでなく、詩や小説、戯曲、バレエ（「ジゼル」「ラ・ペリ」）など様々なジャンルの創作も手がけ、親交のあったマクシム・デュ・カンの言葉を借りれば「ポリグラフ」［多方面の主題を扱う作家］であった。(1) しかしその原点は、画家としての修業にあった。

ゴーチエは一八一一年に南仏のタルブで生まれた。三歳の時に父がパリの税関吏に就任したため、一家はパリに移住する。ゴーチエは一八二二年一月、一一歳の時にパリのコレージュ・ルイ＝ル＝グランに寄宿生として入学する。しかし、寮生活の厳しさに耐え切れず、同年一〇月にはコレージュ・シャルルマーニュに転校し、自宅通学生となる。学校の近くにはリウーという画家のアトリエがあった。絵画に強い関心を抱くようになったゴーチエは、父の許しを得て一八二九年から、学業の傍らリウーのアトリエでデッサンを学び始める。そこには文学熱に駆られた芸術家の卵たちが集い、シェイクスピアやウォルター・スコット、バイロン、シャトーブリアンを熱く論じ合ってい

（1） Maxime Du Camp, *Théophile Gautier*, Hachette, 1890, p.5.

図34 「エルナニ合戦」当時のゴーチエ（1830年の《自画像》，個人蔵）

た。なかでも当代最高の詩人として称揚されていたのがヴィクトル・ユゴーであり、ゴーチエもユゴー礼賛にかけては他にひけをとらなかった。

　コレージュ・シャルルマーニュでは、三歳年上のジェラール・ド・ネルヴァル（本名ジェラール・ラブリュニ）と知り合い、二人の厚い友情はネルヴァルが一八五五年に亡くなるまで続いた。ネルヴァルは一〇代ですでに詩人として名を馳せ、一八二八年にはゲーテの『ファウスト』第一部をフランス語に翻訳し、作家本人から絶賛の手紙を受け取るほどの天分を見せていた。一八三〇年の「エルナニ合戦」にゴーチエが加わったのも、ネルヴァルに誘われてのことである。エルナニ合戦とは、ユゴーの戯曲『エルナニ』をめぐる事件のことである。ユゴーは『エルナニ』において、古典劇の三単一の法則〔時・場所・筋の一致〕を故意に破ることで、古典の束縛を逃れた自由な演劇表現を目指した。その挑発的な内容はたちまち物議を醸すが、ユゴー一派は動じず、古典主義の牙城フランス座〔現在のコメディー・フランセーズ〕での公演初日、古典派の怒号を制して最後まで演じ切った。この公演を境に「ロマン派の勝利」が社会的に認知されたと言ってよく、この事件は後にロマン主義革命とも称されることになる。当時一九歳だったゴーチエは『エルナニ』の初演日、長髪を風になびかせ、赤いチョッキに緑のパンタロンという派手な出で立ちで劇場に現れ、一躍有名になった（**図34**）。その後、ネルヴァルに導かれて、ロマン派の総帥ユゴーのセナークル〔ロマン主義の文学者の結社〕に参入したことが、詩と絵画との間で揺れ動いていたゴーチエを、詩の道に進ませる決定的な要因となった。

　ゴーチエは後に『ロマン主義の歴史』（一八六九、未完）の中で、当時を回想して次のように語っている。「私はクロッキーよりも詩句を多く作り始めていた。そして言葉で描く方が、絵の具で描くよりも適切なように思えた」。それ以降、彼は画家の道を諦めて詩人・作家としての道を進むことになる。しかし一方で、人生の選択を悔やむこともしばしばであった。糊口を凌ぐために新聞記事の執筆に追われる中で、文芸批評欄を「挽き臼」に喩え、自分はそれを一日中、目隠しされたまま引き回し続けるロバのようなものであり、物書きではなく画家になるべきだったと嘆いた。絵画への未練も手伝って、彼は常に「画家の眼」で物事や人物を観察し、絵筆の代わりに言葉を用いて「造形芸術のライヴァルとなるような文学」(2)を作り出そうとした。もともと造形芸術に精通していたこともあり、ゴーチエの詩や小説には絵画・彫刻作品への言及が頻繁にあり、美術用語も数多く使われている。実際、同時代の批評家サント＝ブーヴはゴーチエの文章表現を「絵のような《ピトレスク》」(3)と形容し、ゴンクール兄弟は彼の作品を「記述された絵画」(4)と評した。ゴーチエは作品を通じて、絵画や彫刻の「美」を文学に置き換えることを目指し、それを「芸術の転換（transpositions d'art）」と呼んだ。その代表作がここで取り上げる『金羊毛』（一八三九）である。この作品では、フランドルの画家ピーテル・パウル・ルーベンス（一五七七－一六四〇）の絵画を軸に物語が展開する。

本章ではまず、『金羊毛』において絵画的表象がどのように扱われているかを見ながら、ゴーチエの芸術論の要諦を探っていく。またその際、バルザックの『知られざる傑作』との比較を行う。すでに第二章で言及したように、ゴーチエはバルザックが『知られざる傑作』を執筆するにあたって、絵画には素人の彼に知識や情報を提供し、芸術観に影響を与えた一人であった。しかも、『知られざる傑作』と『金羊毛』にはいずれも、ロマン主義的なピュグマリオン神話が深く関わっている。両作品を比較することで、二人の作家の違いを明らかにしていきたい。また、ゴーチエは理想の美を、古代ギリシアの彫像に求めた。それが顕著に表れているのが、中編小説『カンダウレス

（2）Émile Faguet, *Dix-neuvième siècle, Études littéraires*, Boivin, 1949, cité par Gérard de Senneville, *Théophile Gautier*, Fayard, 2004, p.447.

（3）Sainte-Beuve, « Théophile Gautier », in *Nouveaux lundis*, t.VI, Lévy, 1866, p.317.

（4）Jules et Edmond de Goncourt, *Journal*, t.VI, Monaco, Éditions de l'imprimerie nationale de Monaco, 1864, p.201, cité par Natalie David-Weill, *Rêve de Pierre : la quête de la femme chez Théophile Gautier*, Genève, Droz, 1989, p.8.

王』（一八四四）である。そこで、『金羊毛』に続いて『カンダウレス王』を取り上げ、ゴーチエの美に対する考え方を見ていくことにしよう。

バルザックとゴーチエの親交は、ゴーチエが一八三五年に『モーパン嬢』を出版した時に遡る。バルザックはこの小説に惚れ込んで、自分が創刊した雑誌『クロニック・ド・パリ』への寄稿をゴーチエに求めた。それ以来、二人の親密な関係は途絶えることなく続く。バルザックはしばしば作品中にゴーチエへのオマージュを込めている。例えば、『幻滅』の第二部「パリにおける田舎の偉人」（一八三九）で、主人公の詩人リュシアンの作とされる「ラ・チューリップ」は、バルザックに頼まれてゴーチエが書いた詩であった。また、『カディニャン公妃の秘密』（一八三九）の献辞は、ゴーチエに宛てられている。一方、ゴーチエの方も、バルザック作品を翻案した芝居を批評する際には、原作に触れることを怠らなかった。バルザックの死後の一八五八年には、友との思い出を振り返り、その小説美学を総括する本を出版している。

ゴーチエの作品の分析と並行して、こうした二人の交流がそれぞれの芸術論にどのような影響を与えたのかについても探っていきたい。

1　ルーベンスの「マグダラのマリア」

『金羊毛』の主人公は、卑俗なブルジョワ社会に嫌気がさして、内向的な生活を送る青年チビュルスである。物語は、彼がルーヴル美術館でルーベンスの絵を見て、そこに描かれた金髪の官能的な女性の姿に触発され、その美を具現化したフランドル女性を探しにベルギーに旅立つところから始まる。作者はその旅を「金髪探求」と呼び、チビュルスを、「金羊毛」［ギリシア神話の秘宝の一つで、翼を持つ金色の羊の毛皮。コルキス（古代グルジア）の王が所有しているとされた］を探して旅をするギリシア神話の英雄イアソンに見立てている。個人的な恋人探しの旅を、神話の壮大なイニシエーションの旅に喩える手法には、ゴーチエらしい「ダンディの皮肉たっぷりな傲慢さ」[5]が見出せる。

チビュルスのベルギー旅行のディテールは、ゴーチエ自身が一八三六年七月二四日から八月二五日にかけて、ネルヴァルと一緒に当地を旅行した実体験に基づいている。彼はその旅行記を『クロニック・ド・パリ』誌に『ベルギー巡り』というタイトルで、同年九月二五日から一二月二五日まで六回に分けて発表した。この旅行記は後に、一〇年後に再訪した際の印象を加筆し、エッセイ集『奇想とジグザグ』（一八五二）に収められることになる。実は、この旅の動機がゴーチエ自身の「金髪探求」であった。チビュルスは期待に反して、ブリュッセルでもルーベンスの故郷アントウェルペン［英語名アントワープ］でも、スペイン系の褐色の肌に黒髪の女性しか見つけられずに失望するが、このくだりなどは作家の実体験がそのまま反映されたものである。

『ベルギー巡り』では、パリ－ブリュッセル間を馬車で行く旅のエピソードが全体の半分を占めているが、小説では省略されている。しかしブリュッセルからアントウェルペンまでの鉄路や、*Verkoopt men dranken*［フラマン語で「お酒あります」の意］という看板を掲げた店の話など、地方色豊かな描写は旅行記を下敷きにしている。

小説と旅行記の最も大きな違いは、アントウェルペン大聖堂の祭壇を飾るルーベンスの《キリスト昇架》と《キリスト降架》の描写である。《キリスト昇架》（図35）と《キリスト降架》（図36）は、どちらも三連祭壇画の中央を占めている。前者の左翼は《キリストの弟子と聖なる婦人たち》、右翼は《二人の盗賊と護送隊》である。一方、後者の左翼は《聖母マリアの聖エリザベツ訪問》、右翼は《聖母マリアの奉献》である。

旅行記『ベルギー巡り』では、《キリスト昇架》と《キリスト降架》が次のように描写されている。

（5）Jean-Claude Fizaine, Notice à l'édition Pléiade de *La Toison d'or*, dans *Romans, contes et nouvelles*, t.I, Gallimard, 2002, p.1429.『金羊毛』の少し前の作品『若きフランスたち——諧謔小説集』（一八三三）の登場人物には、作家自身の「ダンディの傲慢さ」が投影されている。

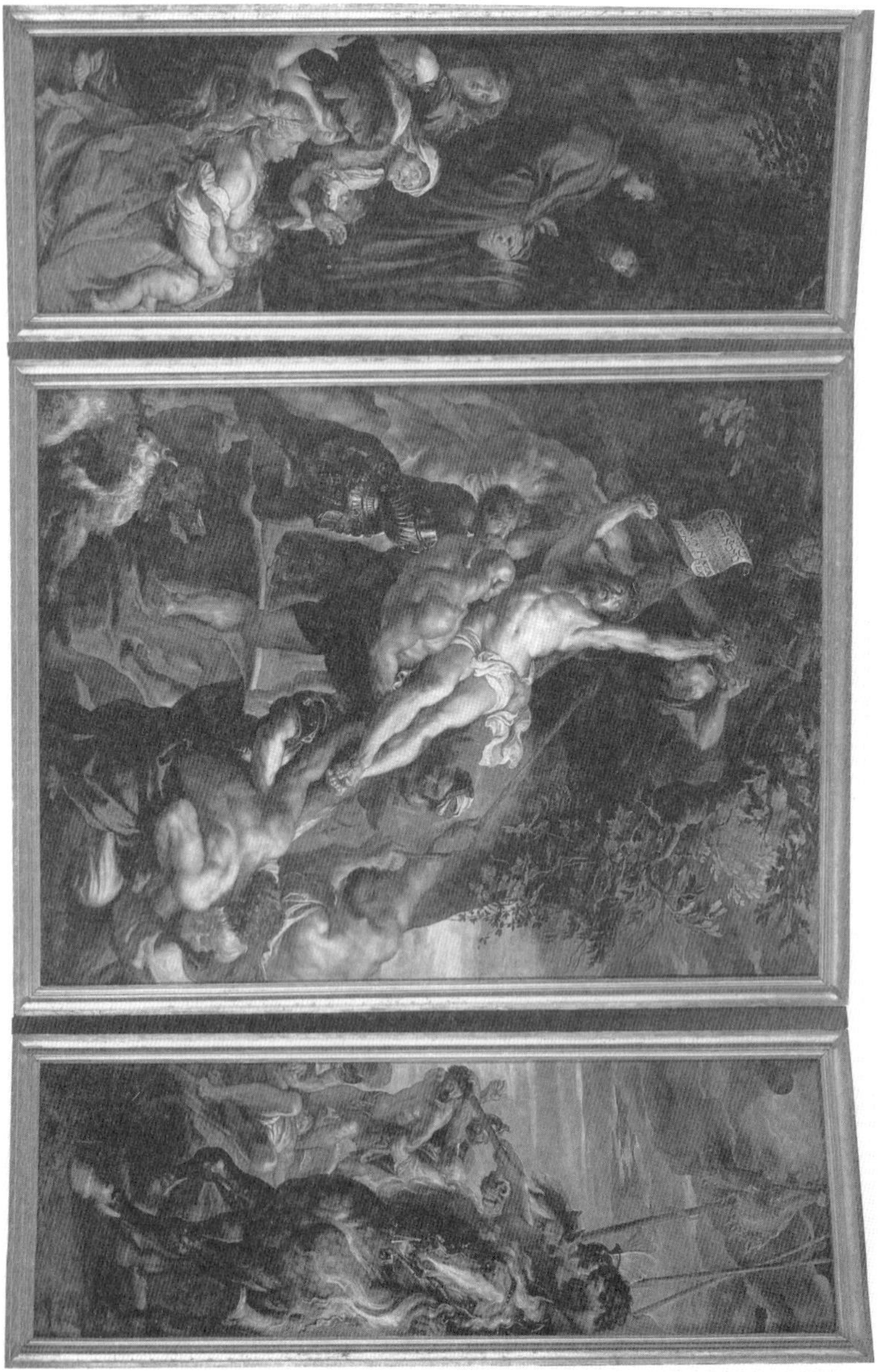

図35　ピーテル・パウル・ルーベンス《キリスト昇架》(1610)，アントウェルペン大聖堂

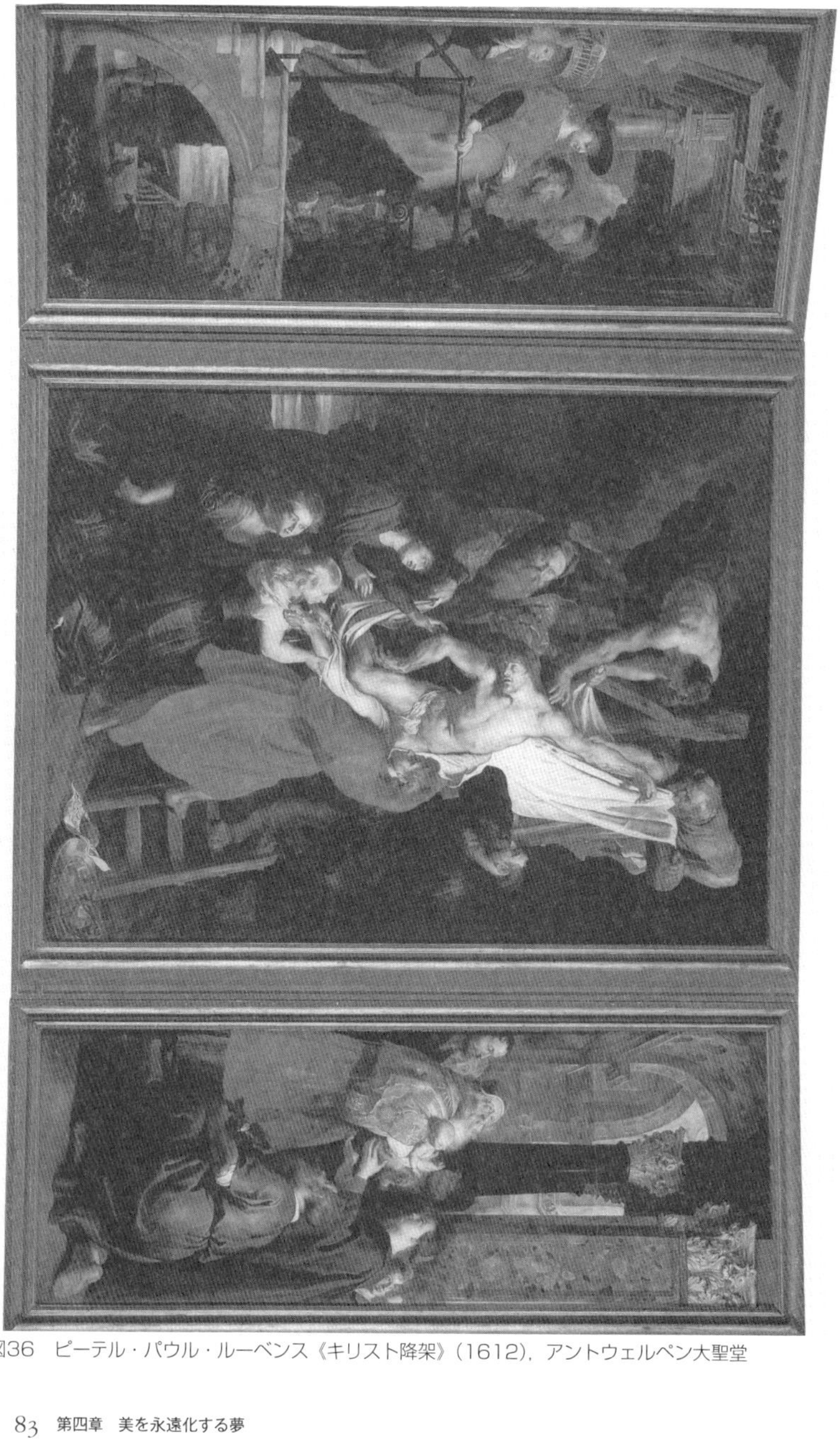

図36　ピーテル・パウル・ルーベンス《キリスト降架》(1612)，アントウェルペン大聖堂

まだ十分明るかったので、我々は大聖堂を訪れた。そこにはルーベンスの驚くべき三つの絵、《キリスト降架》、《キリスト昇架》、《聖母被昇天》がある。最初の二つの絵には、それぞれ同じルーベンスの筆になる左右両翼がついていて、ほかに四枚の別の絵があることになる。「おお！」「ああ！」と、感嘆符ばかりを六頁続けようとも、この奇跡を前にして私がどれほど感嘆し、茫然自失の状態に陥ったかは、ほんのさわりしか表現できないであろう。［それを語るには］まるまる一章どころか、八つ折り版の本を一冊書く必要があろう。

このように旅行記では、思わせぶりと皮肉に満ちた感想が述べられるだけで、ルーベンスの絵のどの部分に、どのような感銘を受けたのかは全くわからない。それに対し、『金羊毛』では詳細な描写がなされている。ただし、《キリスト昇架》と《キリスト降架》では、全く違う叙述形式が取られている。まず《キリスト昇架》に関しては、美術用語で言うところのエクフラシス［芸術作品を言葉で描写する］の手法が用いられ、それが読者に絵のイメージを喚起させる装置として機能している。

《磔刑》［《キリスト昇架》のこと］は例外的な作品である。ルーベンスはこれを描いた時、ミケランジェロを夢見ていた。デッサンはローマ派(6)のそれのように、荒々しく野蛮で激しい。筋肉全体が一斉に浮き出て、すべての骨と軟骨が表面に現れ、鋼の神経が花崗岩の肉体を持ち上げている――それはもはや、アントウェルペンの画家がその数知れぬ作品に無頓着にふりかけてきた陽気な朱色をしてはいない。それはイタリアの最も暗い褐色である。死刑執行人たちは象のように巨大で、虎の鼻面を持ち、獰猛な獣の様相を呈している。キリスト自身、こうした誇張に与って、人類の贖罪のために自ら進んで身を捧げる一人の神というよりも、むしろ、ライヴァルによって十字架に架けられたクロトナのミロ［多くのオリンピア競技で優勝した古代ギリシアの競技者］のようだ。この絵の中で唯一フランドル的なのは、作品の隅で吠え立てているスネイデルス［ルーベンスの共作者の動物画家」の大きな犬だけだ。

ルーベンスは一六〇〇年にイタリアに赴き、ローマでミケランジェロ、ラファエロの絵に接し、八年余りイタリア各地を回って研鑽を重ねた。その後、一六〇九年に故郷のアントウェルペンに戻り、画家として本格的な活動を開始する。その直後に描かれた絵が《キリスト昇架》である。ゴーチエの文章はルーベンスのこうした経歴を踏まえている。また、ルーベンスは動物や背景、脇役の衣装といった副次的な部分を、ヴァン・ダイクをはじめとする助手や弟子たちに任せることがしばしばであった。フランス・スネイデルスもその一人で、特に動物画に秀でていた。このように、ゴーチエはいかにも美術評論家らしく、画家に関する客観的な事実をもとに、チビュルスの鑑賞を抑制的に描いている。

一方、《キリスト降架》の方は、全く正反対の口調で語られる。

《キリスト降架》の両翼が開いた時、チビュルスはあたかも光の淵の中を覗き込んだかのように、目が眩むほどの驚嘆の念に駆られた。マグダラのマリアの崇高な頭が黄金の海の中にいるかのように誇らしげに燃え立ち、ゴシック様式の狭い窓で和らげられた蒼白い灰色の空気をその眼の光で照らし出しているように見えた。彼の周りですべてが消えた。彼は完全な虚無となって［…］、もはや何も見ていなかった。

（6）スタンダールは『イタリア絵画史』（一八一七）の中で、イタリア美術をローマ派、ヴェネツィア派、フィレンツェ派に分け、「ローマ派はコロッセウムや他の古代廃墟によって豪壮雄大であり、ヴェネツィア派［ジョルジョーネ、ティツィアーノを代表とする、奔放な筆使いと多様な色遣いで表現力豊かな画派］は官能的であり、フィレンツェ派［ダ・ヴィンチ、ミケランジェロを代表とする、デッサンを重視する画派］は学識豊かである」と、それぞれの特徴を述べている（Stendhal, *Histoire de la peinture en Italie*, Folio (Gallimard), 1996, p.167）。

チビュルスにとって、この像［マグダラのマリア］への一瞥は、天の啓示のようであった。彼は迷いから覚めた。自らの密やかな夢、その秘められた希望と向かい合っていた。それは、彼がこれまで愛の想像力の情熱の限りを尽して追い求めてきた捕らえがたいイメージ、その横顔またはそのドレスの後ろの襞しかこれまで見ることができず、たちまち消えてしまうイメージそのものであった。いつでも不安げな羽を広げて飛び立とうとする、気紛れで人見知りのキマイラが、もはや逃げることもなく、その美しさの栄光に包まれて不動のまま、彼の前に存在していた。巨匠は、彼自身の心の中から彼が予感し希望した恋人の姿を取り出して写し取っていた。彼には彼自身がこの絵を描いたように思えた。彼の内で漠然とした下絵の状態に過ぎなかったものが、天才の手でしっかりと大まかに描かれ、未知のものに対する彼の漠とした空想に素晴らしい色を纏わせていた。彼は確かにこの顔だと認めたが、それは一度も眼にしたことのないものであった。

《キリスト昇架》の時とは一転して、主人公の主観に焦点が当てられ、絵の中でめくるめくような光を放つマグダラのマリアに、彼の情熱が収斂していく様が描かれる。ゴーチエは、客観的な描写から主観的な描写へ唐突に転換することで、絵から魂を揺さぶるほどの強い衝撃を受けた主人公の心情を鮮やかに描き出している。それまでチビュルスの心の内に漠然と浮かんでいたに過ぎない理想の女性像が、「ルーベンスの『マグダラのマリア』」という明確な形となって現れ、あたかも「天の啓示」のように彼の心に確信を与える。それは、「捕らえがたい」「未知の」理想が、絵という物質として具体化した瞬間であった。それが聖なる場所である教会で起こっただけに、その神秘が一層強化されている。この場面も実は、作者自身の経験に基づいていた。旅行記『ベルギー巡り』には出てこないが、一八三六年一一月二九日付の『プレス』紙に掲載した「アントウェルペン大聖堂のルーベンスの絵」という記事の中で、ゴーチエは《キリスト降架》について同様の印象を述べている[7]。

ルーベンスは当時、ゴーチエだけでなく、フランス美術界全体で注目されていた。とりわけ第一帝政および王政復古時代は脚光を浴び、ドラクロワなどに大きな影響を与えた。[8] そのきっかけの一つとなったのは、一六二一年に王妃マリー・ド・メディシス［アンリ四世の二番目の妻］が依頼した大作である。これは王妃の生涯を題材とする二四枚の連作で、一六二五年からリュクサンブール宮に飾られていた。これが一八一七年にルーヴル美術館に移管され、初めて一般大衆の眼に触れるようになったのである。『金羊毛』の中にも、チビュルスがルーヴルでこの連作を見る場面がある。二四枚の中でも彼を最も魅了したのが、《マリー・ド・メディシスのマルセイユ上陸》（図37）で、特に画面前景に描かれた「海の精」であった。[9] チビュルスがルーベンスの「マグダラのマリア」と出会う運命的な日の前夜、あたかもそれを予告するかのように、この絵の「海の精」たちの「真っ赤な花のように成熟した唇」と、「乳のように真っ白な、丸いむっちりした」官能的な姿が夢の中に現れている。

フランスにおけるルーベンスの受容に大きな変化をもたらしたのが、フランス革命とナポレオンの遠征であった。先にも少し触れたように、対外戦争で勝利を収めたナポレオン軍は、占領した国で美術品を大量に接収して持ち帰り、それらはすべて、革命後に一般開放されたルーヴル美術館に収容された（当時はナポレオン美術館と称された）。一七九四年にフランスに占領されたベルギーからは、《キリスト降架》がルーヴルに送られ、一七九五年から一八一四年まで展示されていた。人々はこの絵に、「オランダ絵画の特徴とみなされてきた物質主義と重苦しさを

（7）「両翼が開かれ、そこから崇高な絵画があたかも聖櫃の内部であるかのように光り輝いた。私は驚きのあまり茫然自失の状態であった。ずいぶん前からこれほど強い感動を味わったことはなかった。私は暗い部屋から鮮烈に照らし出された部屋に移った者のような眩暈を感じた。絵画そのものを初めて見たように思えた」。Gautier, « Les Rubens de la cathédrale d'Anvers », in *La Presse*, article daté du 29 novembre 1836.

（8）Cf. Fizaine, *op.cit.*, pp.1431-1432.

（9）ゴーチエは『ルーヴル美術館愛好家ガイド』の中でもこの作品を取り上げ、前景の三人の「海の精」にのみ焦点を当て、その「しなやかで肉づきのよい体」「つやのある肩」「小さな窪みのある、弓なりに反った腰」を褒め称えている（*Guide de l'amateur au Musée du Louvre*, Charpentier, 1893, p.128）。

図37　ピーテル・パウル・ルーベンス《マリー・ド・メディシスのマルセイユ上陸》（1622-26），プラド美術館

体現しているかに見えたルーベンスとは、別のルーベンス」[10]を見出し、賞賛した。そこに溢れる「宗教絵画の気高さと厳粛さ」がこれまでの偏見を一掃し、人々はルーベンスの中に「思索する芸術家」を発見したのである。[11]とりわけ一八三〇年から四〇年にかけて、アントウェルペン大聖堂に飾られた《キリスト降架》を含むルーベンスの宗教画に対する熱狂がフランスで巻き起こり、ゴーチエもその中にいた。

しかし、ジャン=クロード・フィゼンヌが指摘しているように、祭壇画の中でマグダラのマリアの光り輝く金髪のみを褒めそやすゴーチエの態度には、「主題に対するある種の不敬の念」[12]が垣間見られる。その「不敬の念」は、『金羊毛』の先の引用に続く文章の中で、より鮮明になる。そこではゴーチエは一旦、《キリスト昇架》の描写の時と同じ客観的視点を取り戻し、キリストの血の気を失った白い足が、マグダラのマリアの「象牙のような肩」に触れる様子を描いている。しかしながら、それは主人公チビュルスの、キリストへの激しい嫉妬を描くための伏線でしかない。マグダラのマリアは「艶のあるとろけるような視線」、「悲しげで情熱的な視線」をキリストのみに注ぎ、これほどの情熱をもって彼女を見つめている自分のことは一顧だにしてくれない。チビュルスはこれを「屈辱的」で「この上なく不当」だと感じている。チビュルスにとって、キリストは恋敵なのだ。

ところで、ゴーチエとも交流のあった作家〔画家でもあった〕ウジェーヌ・フロマンタン（一八二〇－七六）は、『昔の巨匠たち　ベルギーとオランダの絵画』（一八七六）の中で、同じくルーベンスの《キリスト昇架》と《キリスト降架》について、一章を設けて解説している。フロマンタンは、マグダラのマリアに関してはゴーチエと同様、「異論の余地なく、画中で最も鮮やかな手際を発揮した部分」[13]だと賞賛している。同時に、彼女の姿は「《降架》のこのいかめしい画面、少々修道院向きにできた、徹底して聖書的なこの画面を飾る、唯一世俗的な魅力」[14]とみなし

（10）Fizaine, *op.cit.*, p.1432.
（11）*Ibid.*
（12）*Ibid.*

図38　ピーテル・パウル・ルーベンス《聖母被昇天》(1626)，アントウェルペン大聖堂

ている。そして、《キリスト降架》の左翼を飾る《聖母マリアの聖エリザベツ訪問》に触れ、そこに描かれた聖母の内にルーベンスの理想の女性像を見ている。

これに対して、ゴーチエは両翼の聖母マリアばかりか、《キリスト降架》の中に登場する聖母についても、一切触れていない。その上、『ベルギー巡り』では言及していたルーベンスのもう一つの絵《聖母被昇天》（図38）が、小説には登場しない。当時の一般的な芸術観、女性観からすれば、天上的な美を象徴する聖母マリアこそが最も賞賛すべきイコンであった。ところがゴーチエにおいては、絵の中で「唯一世俗的な魅力」を持つマグダラのマリアが、光を放つ至高の存在であった。そこには、異端もしくは異教の匂いが感じ取られる。ゴーチエ自身、先に触れた『プレス』紙の記事の中で、ルーベンスのマグダラのマリアの魅力を次のように分析している。

この素晴らしい女性が私を魅了するのは、彼女が至上の美に加えて、途方もない生命感覚を持っているからだ。生命力が赤い繊維となって、このビロードのような肌の中を走り、これほどきれいで繊細な皮膚の下には不屈の筋肉が隠されている。(15)

何という腕！　何という肩！〔…〕それは、あたかも弾力性のある象牙、しなやかな大理石のようだ。これほどの透明さが、これほどの堅固さと両立しているとは信じがたい。(16)

彼はマグダラのマリアの内に、横溢する生命の圧倒的な力を認め、宗教性よりは官能性を、精神性よりは物質性を重んじている。言い換えれば、聖性と身体性が矛盾なく融合したマグダラのマリアの内にこそ、ゴーチエは理想の女性像を見出している。それが「繊細な皮膚」と「不屈の筋肉」という不釣り合いな要素の組み合わせや、「弾力性のある象牙」、「しなやかな大理石」、「透明さと堅固さの両立」といった撞着語法によって表現されている。

一方、聖母マリア一般についてはどうか。『モーパン嬢』には、作者の分身と目される主人公ダルベールが、とある教会で目にした聖母像について、次のように語る場面がある。

ぼくはしばしば、大聖堂の葉形模様の彫刻を施された石の柱頭の下で、ステンドグラスを通して入ってくる揺らめく光に目を留めて、随分長く佇んだものだ。［…］ぼくは聖母マリアの切れ長の眼の、淡青色の瞳の奥深くをじっと見つめた。その痩せた瓜実顔、弓なりの細い眉に敬虔な眼差しを向けた。光り輝く滑らかな額、清らかに透き通るこめかみ、桃の花よりも柔らかく控えめで、処女の色合いを湛えた頬骨をうっとりと見つめた。ぴくぴく震える影を投げかける黄金の美しい睫毛を一本一本数えた。謙虚にかしげられた華奢な首の捉えがたい線を、薄明かりの中で見分けた。ぼくは向こう見ずにも、彼女のチュニカの襞を手で持ち上げ、［…］処女の胸をじっと眺め、そこに浮かぶ細く青い血管を、眼に見えないほど細く枝分かれしたところまで眼で追った。［…］

（13）ウジェーヌ・フロマンタン『昔の巨匠たち　ベルギーとオランダの絵画』杉本秀太郎訳、白水社、一九九二年、八一頁。
（14）同、八二頁。
（15）Gautier, « Les Rubens de la cathédrale d'Anvers ».
（16）*Ibid.*

図39　サンドロ・ボッティチェリ《ヴィーナスの誕生》（1485頃），ウフィツィ美術館

　　いやはや！　白状するが、あまりにも霞のように儚く、羽が生えて今にも飛び立ってしまいそうなこの非物質的な美女には、ぼくはあまり感銘を受けなかった。

　ダルベールは続けて、聖母マリアのような「非物質的な美女」よりも、「海の泡から誕生したヴィーナス」の方が千倍も好ましいと語っている。そして、その身体的特徴として、「目じりの反った古風な眼」、「婀娜《あだ》っぽく口づけを誘う、境目のはっきりした端正な唇」、「狭くてふくよかな額」、「海のように波打つ髪」、「引き締まった艶やかな肩」、「魅惑的な曲線を無数に描く背中」、「離れすぎていない小さな乳房」と、詳細に条件づけている。ここまでは、ボッティチェリの《ヴィーナスの誕生》（**図39**）を彷彿とさせる。しかし、その後にさらに条件として挙げられる「ゆったりした腰」「優美な力」「惚れ惚れするような女らしい体に漲る超人的な逞しさ」はむしろ、ルーベンスの女神像（**図40**）の特徴だ。だがいずれにせよ、ダルベール＝ゴーチエは、身体性を否定し、「処女性、神秘性、メランコリー」をもたらしたキリスト教を嫌悪し、キリスト教以前の異教的世界の「逞しく健やかな古代社会」に強いノスタルジーを抱いていた。

　したがって、ダルベールと同じ気質を持ったチビュルスが企てた「金髪探求」が、異教的な光を放つマグダラのマリアに行き着いたのは、自然の成り行きであった。ここから、ギリシア神話のイアソンの「金羊毛」探求との間に、異教的イニシエーションという意味で共通点が発見できる。ゴーチエがタイトルを当初の『マグダラのマリア』から『金羊毛』に変更したのも故無きことではなかった。

　ダルベール＝ゴーチエが理想とするヴィーナス＝アプロディテは、第一部で見たように、美の女神であると同時に豊穣と官能の女神、売淫の女神でもあった。それゆえ、ヴィーナスを信奉するゴーチエが、聖母マリアよりもマ

図40　ピーテル・パウル・ルーベンス《三美神》(1635頃)，プラド美術館

グダラのマリアに惹かれるのは当然であった。彼は一八三八年に「マグダレナ」という詩を発表し、「彼女〔マグダラのマリア〕は、聖母マリアよりもはるかに美しい」と謳っている。また、『モーパン嬢』でダルベールの理想の女性を体現するモーパン嬢は、一七世紀に実在した男装の女傑をモデルにしているが、ゴーチエは小説では彼女の実名ジュリー(Julie)を使わず、マドレーヌ〔Madeleine：フランス語でマグダラのマリアを表す〕という名前に変えている。それも同じ理由によるものであろう。[17] ダルベールの理想が「ルーベンスの描いたジョルジョーネのモチーフ」〔ルーベンスはイタリア・ルネサンスの巨匠ジョルジョーネ(一四七七頃–一五一〇)に大きな影響を受けた〕であったように、ゴーチエにとってもルーベンスの女性像——豊満で官能的な肉体を持ち、繊細さと逞しい生命力を併せ持つ女性——が理想であったと言えよう。

　ところで、バルザックはルーベンスの絵を

図41　ピーテル・パウル・ルーベンス《アマゾンの戦い》(1617-18)，アルテ・ピナコテーク（ミュンヘン）

どのように捉えていたのだろうか。『知られざる傑作』は、まさにルーベンスと同時代のパリを舞台にしている。登場する三人の画家のうち、フランス・ポルビュスが、「ルーベンスのせいでマリー・ド・メディシスの寵を失った、アンリ四世のお抱え画家」とされている。老画家フレノフェールは、ポルビュスの《エジプトのマリア》をルーベンスと比べて、次のように言っている。

この絵はあの下司なルーベンスの絵よりはるかにましだ。あいつの絵は、朱をふりかけたフランドルの肉の山、波打つ赤茶色の髪に色の騒音だ。

バルザックは、ルーベンスを全く評価していないようだ。ピエール・ローブリエは、引用の傍点部「フランドルの肉の山」という表現を、ゴーチエの長編詩『アルベルチュス』（一八三二）の一節にある「ルーベンス風の肉の山」という表現に関連づけて、ゴーチエのバルザックに対する影響の表れとみなしている[18]。しかしそれは語句の借用に過ぎず、ゴーチエのルーベンス礼賛がバルザックに全く影響を与えていないことは明らかだ。ゴーチエは「テルモドン川」（一八二八）では、ルーベンスの《アマゾンの戦い》（図41）を詩に「転換」させ、「至上最高の画家」「神々しいネーデルランド人」「フランドルのミケランジェロ」と、ルーベンスに最上級の賛辞を捧げている。さらに、ギリシア軍との激しい戦闘で敗れ去ったアマゾン族の女たちを悼み、彼女たちの美しい金髪と「雪のように純白の美しい肉体」を称えている。そこには、ラファエロの聖母マリアを理想美とみなすバルザックとは対極的な女性観・美的感覚が見出せる。

『知られざる傑作』では、フレノフェールの「カトリーヌ・レスコー」は「美しき娼婦」または「ベル・ノワズーズ」と呼ばれ、女神アプロディテと深い関わりがあった。この点ではゴーチエ＝ダルベールの理想の女性像と重なる。しかし、その描写の仕方には大きな違いがある。フレノフェールが自らの絵を説明する場面から、別の箇所を引用しておこう。

それを見た者は誰でも、一人の女が垂れ幕の下で、ビロードのベッドに横たわっていると思うことだろう。その側には三脚台があって、そこから芳しい香りが立ち昇っている。君は、垂れ幕を引き絞っている紐の房を手に取ってみたい思いに駆られるだろう。そしてカトリーヌ・レスコー、ベル・ノワズーズと呼ばれる美しき娼婦の胸が息づいているように見えるだろう。

フレノフェールの描写からは、アングルの《グランド・オダリスク》（図24）またはティツィアーノの《ウルビーノのヴィーナス》（図25）が想起される。しかし、カトリーヌ・レスコーの髪や眼の色、肌の色など、身体の具体的な特徴は一切説明されず、「美しき娼婦」の抽象的なイメージのみが述べられている。プッサンとポルビュスが実際に眼にしたのは、「混沌とした絵の具の壁」でしかなく、そこから「裸の片足」だけが突き出ていたが、それすらも「かぐわしい足、生きた足」としか表現されていない。理想的な身体の各部分を一つずつ挙げて、その特徴を詳しく描写するゴーチエとは対極的である。

このようなバルザックの抽象性とゴーチエの具体性は、何に起因するものだろうか。一つには、『知られざる傑作』でバルザックが描こうとしたのは寓意としての「聖なる娼婦」であったのに対し、ゴーチエの方は身体性を何

（17）ダルベールの理想の女性もまた、「繊細であると同時に堅固な美、優雅であると同時に頑健、詩的であると同時に現実的な美」を特徴とし、チビュルスがルーベンスのマグダラのマリアに見出した特徴と重なり合う。

（18）Pierre Laubriet, *Un catéchisme esthétique. Le Chef-d'œuvre inconnu de Balzac*, Didier, 1961, p.109.

よりも重んじていたことがあろう。さらに重要なこととして、二人の作家の芸術論の核となる「形象（forme）」についての見解の違いにも起因するように思える。次節では、その違いを明らかにしていきたい。

2　表層の美学

『金羊毛』の主人公チビュルスは、「本や絵画の中で生きるあまり、もはや自然を真実のものとみなすことができなくなった」青年である。ラファエロの聖母マリア像やティツィアーノの娼婦像に馴れ親しんだ彼にとっては、現実界のどれほど有名な美女でも醜く見えてしまう。作者は彼の心の状態を、次のように説明している。

古代彫刻やイタリア美術を研究し、美術の傑作に馴染み、詩人の作品を読むことで、彼は形象に対して過敏な繊細さで反応するようになった。だから、たとえ世界で最も美しい魂の持ち主であろうと、ミロのヴィーナスのような肩を持っていなければ、彼には愛することができなかったであろう。

チビュルスは「物質的な完璧さ」を求めるあまり、恋人の肉体にすら「デッサンの誤り」を見出すほどだ。『モーパン嬢』のダルベールも同様で、彼は自らの志向について次のように述べている。

ぼくは恋愛の対象も、古代の光に照らし合わせて、まずまずの出来の彫刻作品として見た。腕はどうだろう？　まあまあだ。手も繊細な造りだ。この足はどうか？　踝は品がなく、踵は平凡だ。しかし胸はいい位置にあって良い形をしている。蛇のような曲線は十分しなやかで、肩は豊満で風格がある。――この女ならば、まずまずのモデルになれるだろう。部分によっては、鋳型を取ることもできそうだ。――この女を愛することにしよう。

要するに、ダルベールやチビュルスは、女性を「恋人の眼」ではなく「画家・彫刻家の眼」で見ている。この傾向は作者自身のものでもある。[19] ゴーチエにとって、芸術の本質は自然の模倣ではなく、自然を超越した完璧な美の創造にあった。したがって、美の基準は彫刻や絵画など造形芸術にあり、自然はそれら芸術作品のプリズムを通して眺められることになる。生身の女性は彫像と化し、その表層のみで価値が測られるのだ。ダルベールは作中で、「肉体に対する魂の優位」を拒否し、「均整の取れた形（forme）を美徳と考える」と断言している。ボードレールが指摘しているように、アリストテレス以来の「真・善・美」という絶対価値の中で、ゴーチエは「真」「善」を切り捨てて、「美に対する絶対的な愛情」[20]のみに拠って立とうとしていた。ゴーチエは、眼で見て手で触ることのできる「表層の美」に憑かれた作家であり、その作品を読み解くキーワードは、「皮膚、表皮」を意味する peau, épiderme という言葉である。

ゴーチエは『モーパン嬢』の序文の中で、「何の役にも立たぬものほど、真に美しいものはない。有益なものはすべて醜い」と述べ、産業革命によって蔓延した功利主義を否定した。産業革命の産物に関して、彼は興味深い指摘をしている。

（19）ゴーチエ自身、リウーのアトリエに入門した時の印象を次のように語っている。「最初に描くことになった女性のモデルは、私には美しくないように思え、非常にがっかりしてしまった。それほどまでに、私にとって芸術は自然を増幅し、最も完璧な形を作り出していた。しかしながら、彼女はとてもきれいな娘で、私は後に他の女性と比較することで、その優雅で整った身体の線を評価するようになった。しかし結局私は、最初の印象に基づいて、常に生身の女性よりも彫像を、肉体よりも大理石を好むようになった」（Cité par Du Camp, *op.cit.*, pp.186-187）。

（20）Baudelaire, « Théophile Gautier (I) », dans *Œuvres complètes*, Pléiade, t.II, 1976, p.111.

エンジンや機械など、数学的な手法で産み出されたものにはすべて、醜悪の刻印が押されている。——その原因は一つだ。すなわち、それらはあまりにも真新しいため、芸術がまだ関心を持つに至っていないからだ。それらには形象の衣装——言わば表皮——が欠けている。[21]

このように、ゴーチエにとって形象が纏う衣装、すなわち「表皮（épiderme）」は、芸術に不可欠の要素であった。すでに見たように、彼は肉体の完璧な美を求めて、自らが思い描く美の基準を、現実の身体に厳格に適用しようとしていた。「表皮」の中でも、彼が一番こだわったのが「美しい手」である。その典型的な例として、『モーパン嬢』から、友人に宛てたダルベールの手紙の一節を挙げておこう。

ぼくが何よりも崇拝するもの、それは美しい手だ——あの人の手を君に見せてやれたらなあ！　何という完璧さ！　何という鮮烈な白さなのだ！　何と柔らかな皮膚（peau）！　肌の奥までしっとり潤い、指先は何と素晴らしくほっそりしていることか！　爪の半月は何とくっきりした形を象っていることか！　何という光沢と輝き！　まるで薔薇の内側の花びらだ。——あれほど賞賛の的となった有名なアンヌ・ドートリッシュ「ルイ一三世王妃」の手でも、あの人の手に比べれば、七面鳥の番人か皿洗い女の手と変わらない。——そして、この手のほんのわずかな動きにも、何という優雅さと技が見出せることか！［…］——この手を思うだけで、ぼくは気が狂いそうになり、唇が震え、熱くなる。

まさにゴーチエの手へのフェティシズムが看取できる箇所だが、ここでも絵画的表象が美の基準となっている。井村実名子が指摘しているように、ダルベールが引き合いに出している「アンヌ・ドートリッシュの手」とは、ルーベンスの《アンヌ・ドートリッシュの肖像》（**図42**）に描かれたものである。[22]また、別の箇所で言及される

図42　ピーテル・パウル・ルーベンス《アンヌ・ドートリッシュの肖像》（1620頃），ルーヴル美術館／図43　ラファエロ，ジュリオ・ロマーノ共作《ジョヴァンナ・ダラゴーナの肖像》（1518頃），ルーヴル美術館

「ジョヴァンナ・ダラゴーナの手」は、長らくラファエロ作とみなされてきた（実際はジュリオ・ロマーノとの共作）《ジョヴァンナ・ダラゴーナの肖像》（図43）に基づいている。

ダルベールはさらに、身体のそれぞれの部分が個別に美を主張するのではなく、すべての部分が調和して全体としての美を形成することが必要だと考えている。それゆえ、調和を欠いた不完全な美の方が、完全な醜さよりも不快だと述べている。それどころか、不完全な美は不吉な様相を帯びることもある。それが『魔眼』（一八五七）の主人公、ポール・ダスプルモンの場合である。彼のポルトレは次のように描かれている。

　横顔はすっきり整った線を示し、骨相学者が嘆賞したであろう秀でた額、上品に反った高い鼻、形のいい唇、そして、顎は力強い丸みが古代の浮彫像を思わせる。ところが、こういった顔立ちはすべて、一つ一つは美しくても、全体として見ると感じのいいものではなかった。輪郭を和らげ、お互いを溶け合わせるあのいわく言いがたい調和に欠けているのだ。言い伝えに

（21）Gautier, article du 31 Juillet 1844 in *La Presse*.
（22）井村実名子、岩波文庫版『モーパン嬢』の「解説」、上巻、二〇〇六年、三三六頁。

よると、イタリアのある画家は反逆の大天使を描こうとして、ばらばらな美を一つにした顔つきを作り出し、こうして、角だの、吊り上げた眉だの、歪めた口だのを使うよりは、ずっと恐ろしそうな効果をあげたという[23]。「出来損ないの形象」は恐怖をもたらし、不吉な力を帯びる。ポールは凶悪な魔力を発する「魔眼」の持ち主で、誰かを見据える時、「眼光がほとんど凶器のように鋭く迸る」。視線を投げかけられた相手には、災いや不運が訪れる。しかし、その不吉な力は、彼の意志や性格とは全く関係がない。ポール自身は、自分の顔を「柔和で優しい魂を隠す引きつった仮面」とみなしていて、肉体と魂の断絶に苦しんでいる。彼にあっては、肉体は魂を映す鏡ではなく、両者はポールという人間を巡って覇権を争う敵対関係にある。だが、恋人への愛情が「表皮」に溢れ出た時、束の間、ポールの「ばらばらな美」が調和を獲得し、美しい形象を表す。

この時、ダスプルモン氏の顔は、一つ一つは完璧に美しいが、ばらばらでまとまりのない各部分を内心の喜悦がうまく整合していない時に特に強く表れる、あの何とはなしに嫌悪感を誘う表情を浮かべてはいなかった。それは申し分のない美貌で、イタリア人がよく使う言い方を用いれば、〈いかす〉ものだった。

だが恋人アリシア・ウォードは、やがてポールの「魔眼」に憔悴してしまう。ポールは己の力を呪うあまり、自ら眼をつぶして盲目になる。しかしその時、すでにアリシアは衰弱死してしまっていた。このように『魔眼』は、「出来損ないの形象」によって肉体と魂の間に齟齬が生じ、「一種の永遠の自己疎外」[24]を余儀なくされた男の悲劇を描いた物語である。

以上のように、「表層の美学」を標榜するゴーチエの作品では、登場人物の身体的特徴と精神との間に照応関係はほとんど見出せない。それに対してバルザックの場合、身体的特徴はその人物の性格や気質を如実に表す記号となっている。ゴーチエはバルザックを評して、「近代的な事象」に興味を抱くあまり、造形芸術の理想美よりも「人相」を優先したと述べ[25]、次のように続けている。

彼は女性のポルトレに、必ず一つのしるしを付け加える。例えば一つの襞、一つの皺、一つの薔薇色の染み、優しげで疲れた様子を浮かべる［眼や口の］端、あまりにも目立ちすぎる血管である。それらは人生の様々な苦しみを表す細部ではある。だが詩人ならば、同じイメージを描く際にも——恐らくは間違った行為であろうが——その細部を必ず削除したことだろう[26]。

バルザックは、ドイツの医師フランツ・ガル（一七五八－一八二八）の骨相学、スイスの思想家ヨハン・カスパー・ラファーター（一七四一－一八〇一）の観相学に大きな影響を受けていた。その知見に基づき、顔の中でも額は創造力、眼は感傷性、鼻は官能性、口は感受性、顎はセクシュアリテを外在化する記号とみなし[27]、それに基づいて登場人物を造形した。例えば、『ルイ・ランベール』の主人公のような知的活動に従事する者には、大きな頭と広い額、虚弱な下半身といった身体的特徴が付与される。

一方、ゴーチエ＝ダルベールは専ら、「視覚の充足、形象の彫琢、輪郭線の純正」といった表層的な外観のみを重視した。バルザックの場合、表層はその下に隠された感情や思想を読み解く指標として機能している。『知られ

（23）訳は小柳保義訳『魔眼』現代教養文庫（社会思想社）、一九九一年を用いた（以下同）。
（24）Anne Geisler-Szmulewicz, *Le mythe de Pygmalion au XIXe siècle*, Honoré Champion, 1999, p.194.
（25）Gautier, *Balzac*, Le Castor Astral, 1999, p.86.
（26）*Ibid.*, pp.86-87.
（27）Cf. Tahsin Yücel, *Figures et messages dans La Comédie humaine*, Mame, 1972, p.118.

ざる傑作』でバルザックは、フレノフェールの絵画論の中で、「形象（forme）」という語を二通りに使い分けている。一つは、ラファエロについて論じる時の forme である。

彼〔ラファエロ〕の並外れた偉大さは、内的感覚からきている。それは Forme を打ち壊そうとしているかのようだ。Forme は、彼の描く人物においては、我々人間と同じように、思想や感情、ある広大な詩情を伝え合うための手段となっている。

この台詞における forme（原文では語頭が大文字になっており、重要な概念であることがわかる）は、ゴーチエにとっての「表層」、つまり「表面（surface）」や「外観（apparence）」とほぼ同義と考えられる。一方、フレノフェールがポルビュスを批判する時には、forme は少し違うニュアンスを帯びる。すでに第一部で引用した箇所を含むが（四七頁参照）、改めて掲げておこう。

君は forme の奥底まで十分降りていっていない。forme が回りくどい手段を使って逃げ回るのを追い求めるだけの愛と忍耐が足りない。〔…〕Forme は、神話のプロテウスよりずっと捕らえにくく、幾多の隠れ家を持っている。それは長い格闘の後で初めて、不承不承、本当の姿を見せてくれるものなのだ。

ここでは、forme（第一部の引用では「形」と訳した）は「打ち壊す」べき表面・外観ではない。その「奥底まで降りて」いって、「本当の姿」を捉えねばならないものだ。「forme の奥底まで降りること」、それはすなわち「結果」から「原因」に遡り、「自然の奥義」を手に入れることを意味している。それは「表層（surface）」よりも「深層（profondeur）」や「本質（essence）」に関わり、「質料」に対する「形相」という意味での Forme と解釈すべきであろう。ピエール・ローブリエの言葉を借りれば、バルザックにおいては、真の画家にとって「見ることは結果を超えて原因に到達することであり、見かけの形象（forme）の裏に潜む真の形相（Forme）を見抜く」[28]ことであった。このように、ゴーチエと同じくformeという言葉をキーワードにしながらも、バルザックの芸術論は、ゴーチエとは正反対の「深層の美学」に結実していた。

3 ゴーチエのピュグマリオン神話解釈

これまで見てきたように、ゴーチエとバルザックの間には、芸術論や小説美学において、様々な点で（時に根源的な）違いが見出せた。しかしその一方で、『金羊毛』と『知られざる傑作』にはいくつかの共通点が存在している。第一に、芸術のテーマと愛のテーマの交錯、絵の中の女性と現実の女性の対立を挙げることができる。『金羊毛』では、ルーベンスの「マグダラのマリア」に対して、その生き写しの女性グレートヒェンが登場する。『知られざる傑作』では、フレノフェールの「カトリーヌ・レスコー」にプッサンの恋人ジレットが対峙し、芸術と愛の葛藤が語られる。第二に、両作品ともピュグマリオン神話に深い関わりがある。『知られざる傑作』では、フレノフェールが完成した「カトリーヌ・レスコー」について、「肉がぴくぴく動いている。彼女はもうすぐ立ち上がりそうだ」と述べていた。『金羊毛』でも、チビュルスがルーベンスの「マグダラのマリア」について、「今にも立ち上がって、絵から降りてくるように思えた」というくだりがある。どちらも、魂を持たない絵画的表象が生命を吹き込まれるという点で、ピュグマリオン神話と密接に結びついている。

しかし、『知られざる傑作』は、自らの作り出した作品に生命を吹き込むという「創造者」の物語であるのに対

（28）Laubriet, *op.cit.*, pp.90-91.

し、『金羊毛』は、自らは絵筆を取らない「芸術愛好家」の物語である。では、ゴーチエの作品において、ピュグマリオン神話はどのように描かれているのだろうか。以下でそれを見ていくことにしよう。

ゴーチエの作品世界で、画家が登場するのは『アルベルチュス』と『オニュフリウス』(いずれも一八三二)の二作品しかない。しかも、両作品ともホフマン風の幻想文学の範疇に属し、主人公は悪魔に憑かれた狂気の画家で、芸術的創造の問題は全く取り上げられていない。『モーパン嬢』のダルベールは詩集を一冊出版しているが、その詩句は平凡で、作者の思想の結晶ではない。ダルベール自身、「ぼくは何も作り出していない」と告白している。しかし、それは想念の枯渇ではなくむしろ過剰によるもので、有り余る想念を言葉や絵筆で具体的に表現する才能に欠けていたことによる。ダルベールは自らを「詩人であり画家である」として、次のように述べている。

ぼくは世界中のどんな詩人が歌ったよりも美しい想念を思いついた。最も賞賛される巨匠たちにも劣らない、純粋で神々しい人物像を創り出した。——それがぼくの眼の前に、実際に絵になったかのようにはっきりと鮮やかに見える。ぼくの頭に穴を穿ち、中にレンズを入れて見てもらえば、今まで誰も見たことのない最も素晴らしい画廊が見えるはずだ。どんな王様でも、これに匹敵するだけの絵を所有していると自慢することはできないだろう。

バルザックは『従妹ベット』(一八四六)の中で、素晴らしい作品のアイデアを思いつく「構想」と、それを弛まぬ労働によって作品に仕上げる「制作」の二つの力が、芸術的創造には必要だと述べている。その観点から見れば、ゴーチエのダルベールは「構想」の段階に留まっている人物である。『知られざる傑作』では、フレノフェールが混沌とした絵の中に「カトリーヌ・レスコー」が息づいていると言いつのるのを見て、プッサンが彼を「詩人」と呼んだが、ダルベールもまた同じ意味における「詩人」であった。しかし、もともと画才に恵まれていたフレノフェールとは違い、ダルベールには自らの理想美を物質化できるだけの絵の技量も才能も欠けていた。それゆえ彼の関心は、他人が作り出した傑作、すなわち巨匠の絵画や彫刻へと向かう。それがピュグマリオン神話と結びついて、絵の中の美女が生命を吹き込まれ、額縁から出て来ることを夢見るようになる。確かにそれは、自分が作り出した作品ではない。しかし、「彼の空想の美術館に展示された作品と非常に似通っているので、自分が生み出したように思える」のだ。すでに見たように、それは『金羊毛』で、チビュルスがルーベンスのマグダラのマリアに出会った時に感じた衝撃と同じものであった。

したがって、ゴーチエの場合、『知られざる傑作』に見られるような、ロマン主義的なピュグマリオン神話の解釈はありえない。ゴーチエの主人公は芸術的創造の問題を論じることはなく、常に芸術愛好家の立場にいる。それは、ゴーチエ自身が画家の道を断念したことと無関係ではないだろう。芸術作品のプリズムを通して現実世界を見るチビュルスにとって、仮象の世界こそが現実であった。彼はルーベンスのマグダラのマリアに対して、次のような悲嘆の言葉をかける。

どうしてお前は、この画布の網目に永遠に繋がれ、このニスの薄い層の下に囚われて、手に触れることのできない影でしかないのだ？――どうしてお前は生きることもできずに、幻の命しか持っていないのだ？

そして絵の中のマリアに向かって、「おいで、マドレーヌよ。お前は二千年前に死んだが、ぼくにはお前の遺灰を蘇らせるに足る若さと情熱がある」と呼びかける。ゴーチエの幻想小説『アッリア・マルケッラ』（一八五二）では、まさにこの夢想が現実化する。ポンペイの遺跡で見つかった、魅力的な女の胸の跡が残った灰の塊が、主人公の青年の激しい欲望の力によって、一七〇〇年以上もの時間を遡り、美しい女性に化身するのだ。チビュルスも、生命を持たない絵の中の女性に、情熱の力で生命を吹き込もうとしている。一方、現実の女性は彼にとって、絵の中の恋人の「幻の命」を実体化するための鋳型でしかない。マグダラのマリアにそっくりなグレートヒェンに対して、彼は「マドレーヌ」と呼びかける。彼女に古風な衣装を着せ、櫛で留めていた豊かな金髪を肩の上に降ろさせ、スカートの襞を直し、コルセットの紐を外したりした後、何歩か後ろに下がって自分の「作品」をじっと眺めるのだ。

> あなた方は恐らく、どこかの風変わりな興行で、**生きた絵**（*tableaux vivants*）と呼ばれるものをご覧になったことがあるだろう。劇場で最も美しい女優たちを選んで衣装を着せ、有名な絵を再現するように彼女たちにポーズをつける。チビュルスはこうした類の傑作を作り上げたところだった。――それは、ルーベンスの絵から切り取った断片とでも言えるものであった。〔太字強調は作者自身によるもの〕

フレノフェールは、生命を持たない絵の表象を、三次元の厚みを持った人間に変容させようとした。チビュルスは逆に、生身の女性を二次元の絵画的表象に閉じ込めようとしている。要するに、彼はピュグマリオン神話を逆の形で再現しようとしている。そのことに気づいたグレートヒェンは、自分が「絵に描かれた女性」の「代役」でしかなく、「あなたが好きなように着せ替える可愛いマネキン人形」にされてしまったと、チビュルスを責める。彼女はさらに、「人形は苦しみながら、あなたを愛している」と訴えかけ、「仮象の存在」に貶められて、その下に潜む「魂」を蔑ろにされたことを嘆いている。語り手もまた、「自然」「現実の生」を捨象して芸術の世界に閉じこもるチビュルスを、「生暖かい彫像」の「見かけの下に、ぴくぴく動き、震えているものがあるかどうか、全く気にかけなかった」と評している。グレートヒェンはチビュルスの「画家の眼」によって、人格そのものを否定され、解体されて「断片」と化しているのだ。このように「絵の女性」と「生身の女性」の立場の逆転が、ゴーチエの作品の特徴となっている。

4　ブルジョワ女性グレートヒェンの「崇高な破廉恥さ」

チビュルスの愛を巡る「絵の女性」と「生身の女性」との対立は、「芸術」と「自然」の対立に置き換えることができる。社会的な観点から見れば、ブルジョワ社会を揶揄し、ダンディを気取る芸術家気質と、ブルジョワ的な価値観との対立構造がそこに見出せる。グレートヒェンは、ゲーテの『ファウスト』に登場する同名のヒロインと同じく、純粋無垢で敬虔なキリスト教徒として描かれている。語り手は、彼女が住む家を描写するにあたって、「フランドルのきわめて家父長的な善良さ」を示す建物と表現し、アムステルダムの建築画家ヨハンネス・ヘイデン（一六三七－一七一二）と、農民風俗画家のダーフィット・テニールス（一六一〇－九〇）（図44）を引き合いに出しながら、その「全く中世的な素朴さ」を強調している。グレートヒェン（フランス名でマルグリット）の部屋の内部は次のように描写されている。

図44　ダーフィット・テニールス《村の祭り》（1646），エルミタージュ美術館

> この穏やかで落ち着いた室内をしばらく見てもらいたい。そこには眼を惹きつけるものは何もない。全てが静かで、簡素で、抑制が効いている。マルグリットの部屋そのものが、何よりも乙女らしいメランコリックな効果をもたらしている。魅惑的な清潔さを持つこれら小さな細部に漲っているのは、無垢の静謐である。

この部屋は、その住人である娘の性格や生活を反映している。語り手はさらに、グレートヒェンのいる部屋を一枚の絵に見立てて続ける。枕元のキリスト像をもう少し黄ばませて、サージのカーテンの襞にもう少し陰影をつけ、白っ

図45　ヘラルト・テルボルフ《手紙を書く女》(1665頃), マウリッツハイス美術館／図46　カスパル・ネッチェル《レース編みをする女》(1639頃), ウォレス・コレクション（ロンドン）

ぽい窓ガラスを褐色にするなどして、娘の頭や手に光を集中させれば、「最も良き時代のフランドルの絵」が出来上がるだろう、と。そしてその絵には、「テルボルフやカスパル・ネッチェルも署名を入れることを拒みはしないだろう」と付け加えている。ヘラルト・テルボルフ（一六一七－八一）（図45）とカスパル・ネッチェル（一六三九－八四）（図46）、さらにその後で言及されるハブリエル・メツー（一六二九－六七）はいずれもオランダ派の画家である。一七世紀当時、オランダ派は風景や日常生活など身近な主題を扱い、「風俗画」の新たなジャンルを確立していた。その代表的な画家がレンブラントである。近年日本でも人気の高いヨハネス・フェルメール（一六三二－七五）もオランダ派に属するが、フェルメールの場合、一九世紀当時は完全に忘れられた画家であった。彼が脚光を浴びるには、二〇世紀の作家マルセル・プルーストによる発掘を待たねばならない。ともあれ、こうしたオランダ派が描く女性はほとんどすべて、室内の仕事に従事し、まさに「無垢の静謐さ」を感じさせる存在であった。

第一部ですでに見たように、バルザックの『毬打つ猫の店』や『村の司祭』においても、物語の舞台となる家の室内は、くすんだ褐色の色調を帯び、一七世紀オランダ絵画に喩えられていた。オランダ絵画はバルザックにおいて、家父長的なブルジョワ社会の価値観と結びついていたが、ゴーチエの作品でもそれは同様である。素朴で家父長的な趣を見せる建物の造り、「清潔」「質素」「禁欲」「勤勉」といったピューリタン的な雰囲気[29]の中で、グレートヒェンはその枠組みにふさわしい純粋無垢な娘として存在している。窓枠の窪みに花の鉢を置き、毎朝水をやる姿や、ランプの光のもと、辛抱強く針仕事に励む姿は、典型的な「窓辺の娘」の構図となっている。語り手は読者に向かって、皮肉な口調で次のような疑問を投げかける。

グレートヒェンは本当にチビュルスの理想なのだろうか？　これらすべてはあまりに几帳面すぎ、あまりにもブルジョワ的、現実的ではなかろうか？　それはフランドルの典型というよりむしろ、オランダの典型ではないだろうか？　率直にいって、ルーベンスのモデルがこんなふうだったと皆さんはお考えだろうか？

確かにグレートヒェンには、チビュルスがルーベンスのマグダラのマリアに見出した「優雅さに包まれた力強いエネルギー」が全く感じられない。一方、チビュルスと同じ芸術家気質のダルベールが理想とする女性、モーパン嬢は、男装して諸国遍歴の旅に出た理由を次のように説明している。

そう、マドリネット［マドレーヌの愛称］は、彼女の女友達とは違っていた。窓辺の朝顔やジャスミンの鉢に挟まれて、バルコニーの縁に所在なげに肘をつき、平原の果てに広がる地平線の菫色の縁［…］をじっと眺め続けてはいられなかった。

（29）ゴーチエは、グレートヒェンの部屋の長持ちや机、肘掛け椅子、針仕事の道具などを詳細に描写した後、それらを「ほとんどピューリタン的と言える簡素な家具調度」と形容している。

モーパン嬢は「窓辺の娘」たることを否定し、父権制の枠を越えて自由に生きることを選択した。自らダルベールの寝室に忍び込み、男に身を任せるなどという大胆な行為は、女の「羞恥心」を何よりも尊ぶ当時のブルジョワ道徳を明らかに逸脱していた。その意味で、モーパン嬢はグレートヒェンの対極に位置する女性像である。キリスト教以前の「ホメロスの時代の人間」を自負するダルベールにとっても、「羞恥心」は「新時代の発明、形象と物質に対するキリスト教の侮蔑の産物」として、捨て去るべきものであった。チビュルスにとっても、アントウェルペンのマグダラのマリアは「偉大な聖女」というよりは、むしろ官能的な「娼婦」、「誘惑者」のイメージで立ち現れ、信心深いグレートヒェンとは重ならない。

恋人同士の気質の違いは、チビュルスのパリの住居で一層露わとなる。

チビュルスのパリの住まいは、フランドルの謹厳と厳粛さに慣れているアントウェルペンの娘を非常に驚かせた。この贅沢と無頓着の混交を眼にして、彼女の頭はすっかり混乱してしまった。

語り手は「贅沢と無頓着の混交」の具体例として、見事な枝つき大燭台と平凡な蠟受けの取り合わせや、足蹴にされて壊れ、破片を鉄線で繋いだ痕跡が見える高価で素晴らしい中国の壺、壁にピンで無造作に留められた貴重な版画などを挙げている。さらに室内にはトルコ煙管や水煙管、短刀、トルコの長剣、中国靴、インドスリッパなど雑多な物が散乱していた。それは当時、ロマン主義的な詩人やダンディが好んだ道具立てであった。贅沢だが無秩序なこの部屋は、「質素」「清潔」「秩序」といったブルジョワ的な価値観を転覆させるもので、現実よりも想像の世界に生きる芸術家にはふさわしい空間であろうが、フランドル気質の無垢な娘には困惑の元でしかなかった。ゴーチエは、チビュルスが追い求める絶対的な美を「影」「幻」「キマイラ（妄想）」と呼んで、実現不可能な夢とみなし、地上的な幸福を望む現実の女性グレートヒェンと鋭く対立させている。

こうした価値観のずれは、バルザックの『毬打つ猫の店』にも見出せる。第一章で見たように、この小説は、堅実なブルジョワ家庭に育ったオーギュスチーヌと、貴族で芸術家気質のソメルヴィユとの価値観の相違がもたらした悲劇の物語であった。『知られざる傑作』のジレットも同じタイプの女性で、バルザックは彼女を「偉大な男の傍らに、苦しむためにやって来て、進んで辛苦をともにし、その気紛れを理解しようと努める、気高く寛容な心の持ち主の一人」と呼び、慎ましく自己犠牲的な性質を強調している。彼女も、恋人のプッサンによって、自らの裸体を他の男の眼に晒すという象徴的な「売春」を余儀なくされ、芸術の犠牲となっている。

それに対して、ゴーチエの作品では、最終的に現実の女性が芸術を打ち負かす。グレートヒェンは、チビュルスが「絵の女性」に抱いている感情は「形象と美への崇拝」に過ぎず、彼の夢を画布に定着させれば「抑えがたい情熱の過度の迸り」を鎮めることができると看破している。そのため、彼女は召使に画布と画架、絵筆を持って来させる。

召使がすっかり用意を整えた後、清らかな娘は、一種の崇高な破廉恥さで衣服を脱ぎ捨て、海から出てくるアプロディテのように髪の毛を持ち上げ、輝く光の下にじっと立った。「私は、あなたのミロのヴィーナスと同じくらいきれいではなくて?」と、彼女は素晴らしく魅力的に口を尖らせながら言った。

グレートヒェンはすすんでヌードモデルを買って出て、チビュルスに絵を描かせることで、彼を想像の世界から現実空間に引き戻そうとするのだ。それは今風に言えば、現実生活への適応を促す一種の心理療法とも言える。実際、物語の結末では、チビュルスは絵を描くことでマグダラのマリアへの情熱が醒め、グレートヒェンと結婚する。チビュルスの絵に関して、語り手は次のように述べている。

［グレートヒェンがポーズを取った］二時間後には、絵の頭部はすでに生命を帯び、画布から半ば外に出て来ようとしていた。作品は一週間で完成した。しかしながらそれは、完璧な絵ではなかった。

この皮肉な結末は、あたかもバルザックの『知られざる傑作』のパロディのようだ。そして、「詩人」にとって、この結末は必ずしも幸福なものではない。グレートヒェンとの結婚は「世俗的な結末」[30]に他ならず、卑俗な現実（＝ブルジョワ社会）から距離を置いてきた「詩人」がブルジョワ化したことが、皮肉を込めて語られている。

しかしながら、ゴーチエの作品で興味深い点は、チビュルスの「画家の眼」によって絵画的表象に還元された女性――それは、女性のモノ化を意味する――が、それを逆手に取って自らを一旦はモノ化する（絵のモデルとなる）ことで、受動的な存在から能動的・主体的な存在へと変貌していることだ。グレートヒェンは、それまでの道徳観念を捨てて、自ら進んで裸体を曝け出すことで、逞しいエネルギーを備えた新しい自我を確立している。そのことが、先に引用した箇所の「崇高な破廉恥さ」という表現の中に表れていないだろうか。また、物語はほとんど一貫してチビュルスの視線を通して描かれるが、最後はグレートヒェンの長い台詞で終わっている。そのディスクールは、チビュルスの本質を見極める鋭い洞察力に満ち、彼女は理路整然とした言葉によって彼を圧倒する[31]。言い換えれば、男の芸術家が作り出したピュグマリオン神話が、その「作品」として生み出された女の視点で語り直されることで相対化されるのだ。

さらに、一八四四年に出版された『カンダウレス王』では、ピュグマリオン神話とメドゥーサ神話が結びつき、初めは「彫像」とみなされた生身の女性ニュシアが、「芸術家」カンダウレスに報復することになる。次に、この『カンダウレス王』について見ていくことにしよう。

5　ゴーチエの「石の夢」

上記のように、ゴーチエは「画家・彫刻家」の眼で現実世界を見ていたが、特に女性に関しては、古代ギリシアの彫像――ヴィーナス像――を理想美と考えていた。それゆえ、彼の作品世界で完璧な美しさを持つ女性はすべて、大理石の彫像に喩えられている。ナタリー・ダヴィッド＝ヴェイユの言葉を借りれば、「美の理想の夢を大理石で実現すること、それがゴーチエの最も大きな望みであった」[32]。このゴーチエの「石の夢」が顕著に表れているのが『カンダウレス王』である。

『カンダウレス王』の舞台は、トロイア戦争から五〇〇年後の古代リュディアである。ヘラクレスを祖先に持つとされるヘラクレス王家の若い国王カンダウレスが、ペルシアの太守メガバゾスの娘ニュシアを妃に迎える場面から物語が始まる。ニュシアは「絶世の美女」だが、「蛮族（barbares）の羞恥心」を固持しており、公衆の面前で肉体美を曝すギリシアの風習には馴染めない。二人の結婚を祝うため多くの民衆が集まるが、身体の一部を見せることはもちろん、顔を覆うヴェールを外すことさえ拒む。彼女の完璧な肉体に惚れ込んだ王は、その美しさを自分一

（30）Anne Geisler-Szmulewicz, *Le mythe de Pygmalion au XIX siècle*, Honoré Champion, 1999, p.141.

（31）グレートヒェンは物語の最後で、チビュルスに次のように告げる。「愛は女の天分です。女の心は、利己的な凝視に耽ったりはしません。ここに来てから私は、あなたの本に目を通し、あなたの詩人たちの作品を読み直しました。そのおかげで博識になったと言ってもいいくらいです。私の眼からヴェールが落ちたのです。これまでなら決して予測できなかった多くの事柄を洞察できるようになりました。だから今の私は、あなたの心をはっきり読むことができます。あなたは昔、デッサンをしたことがあるのですから、もう一度筆をとってごらんなさい。あなたの夢を画布に定着させれば、その激しい興奮も自ずと鎮まるでしょう」。

（32）Natalie David-Weill, *Rêve de Pierre : la quête de la femme chez Théophile Gautier*, Genève, Droz, 1989, p.4.

人の胸に留めておくことができず、腹心の部下ギュゲスを寝室の扉の後ろに隠れさせておき、王妃が就寝前に服を脱ぐ様子を盗み見させる。それに気づいた王妃は、復讐としてギュゲスに王を殺害させ、最後はギュゲスが妃と王国を手中にする。

カンダウレス王の物語は、ヘロドトスの『歴史』、プラトンの『国家』やラ・フォンテーヌのコントでも言及されているが、ゴーチエは主にヘロドトスを典拠にしている。右に挙げた典拠と異なる点は、ゴーチエがカンダウレスを、芸術を愛する王として描いていることだ。ゴーチエのカンダウレスは、「専制君主には恐らく似つかわしくないくらい絵画と彫刻を愛し」、一枚の絵を購入するために、一つの都市の一年分の収入を当てることもしばしばであった。そして王は、ヘラクレスのような逞しい体つきながら、女性的な要素を併せ持つ人物であった。

> 優しさとメランコリーに溢れた眼、卵形の頬、穏やかで慎ましい曲線を描く顎、唇を軽く開いた口、闘技者のがっしりした腕の先についた女のような手は、戦士というよりむしろ、詩人の性質を示すものであった。

ここでの「詩人」という表現は、造形芸術の才には欠けているが、美を探求する情熱では人後に落ちない気質を示している。王自身、彫刻の鑿をふるい、絵筆を握ることもあったとはいえ、天才的な芸術家の資質には恵まれていなかった。『モーパン嬢』のダルベールや『金羊毛』のチビュルスと同様に、カンダウレスもまたあくまでも「情熱的な芸術愛好家」[33]のカテゴリーに留まっている。その彼が、理想美を体現したニュシアを妃に迎える。ニュシアのポルトレもまた、彫刻のメタファーを伴って描かれている。

> あたかも自然が、未来のギリシアの彫刻家たちが生み出す傑作に嫉妬の念を燃やし、自分もまた一つの彫像を創り出し、造形芸術にかけてはいまだ巨匠であることを示そうとしたかのようであった。

> ニュシアの肉体を形作る理想的な美をかろうじて想起させるものと言えば、雪の結晶、パロスの大理石〔ギリシアのパロス島で採れる白大理石〕が放つ雲母の輝きか、鳳仙花の艶やかな花弁ぐらいであろう。非常にきめ細やかで繊細な肌は、日の光を吸収し、透き通った輪郭と音楽のように調和の取れた甘美な線で形作られていた。〔…〕気高く卵形に伸びたその清らかな顔に秘められた完璧な美の世界は、いかなる彫刻家の鑿、画家の絵筆、詩人の文体をもってしても、再現することはできなかったであろう。たとえそれがプラクシテレス〔紀元前四世紀アテネの彫刻家〕、アペレス〔紀元前四世紀イオニアの画家〕、ミムネルモス〔紀元前七世紀コロポンの詩人〕であってもだ。

このような「完璧な美」を前にして、カンダウレスは魂を奪われる。

> 夫としての資格によって、彼はこの美しさを思うまま、じっと眺めることに没頭した。そして、深淵を覗き込んだり、太陽を凝視した人のように、眩暈と眩惑に囚われた。彼は自分の内部を満たす神に酔いしれた僧侶のように、一種の憑依妄想を抱いた。それ以外の考えはすべて彼の魂から消え、世界はもはや、ニュシアの煌めく幻影を反射する、おぼろげな霧にしか見えなかった。彼の幸福は熱狂に変わり、彼の愛は狂気となった。

このように、カンダウレスはニュシアを抽象的な「美」の結晶とみなし、「じっと眺めること（contemplation）」、すなわち視覚による所有に至福を感じ、やがて狂信的とも言える崇拝の念を抱くに至る。ニュシアはまさに「恋人、

（33）Geisler-Szmulewicz, *op.cit.*, p.171.

彫刻家、詩人」である王にとって、「生きた理想のタイプ」であった。王はニュシアに「バッカス神の巫女のように」、蔦と菩提樹の冠を額につけてポーズを取らせたり、螺鈿の貝殻の上に立たせて、まるでボッティチェリの《ヴィーナスの誕生》（図39）を彷彿とさせるような姿態を取らせたりして、何時間も黙ってじっと眺めることに没頭した。彼女は言わば、絵筆を持たないカンダウレスのモデルとなり、「彼の手は空中にぼんやりとした輪郭を描き、何かの絵の下図をスケッチしているかのようであった」。しかし彼は、この「完璧な美」を絵画や彫刻で表現する天分に欠けていた。カンダウレスはニュシアの美貌が永遠のものではなく、時とともに衰えていくことを嘆き、次のように語っている。

> あれほどの美貌が不滅のものではないとは、考えるだけで残念だ！　歳月があの神々しい線、あの素晴らしい形の賛歌、輪郭の一つ一つが詩節となるあの詩を、余の他には世界で誰も読んだこともなく、読むはずもない詩を損ねてしまうとは！　余があの素晴らしい宝の唯一の受託者であるとは！　せめて線描と絵具を使って、光と影の動きを模しながら、あの天使のような顔の反映を板の上に固定することができたなら。大理石が余の鑿に逆らわなければ、パロス石やペンテリコン石のこよなく純正な石目にでも向かうように、［…］あの魅力的な肉体の似姿を刻んだだろうに！

カンダウレスにとってニュシアはもはや、生身の女性ではなく、物質性を持たない「幻影」でしかない。彼女が体現する美の「反映」、「似姿」を「固定」して「不滅」のものにすることが、王の最大の望みとなる。彼が強く願っていたのは、後世の人間によってニュシアの神々しい「面影を宿す石」の断片が発見され、それが神殿に祀られて崇拝されることであった。要するにカンダウレスは、儚い美の不滅化を夢見ていたのである。それは作者ゴーチエ自身の願望でもあった。

「肉体の崩壊への強迫観念」[34]に苛まれていたゴーチエは、ピュグマリオン神話に関して次のように述べている。

　自分の愛人を彫像に象ること、それはよく分かる。しかし、自分の造り出した彫像を愛人にすること、素晴らしい作品から芸術の永遠の生命を奪い取ること、卑俗な快楽主義を満足させるために不朽の理想美を損ねてしまうこと、それは全く驚きだ[35]。

　このように、カンダウレス＝ゴーチエは、「理想美」が崩壊することを恐れるあまり、時とともに衰える肉体を、変質することのない素材＝大理石に移し替えたいと望んでいる。『金羊毛』でも見たように、彼はピュグマリオン神話とは逆の形の芸術家神話を目指していたのである。

　「理想美」に限らず、ゴーチエは至福の瞬間をしばしば「宝石」に喩えている。例えば『モーパン嬢』で、ダルベールが恋人ロゼットと森を散歩するうち、一度だけ二人の魂が融合する至福の瞬間が訪れる。その時、枯葉は「トパーズ」に、緑の葉は「エメラルド」に変貌し、「飛び交う微粒子」は「金」色に染まり、「芝生に散らばる水の滴」は「真珠」に変容する。そこでは色の「鉱物化」[36]が生じている。それは、二度と訪れることのない至福の一瞬を不滅の「宝石」に固定し、永遠のものにしたいという願望に他ならない。『カンダウレス王』でも、ニュシアの瞳の色が「宝石」に喩えられている。

（34）Pierre Laubriet, Notice du *Roi Candaule*, dans *Romans, contes et nouvelles* de Théophile Gautier, Pléiade, t.I, Gallimard, 2002, p.1496.

（35）Gautier, article dans *Le Moniteur universel*, 25 juin 1864, cité par Laubriet, Notice du *Roi Candaule*, p.1496.

（36）Marie-Claude Schapira, « Le langage de la couleur dans les nouvelles de Théophile Gautier », in *L'Art et l'Artiste, Actes du colloque international*, t.II, Montpellier, Université Paul-Valéry, 1982, p.276.

墨より黒い瞳孔を持つ二つの瞳は、虹彩が様々な色合いに奇妙に変化した。サファイアからトルコ石に、トルコ石からアクアマリンに、アクアマリンから琥珀に変わり、時には水底に宝石を散りばめた透明な湖のように、計り知れぬ深みに金やダイヤモンドの粒々が垣間見え、その上で緑の繊維がエメラルドの蛇となってくねくねと動き、身を捩じらせていた。

この文章に、「[彼女の眼を]じっと見つめていると、永遠の記憶が蘇り、無限の縁に身を屈めた時のように、眩暈に襲われる」という表現が続く。ニュシアを眺めることは、「永遠」「無限」の探求に結びつく。その結果、カンダウレスの「芸術家の熱狂」が、「恋人の嫉妬心」を消滅させてしまう。本来ならば、絶世の美女を娶った男は、妻を他の男の眼から隠すところだが、カンダウレスは国で一番の美男とされる部下ギュゲスに、ニュシアの裸体を覗き見させる。それは、彼女が体現する「完璧な美」を「永遠」に留めておくことができないのなら、自らの「芸術家の熱狂」を他者と分かち合いたいという思いから出た行為であった。彼が現実に才能ある芸術家だったなら、手ずから彫像を制作して後世に残すことができるが、その天分はない。また、「蛮族の羞恥心」を持つ妻に、画家や彫刻家の前でモデルとして裸体を曝すよう強要することもできないのだ。

カンダウレスはギュゲスに妻の裸体を見せるにあたり、「一枚の絵を前にした厳しい鑑定人」の立場で見るよう命じる。その際、妻の肉体を「調和の取れた線」「神々しい輪郭」といった画家の言葉で表現し、彼女を「天が地上に与えた最も完璧な作品」とも呼んでいる。要するに、ニュシアは彼の眼には「一枚の絵」、「芸術作品」でしかない。

物質的な所有を望まず、視覚による美の所有を優先することは、カンダウレスにおける「男の精力（virilité）」の喪失を意味している。ピエール・ローブリエは次のように指摘している。

ニュシアの美をじっと眺めることが、この美女を肉体的に所有することへと彼を導くことはない。彼は彼女の美しさに取り憑かれ、あらゆる精力を失っているように見える(37)。

しかも、ニュシアの眼には特別な力が宿っていた。彼女の眼に浮かぶ変幻自在の表情は、時には天国への扉を垣間見させ、至上の幸福をもたらすこともあれば、時には「この上なく硬い金属の薄い板」で作った貫くことのできない盾のように、窺い知れぬ底を感じさせた。「眉を少し寄せたり、瞳を一回転させたりするだけで、〔…〕「男たちを」昇りつめた最も野心的な高みから、這い上がることが不可能なほど深い奈落に突き落とす」ことができた。ニュシアの眼は、時に男の力を削ぎ、そのアイデンティティを解体させるほどの危険な力を秘めていたのである。その上、作者は彼女の「慧眼」を何度も強調している。例えば、寝室の扉の後ろに隠れているギュゲスに気づいた時、「彼女の緑色の眼は、猫や虎の青緑色の眼のごとく闇を貫いた」とある。ゴーチエはこの箇所で「貫く（pénétrer）」という動詞を使っている。さらに、ニュシア自身が「私は鋭い眼力（vue perçante）を持っている」とギュゲスに語る場面でも、「貫き通す（percer）」という動詞の派生語が使われている。このように、ニュシアは「ファルスを持った女」、美しい肉体の下に底知れぬ魂の力を秘めた女性として描かれている。

それに対してカンダウレスの方は、ニュシアの表層に現れる可視的な美を賛美するのみで、彼女の魂に触れることはない。先に見たように、『モーパン嬢』のダルベールも、「肉体に対する魂の優位」を否定して、「均整の取れた形を美徳と考える」人物だった。ダルベールは次のように語っている。

（37）Laubriet, Notice du *Roi Candaule*, p.1497.

ほんの少しでも曲がった線を見れば、ぼくはたちまち蛇よりもくねくねと巻く螺旋を思い描くだろう。輪郭がきわめて正確に定められていなければ、ものの形は乱れて歪んでしまう。人の顔つきも超自然的な様相を帯び、恐ろしい眼でこちらを睨む。

だから、ぼくは一種の本能的な反発から、常に物質に、事物の外面的な輪郭に必死にしがみついてきた。芸術においても造形美に大きな価値を置いた。――ぼくは彫像を完璧に理解できるが、生身の人間は分からない。生命が始まるところで、メドゥーサの顔を見たかのように、ぼくは立ちすくみ、怯えて後ずさりをする。

ゴーチエはティツィアーノやルーベンス、ドラクロワのような色彩豊かな画家を好む一方で、ドラクロワとは対極的な新古典主義の画家アングルも評価していた。それは、デッサンを重んじるアングルの絵では、「輪郭がきわめて正確に定められて」いるからだ。アングルの《グランド・オダリスク》（図24）に関する美術評の中で、ゴーチエはその身体の部分を一つずつ挙げて「理想的な形」と称賛している。特にその「象牙で造形されたように見える」足の指を、古代ギリシアの彫刻家フェイディアスの作品になぞらえ、その魅力的な胸を「クレオネメスによって刻まれたギリシアのヴィーナス像の胸」に喩えている。さらに、その「柔らかな腰」の皮膚は「パロスの大理石の雲母のような輝き」だとしている(38)。

このようにゴーチエは、アングルのオダリスクの体の輪郭が、あたかも大理石の彫像であるかのようにはっきりと定められていることを評価していた。その反対に輪郭がぼやけると、ダルベールが恐れているような超自然的な現象が起こると考えていた。ゴーチエの幻想小説では、真夜中、蠟燭や月の光のもとで、事物の輪郭がぼやけた幻想的な光景が描かれている。例えば『オムパレー』（一八三四）では、主人公の部屋の壁に掛かったタペストリーに描かれたオムパレー［ギリシア神話に出てくるリュディアの女王］が、「蒼白い月の光」の下でその姿を現す。その時、床と壁の上には「大きな影と奇妙な物の形が浮かび上がっていた」。一陣の風が窓を揺らした時、タペストリーが波打ち、オムパレーが絵の中から抜け出てくる。奇妙なことに、彼女は再びタペストリーの中へと戻る時、「自分の裏側を見せることを恐れるかのように、後ずさり」する。アラン・モンタンドンが指摘しているように、オムパレーが自分の「裏側」を見せないのは、「作品の裏側は、その表の魅惑に隠された、言葉では言い表せない汚らわしい性格を露わにする」[39]からだ。それがダルベールの言う「メドゥーサの顔」であった。「生命が始まるところ」とは、生の根源である女性器を意味し、「曖昧模糊とした根源に再び呑み込まれる脅威」[40]を前にして、ダルベールは立ちすくむのだ。

ナタリー・ダヴィッド=ヴェイユは、ゴーチエの「石の夢」を次のように解釈している。

> 美の彫像、石の夢は、女性像が喚起されるたびにライトモチーフのように繰り返し現れる。二つの解釈が必要となる。すなわち、石の夢は芸術や理想の女性美に対する詩人の熱望と同時に、その女性美が石と化し、死んで動かなくなり、想像空間に遠ざかって欲しいという願望をも表している。というのも、分裂し、弱体化したこれらの主人公たちにとって、現実の女は恐ろしく、自分を去勢する危険な他者となるからだ。女性は即刻、手の届かない彼方に置いて、見つめるだけの存在にならねばならない[41]。

このように、ダルベール=カンダウレス=ゴーチエが可視性に執着し、女性を「芸術作品」と同一視するのは、

（38）Gautier, *Critique artistique et littéraire*, Larousse, 1929, p.74 et p. 75.

（39）Alain Montandon, « La séduction de l'œuvre d'art chez Théophile Gautier », in *L'Art et l'Artiste*, t.II, p.364.

（40）Max Milner, *On est prié de fermer les yeux*, Gallimard, 1991, p.132.

（41）David-Weill, *op.cit.*, p.82.

生身の女性への無意識の恐れ、すなわち「去勢コンプレックス」によるものであった。したがって、カンダウレスがニュシアを彫像として眺めるのは、彼女の美しい肉体を永遠のものにしたいという願望だけではなく、その危険な力を剥奪して動かない「石」に変えたいという願望にも基づいていた。実際、作中にニュシアがメドゥーサに変貌する場面がある。次節では、ニュシアとメドゥーサ神話について見ていきたい。

6　メドゥーサの視線

作中、ニュシアはギュゲスの眼を通して、二度メドゥーサに喩えられている。一度目は、ギュゲスがカンダウレスの命を受けて、ペルシアまで花嫁を迎えに行った時である。ニュシアの被っていたヴェールが突風に煽られて外れ、ギュゲスは期せずして彼女の素顔を見てしまう。

> ギュゲスはこの美のメドゥーサを見て身動きができなかった。ニュシアの衣服の端が町の門の中に消えてしまっても、道を進もうとは考えだにしなかった。［…］ニュシアは素早く姿を隠したので、ギュゲスは彼女を再び見ることはできなかった。彼は、この人間離れした出現、この美の怪物に魅惑されたというよりもむしろ、言わば幻惑され、呪縛され、恐れ慄いてしまった。

オウィディウスの『変身物語』に出てくるメドゥーサは、もともとは「素晴らしい美女」で、特にその美しい髪で有名であった。海神ネプトゥーヌス（ネプチューン）がミネルウァの神殿で彼女を辱めたことに怒った女神は、罰として、メドゥーサの髪を「醜い蛇」に変えたという[42]。メドゥーサはこのように、美と醜を併せ持つ存在であった。マックス・ミルネルの言葉を借りるなら、「極端な美しさは極端な醜さと同様に、硬直に似た衝撃を引き起こす」[43]。神話では、メドゥーサを見た男たちは石に変えられてしまう。つまり、メドゥーサの視線には死の恐怖が伴う。ギュゲスはこの邂逅以来、ニュシアに対して「密かな恐怖」を抱くが、ゴーチエはその理由を次のように説明している。

これほどまでに高められた完璧さは、けだし不気味なものである。これほど女神に似ている女性は、死すべき弱き人間にとっては、致命的な存在にしか成りえない。

このようにニュシアは、その美しさにおいて人間の領域を超えた「聖なる存在」である。ギュゲスは彼女の素顔を垣間見たことで、人間と神を隔てる境界を越えることへの恐怖を抱く。ギュゲスにとってニュシアは、その人知を超えた美しさによって見る者を死の硬直へと誘う「怪物」メドゥーサに他ならない。彼女はギリシアの彫像のような完璧な肉体に、「変わることのない平静さ」と「崇高なまでの冷やかさ」を擁し、まさに「大理石」の特徴――「つめたい美、死」[44]を表す――を有している。

ゴーチエは、詩集『七宝とカメオ』(一八五二)の中の一篇「女性の詩――パロスの大理石」で、美の基準として「古代ギリシアの彫像」「アングルのオダリスク」「クレサンジェの大理石像」の三つを提示している。この詩でモデルとして挙げられているアングルの作品は《奴隷のいるオダリスク》(図47)、オーギュスト・クレサンジェ(一八一四-八三)の作品は一八四七年のサロンに出展された《蛇に咬まれた女》(図48)である。どちらも、蛇のように身を捩じらせた女の体の官能性が強調されている。ゴーチエは一八四七年の美術評で、クレサンジェのこの

(42) オウィディウス『変身物語(上)』中村善也訳、岩波文庫、一九八一年、一七六頁参照。
(43) Milner, *op.cit.*, p.109.
(44) アト・ド・フリース『イメージ・シンボル事典』山下主一郎ほか訳、大修館、一九七四年、四一六頁。

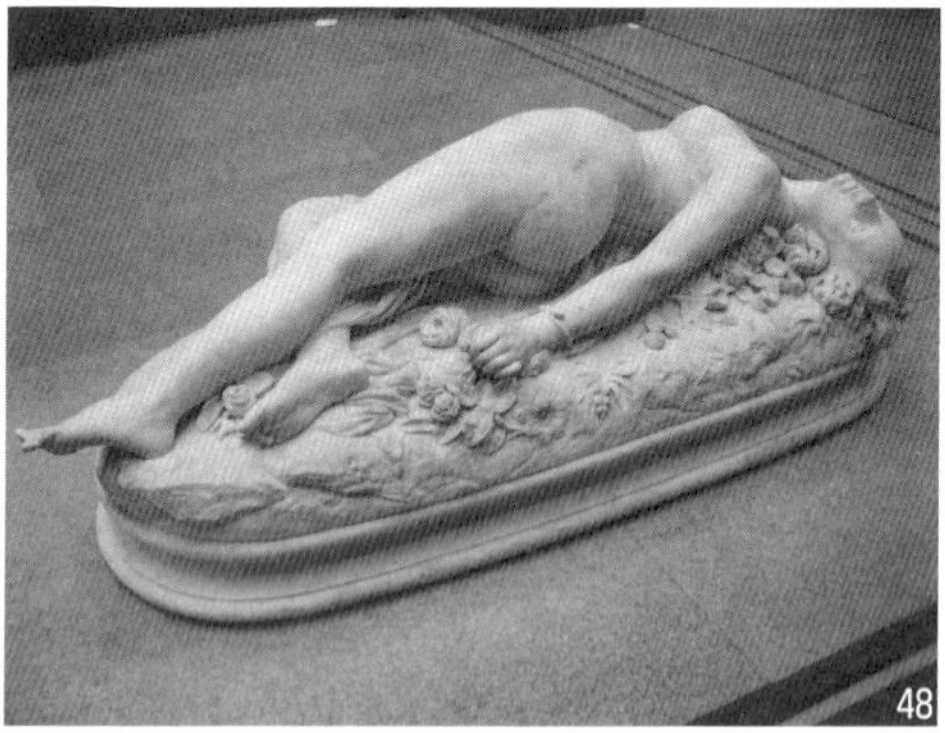

図47　ドミニク・アングル《奴隷のいるオダリスク》（1839-40），ルーヴル美術館／図48　ジャン=バチスト・オーギュスト・クレサンジェ《蛇に咬まれた女》（1847），オルセー美術館／図49　ジェームズ・プラディエ《ニュシア像》（1848），ファーブル美術館

作品を次のように称賛している。

彼女はかすかに赤と青に染まった薔薇と花々のベッドの上に横たわり、激情に駆られ、激しく官能的なポーズに身を委ねている。腰は弓なりに反り、水瓶から流れ出る波のような髪の房を真っ二つに割りながら、頭を後ろにのけぞらせている。[…] これが大理石でなければ、素晴らしく美しい女性が快楽と苦痛の床で、何か魅惑的で恐ろしい夢を見て身を捩じらせた瞬間を、彼女に気づかれずに魔法の鋳型にとらえ、固定したかのように思えたことだろう。(45)

アラン・モンタンドンが指摘しているように、ゴーチエにとって「蛇のような体のうねり」は「魅惑と魔術的な魅力の印」であった。(46) ニュシアの肉体も、「蛇のようにうねる美しい体の線」と形容されている。また、同時代の彫刻家ジェームズ・プラディエが、ゴーチエの小説にインスピレーションを得てニュシア像(図49)を一八四八年のサロンに出展した時、ゴーチエはサロン評で、「我々の古代研究の書『カンダウレス王』が、プラディエの手でギリシアの大理石に翻訳されたこと」(47)を誇りに思うと述べ、次のように解説している。

ニュシアは最後のヴェールを振り落としたところである。彼女は立ったまま、彫像の清らかな裸体を晒している。物陰に潜んでこれを盗み見たギュゲスは、カンダウレスの熱狂が正しかったことを確信したであろう。芸術に嫉妬した自然が極限の努力で生み出した、この神々しい肉体は、その美しい体の線を滑らかな波のよう

(45) Gautier, « Exposition de 1847 », in *La Presse*, 10 avril 1847.
(46) Montandon, *op.cit.*, p.364.
(47) Gautier, « Salon de 1848 », in *La Presse*, 23 avril 1848.

図50　ピーテル・パウル・ルーベンス《メドゥーサ》（1617-18），美術史美術館（ウィーン）

なうねり［…］で展開している。(48)

このようにゴーチエは、プラディエがニュシアの肉体の「滑らかな波のようなうねり」、または「蛇のような曲線」(49)を視覚化し、文学作品に描かれた「理想美」を彫刻に見事に転換したと高く評価している。「蛇のような体のうねり」は、ゴーチエにとって最も重要な美の要素であり、見る者に魔術的な魅惑を感じさせる身体的特徴であった。

しかし、「蛇」は神話のメドゥーサに象徴されるように、「魅力的なものと嫌悪を抱かせるもの」(50)を併せ持つ両義的な存在でもある。部下に窃視をさせた夫に怒り、復讐を遂げる場面で、ニュシアの「恐怖」の面が一気に露わとなる。ニュシアはその翌晩、夫がさせたのと全く同じ手順でギュゲスを寝室に潜ませ、自分が服を脱ぐところを盗み見させる。これが、ギュゲスが二度目に「メドゥーサ」を目撃する場面である。

> 前夜と同様、ニュシアは髪をほどき、豊かな金髪を両肩の上に垂らした。壁の窪みに隠れていたギュゲスは、その髪が黄褐色に染まって、炎と血の色に輝き、巻き毛がゴルゴンやメドゥーサの髪の毛のように、蛇のようにうねりながら伸びていくのを見たように思った。
>
> この非常に簡潔で優雅な身のこなしも、これから起ころうとする惨劇の身の毛のよだつ破局的な様相を帯びて、隠れている殺人者を恐怖で震

えあがらせた。

この場面でもゴーチエは、ニュシアの髪の毛を「蛇のようなうねり」と表現している。しかしそれは、魅惑するよりも恐怖を抱かせるものであり、ルーベンスの《メドゥーサ》(図50)を彷彿とさせる。

この小説では、「蛇」のモチーフが至るところに散りばめられ、物語のキーワードとなっている。例えば、冒頭の婚礼の場面で、ニュシアが腕にしているブレスレットのデザインは「眼にルビーとトパーズを嵌め込んだエメラルドの蛇が螺旋を描いている」というものである。さらに、先に見たように、彼女の瞳の「緑の繊維」は「エメラルドの蛇」に喩えられている。また、カンダウレス王の祖先の系図を記した石板が飾られた古い建物の円柱には、「互いに貪り食い合おうとしているかのような蛇」が絡みついている。このように、「蛇」のモチーフが繰り返し現れることで、ニュシアのメドゥーサ的な性質が浮き彫りにされている。

男をその美しさで恐怖させ、時に怒りによって死に至らせるニュシアは、「宿命の女(femme fatale)」の範疇に属する。マリー=クロード・シャピラによれば、ゴーチエが描く女性像のうち、「金髪に緑の眼の女」は「蛇または悪魔」として、男を破滅に導くタイプである。[51] ニュシアの他にも、『死女の恋』(一八三六)の吸血鬼クラリモンドが「金髪に緑の眼の女」である。一方、同じ金髪でも青い眼の女は、「完全に純化された理想の女性」[52]であった。ゴーチエの幻想小説『スピリット』(一八六五)で、パリのダンディな青年ギー・ド・マリヴェールの前に姿を現す精霊スピリットが、まさにその典型である。「青」は聖母マリアの色であり、スピリットが常に纏っている「純白」

(48) *Ibid.*
(49) *Ibid.*
(50) Montandon, *op.cit.*, pp.363-364.
(51) Schapira, *op.cit.*, p.271.
(52) Montandon, *op.cit.*, p.358.

の衣装にも表れているように、「金髪に青い眼の女」は身体性の希薄な非物質性を特徴としている。また『魔眼』におけるポール・ダスプルモンの恋人アリシア・ウォードは、「黒髪に黒みがかった青い眼」をしている。こうした「黒髪の女」は、自己犠牲的な女性の特徴となっている。第2節でも見たように、アリシアはポールの「焼けつくような視線」を浴びて、「幻惑され魅惑されて、快くも苦痛に満ち、楽しくも死に至るような感覚」を抱き、彼の愛を受け入れて自ら衰弱死することを選ぶ。それに対してニュシアは、カンダウレスに死をもたらすという、自己犠牲とは対極的な行動に出る。その過程を少し詳しく見ていくことにしよう。

物語の冒頭で作者が説明しているように、ニュシアの眼は、普段は大理石の彫像を思わせるほど「崇高なまでに冷やか」で、「人間のあらゆる情熱に対して無関心」な表情を湛えている。しかし、その眼は異なる表情を呈することもあった。

別の時には、彼女の眼はしっとりとした、いかにも男心を誘うような気だるさを浮かべ、胸にしみ入るような光を放ち、神秘的な力を発揮した。ネストル［ポセイドンの息子で、ペロポネソス半島のピュロスの王。アポロンから長寿を授けられた］やプリアモス［トロイアの王。トロイア戦争の要因となったパリスの父］の凍りついた心も、あの眼を見れば、燃え上がる太陽に近づいたイカロスの翼のように溶けてしまったであろう。

このように、ニュシアは彫像のような冷やかな肉体の下に、情熱的な魂を秘めていた。カンダウレスは彼女の肉体の「完璧な美」に夢中になるあまり、その下に隠された魂には全く無頓着である。「絵画」や「彫像」として何時間もじっと見つめられるにつれて、ニュシアの王に対する「冷たさ」が増していく。あたかも、彼女が王の望み通り、大理石の像と化していくかのようである。ギュゲスに裸体を盗み見られる場面では、男の「紅柘榴石のようにきらめく眼差し」に気づいたニュシアは「蛇のように冷たくなり、その頬と唇には紫の死斑のようなものが浮かぶ」。「蛮族の羞恥心」を持つニュシアにとって、男の欲望の眼差しの対象となることは、体を汚されることに等しかったからだ。それだけではない。ニュシアはそれまで、自らの肉体を「清らかで気高い魂の住みかにふさわしくなるよう」努めてきた。それほどまでに「魂」を重視する者にとって、窃視は肉体だけでなく魂をも汚す行為だった。ギュゲス自身、窃視を命じる王に対して、そのような行為は「神聖な結婚を冒瀆するもの」であり、「視覚による一種の不倫行為」だと諫めている。カンダウレスのニュシアに対する振舞いは、妻を娼婦として扱うに等しいものだった。(53)「彫像」のごとく専ら鑑賞の対象とするのも、妻をモノ扱いする許し難い行為である。自らの尊厳を踏みにじった夫に対して、ニュシアが復讐を誓うのも当然の成り行きであった。

夫の行為を知った翌朝、ギュゲスの前に姿を現したニュシアの顔には全く血の気がなく、「彫像が彼の前に進み出ているように思える」ほどであった。だが、ニュシアは「魂」を失ったわけではなかった。

> 張りをなくしたこめかみには、ごく微細な血管が青い網目を交錯させていた。瞼は涙で腫れあがり、頬の産毛には光る涙の跡が幾筋かついていた。瞳の緑玉髄［細かい結晶が繊維状をなした宝石］の色も、その強度を失っていた。この時の彼女は一層美しく、一層感動的であった。——苦悩が、大理石の冷たい美しさに魂を与えていたのだ。

もしこの時カンダウレスが、涙で腫れあがったニュシアの顔を見たならば、彼は妻の美の衰えを嘆いたであろう。

---

(53) 夫の行為を知ったニュシアは次のように嘆いている。「世の妻の中には、夫の首に両腕を蔦のように巻きつけ、純真で高貴な生まれの者というよりも、むしろ主人の快楽のために金で贖われた奴隷のようになる者がいるが、私がそんな女だったとでもいうのか?」。

図51　《ニオベ像》，ウフィツィ美術館

しかしニュシアは、苦悩を経て初めて、夫が理想とする「大理石の冷たい美しさ」ではなく、魂と感情を備えた人間的な美しさに輝いている。ゴーチエは別の箇所で、彼女の激しい苦悩を「アポロンとディアナの射た弓で一四番目の子どもが倒れるのを見たニオベ」の苦しみに喩えている〔テーバイの王妃ニオベは、アポロンとディアナの母レトに向かって、自分が七男七女を産んだことを自慢した。怒ったレトは二人に命じ、ニオベの子どもを全員弓矢で殺させた〕。それは、悲しみに身を捩らせながら、最後の我が子を必死に守ろうとするニオベ像（**図51**）を指しているとされる。このニオベ像は言わば、「人間の苦悩の象徴」[54]であった。したがって先ほど引用した場面は、ニュシアが「人間の苦悩」を経験し、「彫像」から生身の女になった瞬間を捉えているとも言える。しかもこの時、彼女はギュゲスの「欲望の眼差し」によって、凌辱されたように感じる一方で情愛にも目覚めており、秘められた情熱的な性質を開花させようとしていることが暗示されている[55]。

夫への復讐にあたり、ニュシアはギュゲスに向かって、「私の大理石の胸には、鋼鉄の心が宿っている」と述べる。以後、「鋼鉄」のような強い意志によって主導権を握るのは彼女の方だ。

> ギュゲスの手を握った〔ニュシアの〕手は冷たく、柔らかくて小さかった。しかしその細い指は、奇跡によって生命を得た青銅像の指ならかくやと思えるほど強く、彼の手を握りしめていた。びくともしない不屈の意志が、〔…〕万力さながら、ひと時も緩められぬ指の圧力の中に感じられた。ギュゲスは、あたかも運命の

強い腕によって引きずられるかのように、打ち負かされ、屈服し、茫然として、この絶対的な牽引力に屈従していた。

屈強な肉体を誇るギュゲスの方が、華奢なニュシアに精神的にも肉体的にも打ち負かされている。ここでは伝統的な男女の力関係が逆転し、男は女の意志に操られた復讐の道具でしかない。躊躇するギュゲスに王の殺害を決意させるのは、彼女の「潤んできらきら輝き、あまりに艶めいた陶然とさせる眼差し」であった。ニュシアはそれまで一貫して視線の対象、すなわち「見られる女」の消極的な立場に立たされていた。しかし最後には、視線の主体、「見る女」へと変貌するのだ。彼女は、その「完璧な美」を大理石の彫像に移し替えたいと願うカンダウレスの「石の夢」を叶えるどころか、メドゥーサとなって彼を「石」＝死体に変える。それは、魂の世界を否定して、表層の物質的な世界のみに生きようとする「詩人」カンダウレスへの一種の罰であった。同じく「石の夢」に囚われていた『モーパン嬢』のダルベールは、次のように語っている。

――魂の世界は、ぼくの面前で象牙の扉を閉めてしまった。ぼくにはもはや手で触れる物しか理解できない。ぼくは石の夢を見る。ぼくの周りですべてが凝結し凝固する。浮遊する物も揺れ動く物も全くない。空気もなければ風もない。物質がぼくを締め付け、ぼくを侵略し、ぼくを押し潰す。

（54）Laubriet, Note 4 de la page 979 du *Roi Candaule*, p.1518.

（55）ニュシアは作中、ギュゲスの視線が「私の身を焦がす」と語っている。

7　創造者か愛好家か——バルザックとの違い

ここまで、まずテオフィル・ゴーチエの『金羊毛』に現れる絵画的メタファーを様々な観点から読み解いた。さらにゴーチエの芸術論を、バルザックの『知られざる傑作』と照らし合わせながら検討した。芸術至上主義を標榜するゴーチエは、表層的な形象を重視するあまり、形象の下に潜む「魂」をほとんど考慮に入れていない。「表層」と「魂」の照応関係を優先させるバルザックとは対極にあった。したがって、両者の間には、一七世紀オランダ絵画のメタファーの使用など、いくつかの共通点が見出せるものの、根本的な影響を互いに及ぼし合うことはなかったように思われる。特に両者を大きく隔てる点は、バルザックが創造者の視点から芸術を論じているのに対し、ゴーチエは芸術愛好家の視点を貫いていることにある。バルザックの場合、フレノフェールの台詞に表れているように、ピュグマリオン神話はオルフェウス神話、プロメテウス神話と結びつけて解釈されている。「神の火」を盗むプロメテウス＝芸術家が創造行為を行うことは、唯一の創造主であるべき神への冒瀆を意味し、芸術家には悪魔的な属性が付与される。それゆえ、フレノフェールをはじめとするバルザックの作品中の芸術家はすべて、何かしら悪魔的な雰囲気を伴っている。一方、ゴーチエの『金羊毛』や『カンダウレス王』においては、芸術愛好家は絵の中の女性に生命を吹き込もうとするばかりではなく、逆に生身の女性を絵画的表象に嵌め込もうとする。そこでは、逆のピュグマリオン神話が機動しており、バルザックのような芸術家の創造神話は見出せない。芸術愛好家、絵画的表象、モデルとなる生身の女性の三角関係の中で、ゴーチエはむしろ、「作品」としてモノ化された女の側からの反撃を描いた。それが『カンダウレス王』においては、ピュグマリオン神話とメドゥーサ神話の交錯／融合によって、象徴的な物語へと昇華している。この点が、バルザックとは異なるゴーチエの特色と言える。

また、『カンダウレス王』においては、作者が自身の「石の夢」を自ら打ち砕く結末となっている。宝石や鉱物、彫像の比喩が繰り返し用いられるこの作品は、まさに「石の物語」であったが、その夢は「大理石の女」が「人間

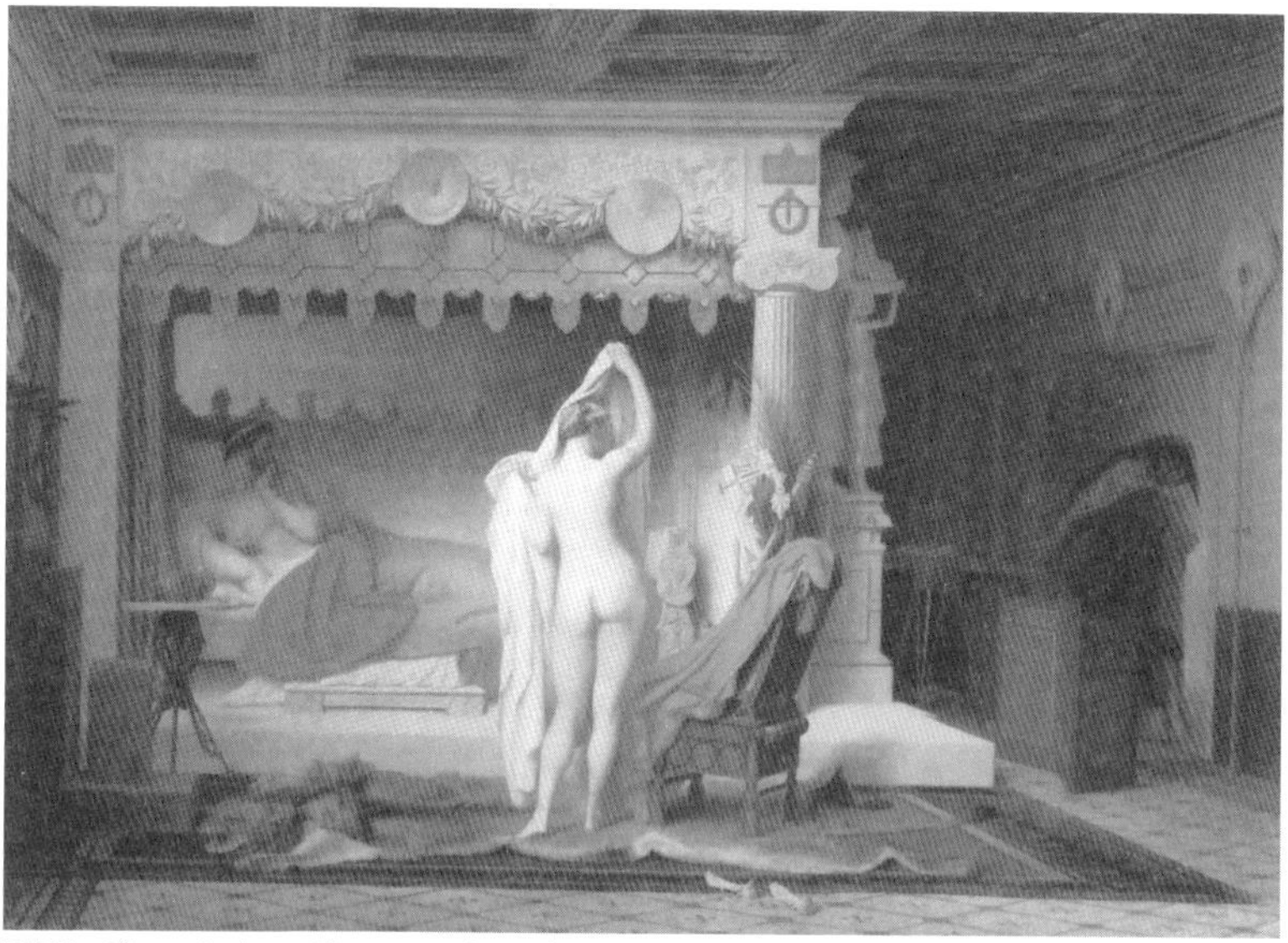

図52　ジャン=レオン・ジェローム《カンダウレス王》(1859)，プーシキン美術館

の苦悩」を知ることで破壊される。同時に、「窃視(voyeurisme)」がこの小説の展開の鍵を握る重要なテーマとなっており、カンダウレスの「芸術家の眼差し」、ギュゲスの「欲望の眼差し」、ニュシアの「官能的かつ死をもたらす眼差し」という三つの視線が交差する「眼差しの物語」でもあった。

第一部で見たバルザックの『人間喜劇』では、「欲望の眼差し」の主体と客体が、ブルジョワ社会のジェンダー構造のもとに描かれていた。そこでは、ジェンダー規範に反して視線の主体となった女性のほとんどが、「死」または社会からの疎外を運命づけられていた。それに対してゴーチエの場合は、ニュシアにしろモーパン嬢にしろ、ジェンダー規範を逸脱した女性が最後には勝利を収める。ここにも両者の違いが見出せる。

ところで、バルザックの『知られざる傑作』同様、ゴーチエの『カンダウレス王』も多くの画家たちの画題となってきた。先に触れた彫刻家プラディエの他にも、画家ジャン=レオン・ジェローム(一八二四－一九〇四)がこの小説にインスピレーションを得て、《カンダウレス王》(**図52**)を描いている。ジェロームは二度目の

図53　エドガー・ドガ《カンダウレスの妻》(1855-56)，個人蔵

「窃視」の場面を取り上げており、寝台の上ではカンダウレスが、「芸術家の眼差し」でニュシアをじっと見つめている。一方、ニュシアは今まさに全裸になろうとしているところで、服の陰から右方を窺っているようだ。ゴーチエ自身の解説によると、彼女は「戸口に隠れているギュゲスに、そこから飛び出してカンダウレスを殺すよう合図をしている」[56]のだ。この絵の鑑賞者には見えないが、彼女は今まさにギュゲスに対して、夫の「死をもたらす眼差し」を投げかけているところであろう。一方ギュゲスは視線を下に落として、「絶対的な牽引力」を持つ女に屈従しているようにも見える。ジェロームはゴーチエの「視線の物語」を、正確に視覚化したのである。

しかもこの絵は、暗殺直前の緊迫した場面を描きながらも、ニュシアの官能的な肉体を強く印象づけている。鑑賞者はギュゲスと同様に、ニュシアの輝く裸体を背後から覗き見ることができるのだ。ゴーチエはそれについて次のように述べている。

> 自分の魅力を不謹慎にも暴露したことに対して、あれほど残酷に復讐したこの羞恥心の強い美女は、画家をどうするであろうか。彼は、半ばギリシア様式、半ば東洋風の部屋で、ヘラクレス王家のベッドの縁で、ライオンの皮の上に立った彼女の魅力的な裸体を衆目に晒したのだ。恐らく彼女は彼を許したであろう。彼女はこの絵の中で、かつてないほど美しく描かれているのだから[57]。

神話や歴史上のではなく、「現実の裸の女性」を描いたマネの《オランピア》や《草上の昼食》(いずれも一八六三）が大きなスキャンダルを引き起こした時代において、女の裸体はいまだ危険な画題であった。その点で『カンダウレス王』は、画家たちにとってエロチックな女の裸体を描く格好の題材を提供した。ジェロームの他にも、ジョゼフ・フェルディナン・ボワサール（一八一三–六六）やテオドール・シャセリオー（一八一九–六六）、エドガー・ドガ（一八三四–一九一七）などがこの物語を主題とする作品を描いている。ドガの絵（図53）にいたっては、《カンダウレスの妻》というタイトルがなければ単なる裸婦像としか見えない。『カンダウレス王』は、「視線」のエロティシズムを余すところなく描いた物語として、画家たちを強く魅了したのであろう。

（56）Gautier, « A travers les ateliers », in *L'Artiste*, 16 mai, 1858, p.18.
（57）*Ibid.*

第五章

女を疎外する芸術空間
――デボルド=ヴァルモール『画家のアトリエ』

マルスリーヌ・デボルド=ヴァルモール（一七八六－一八五九）は、一九世紀フランスにおける優れた女性詩人として、母国はもちろん日本でも高く評価されてきた。例えば定評ある仏文学史書『フランス文学史』（饗庭孝男・加藤民男・朝比奈誼編、白水社）において、一九世紀の章で言及される女性作家は、スタール夫人とジョルジュ・サンドの他にはデボルド=ヴァルモールのみである。しかも当時の女性作家たちが、サンドを筆頭に「ブルーストッキング（bas-bleu）」と呼ばれて男性作家から揶揄されていたのとは対照的に、デボルド=ヴァルモールは常に賞賛の的であった。例えば、ロマン派詩人アルフレッド・ド・ヴィニー（一七九七－一八六三）は彼女を「我々の時代で最も偉大な才能ある女性」と評し、民衆に最も人気のあった詩人ピエール=ジャン・ド・ベランジェ（一七八〇－一八五七）は彼女に宛てた手紙の中で「繊細な感受性があなたの作品を特徴づけ、あなたの全ての言葉の中に表れている」とその詩を絶賛している。ロマン派の領袖ユゴーにとっても、彼女は「詩《ポエジー》そのもの」であった[1]。さらに、批評家サント=ブーヴはマルスリーヌの良き理解者として知られ、個人的にも親しく、彼女の死後、その伝記と書簡集を刊行するほどであった。女嫌いで有名なボードレールでさえ、デボルド=ヴァルモールに関しては「偉大な詩人」[2]と呼び、一定の評価を与えている。その他にも彼女は、ポール・ヴェルレーヌ（一八四四－一八九六）の評論集『呪われた詩人たち』（一八八四）に登場する唯一の女性詩人であり、ルイ・アラゴン（一八九七－一九八二）やポール・エリュアール（一八九五－一九五二）など、後代の多くの男性詩人からも称賛されてきた。

デボルド=ヴァルモールはまた、詩の他に小説や子ども向けのコント（短い物語）も手がけている。本章では、これまであまり取り上げられることのなかった彼女の小説に焦点を当ててみたい。とりわけ一八三三年に出版された『ある画家のアトリエ』は、作家の小説作品の中でも最高傑作とみなされている。[3]主人公は女性画家で、物語の舞台は、これまで本書にたびたび登場した新古典主義の画家ジロデと関わりのある画家（主人公の叔父）のアトリエである。しかも、一八三〇年刊行のバルザックの作品集と同じ「私生活情景」という副題が付けられている。これらのことから、作者がバルザック作品――とりわけ第一部で取り上げた『私生活情景』所収の『ラ・ヴェンデッタ』『毬打つ猫の店』、および『知られざる傑作』――を意識してこの小説を書いたことは明らかである。そこで本章では、『ある画家のアトリエ』を、『ラ・ヴェンデッタ』を中心とするバルザックの芸術家小説と比較することで、「女性作家の芸術家像（とりわけ女性画家像）」を検証していきたい。

1　デボルド=ヴァルモールの生涯とバルザックとの関係

作品分析に入る前に、日本ではあまり知られていないデボルド=ヴァルモールの生涯、および彼女とバルザックとの関係に簡単に触れておきたい。マルスリーヌは一七八六年にフランドル地方のドゥエで生まれた。父親のフェリックスは貴族の紋章や教会の装飾品を手がける絵師の親方であったが、フランス革命の勃発によって仕事を失う。しかも事業の失敗によって、一七九〇年に破産の憂き目に逢う。それ以降、デボルド一家は貧窮生活に苦しむことになる。しかし、マルスリーヌにとってドゥエで過ごした一〇年間は、「幸福な子ども時代」として心に刻まれ、

（1）Cf. Charles-Augustin Sainte-Beuve, « Mme Desbordes-Valmore. 1842 », dans *Portraits contemporains*, PUPS, 2008, p.546.

（2）Charles Baudelaire, *Curiosités esthétiques. L'Art romantique*, Classiques Garnier, 1990, p.744.

（3）Marc Bertrand, Postface de *L'Atelier d'un peintre*, Lille, Miroirs Éditions, 1992, p.452.

彼女に生涯、望郷の念を抱かせることになった。

　マルスリーヌは一一歳の時、生活費を稼ぐために女優としてリールの劇場の舞台に上がり、その後、ロッシュフォールやボルドーの劇場を転々とした後、母親に連れられて裕福な親戚のいるカリブ海のグアドループ島に向かう。しかしその頃、現地では黒人奴隷の反乱が起きており、親戚の所有するプランテーションは壊滅状態にあった。その上、母は旅の途中、黄熱病で死亡してしまう。一六歳のマルスリーヌは、その身の上に同情した人々に助けられて軍艦に乗船し、黄熱病や嵐にも耐え、ダンケルクを経由して一八〇二年九月末、ようやく家族のいるリールに戻る。

　再び女優業に復帰した彼女は、一八〇四年にパリのオペラ＝コミック座の舞台を踏み、以後女優兼オペラ歌手として人気を博す。女優業のかたわら詩作を始め、一八〇七年にロマンス〔甘美な旋律の短くて素朴な声学曲〕『手紙』を初出版する。一八一三年からは、「キープセイク（Keepsake）」〔当時流行していた、豪華な装飾を施した記念贈答本〕にロマンスやエレジー〔哀調を帯びた詩〕を寄稿するようになり、一八一八年にそれらをまとめた詩集『エレジー、聖母マリアとロマンス』を刊行する。女優業ではこの頃、当時の人気女優マルス嬢やジョルジュ嬢とも親交を持つようになった。その間、何人かの男性と恋愛して二人の子どもを設けるが、二人とも幼くして亡くなる。一八一七年には役者仲間で七歳年下のプロスペル・ヴァルモールと結婚するが、彼との間に出来た最初の娘も生後まもなく失ってしまう。

　マルスリーヌは生涯に六人の子どもを産むが、そのうち四人は幼くして亡くなり、母親より長生きしたのは息子のイポリットのみであった。この境遇から、彼女はしばしば「*Mater*《マテル》 *Dolorosa*《ドロロザ》（悲しみの聖母）」〔我が子キリストを亡くし、悲嘆に暮れるマリア〕に喩えられる。彼女の叔父コンスタン・デボルドが描いた肖像画（**図54**）には、机上に『テレマックの冒険』〔神学者フランソワ・フェヌロン（一六五一－一七一五）による教訓小説〕を開いたまま、眼を天に向けて瞑想に耽っているマルスリーヌの姿が描かれている。その様子は後述するラファエロの《聖女セシリア》(4)（**図

55）を彷彿とさせ、その後の彼女を支配することになる「苦悩の神秘主義」(5)を予告するものであった。

マルスリーヌと夫は、結婚後もブリュッセルからパリ、リヨンと、劇場の仕事を求めて転々とする。凡庸な役者であった夫の稼ぎは少なく、生活費はマルスリーヌの詩集の印税や国王からの年金で賄われていた。マルスリーヌは結局、父の破産後は生涯、放浪と貧困の生活を余儀なくされたのである。一家が一八一九年にパリに移住した時、叔父コンスタンのアトリエで、マルスリーヌは作家アンリ・ド・ラトゥシュ（一七八五－一八五一）と出会う。そしてラトゥシュの助力で翌一八二〇年に第二詩集『デボルド＝ヴァルモール夫人の詩集』を出版し、詩人としての名声を確立する。ラトゥシュとはその後、恋仲となり、一八二一年に生まれた娘のオンディーヌは彼の娘と考えられている。

その後マルスリーヌは、一八二三年には女優をやめて、子育てと詩の制作に集中するようになり、詩集を次々に出版する。一八三三年にはアレクサンドル・デュマ（一八〇二－七〇）の序文を付した詩集『涙』と、小説『ある画家のアトリエ』を出版している。その後も引き続き創作に励み、数々の著作を出版したが、一八五七年、七一歳の時に癌に侵され、一年間の闘病生活の後に一八五九年、七三歳で亡くなった。死の五年前の姿を、写真家ナダール（一八二〇－一九一〇）が撮影している（図56）。

バルザックとの関係は、彼女が一八三三年一〇月に詩集『涙』を献呈したことから始まる(6)。二人が実際に会ったのは翌一一月の初旬とされているが、それまでに共通の友人ラトゥシュや、ドゥエの新聞記者サミュエル＝アン

（4）聖女セシリアは三世紀ローマの名門の出で、熱心なキリスト教徒として貞潔の誓いを立てていた。異教徒のヴァレリアヌスと結婚させられるも貞潔を守り、むしろ夫とその弟を信仰に導いた。やがて兄弟は迫害にあって命を落とし、セシリアも殉教した。その際、剣で首を斬られてもなお三日間生き続けたという。音楽の守護聖人としても有名である（オットー・ヴィマー『図説　聖人事典』藤代幸一訳、八坂書房、二〇一一年参照）。

（5）Madeleine Fargeaud, « Autour de Balzac et de Marceline Desbordes-Valmore », in *Revue des Sciences humaines*, 1956, p.173.

図54 コンスタン・デボルド《マルスリーヌ・デボルトの肖像》(1810-12, または1819), シャルトルーズ美術館(ドゥエ)/図55 ラファエロ・サンティ《聖女セシリア》(1516-17), ボローニャ国立美術館

リ・ベルトー（一八〇四－九一）、彫刻家でマルスリーヌの従兄テオフィル・ブラを通じて、すでに互いの作品を読み合っていた。それ以来、生涯にわたって二人は真の友情で結ばれることになる。バルザックがマルスリーヌに宛てた、一八三四年四月末付の手紙の一節——「私たちは同じ国の住人、涙と不幸の国の住人です」——は、彼のマルスリーヌへの深い共感を物語っている。バルザックはこの年の九月に、ドゥエを舞台にした小説『絶対の探求』を出版するが、フランドル地方を一度も訪れたことのなかった彼にとって、マルスリーヌは貴重な情報源の一人となった。バルザックはさらに一八三六年に『フランドルのイエス＝キリスト』を出版し、四五年のフュルヌ版『人間喜劇』に収める際、作品冒頭に次のような献辞を記している。

マルスリーヌ・デボルド＝ヴァルモールへ
フランドルの娘にして、彼の地の現代の栄光の一人であるあなたに捧げる。
フランドル人たちの素朴な伝統を。

ド・バルザック

図56　ナダールが撮影した68歳の時のマルスリーヌ（1854），フランス国立図書館

実際、信仰篤く、故郷をこよなく愛したマルスリーヌにとって、フ

（6）マルスリーヌは献呈にあたり、次のような献辞を添えている。「*vir nobilis*（心ある男性）バルザック氏へ。私はあなたのおかげで、このラテン語の二つの言葉を学びました。この二語をあなたに捧げます。マルスリーヌ・ヴァルモール、一八三三年一〇月一日」。*vir nobilis* は、この年の一月にバルザックが出版した『ルイ・ランベール』に出てくる言葉で、マルスリーヌがこの作品を読んでいたことを示している。

ランドルの農民たちの素朴な信仰を描いたこの小説が、『人間喜劇』の中でも一番のお気に入りであった。また、一八四〇年にラトゥシュの元愛人ルイーズ・ブルニオ〔通称ブリュニョル夫人〕が、バルザックのパッシーの家の家政婦となったのは、マルスリーヌの紹介によるものであった。[7] 後にこのブリュニョル夫人とバルザックが激しい愛憎関係に陥るのは周知の通りである。そして、一八四八年九月、愛人ハンスカ夫人に会いにウクライナに向けて出発する直前に書いた手紙が、バルザックからマルスリーヌに宛てた最後の手紙となった（バルザックはその後、五〇年三月にハンスカ夫人と結婚するが、わずか五か月後の八月一八日に死去した）。マルスリーヌは彼の死後、その余白に「バルザックの最後の貴重な手紙」と書いて大切に保管したという。

以下では、こうして親密な友情を結んだバルザックとの関係にも留意しながら、『ある画家のアトリエ』について見ていくことにしよう。

2　女性作家が描くアトリエの風景

『ある画家のアトリエ』の舞台は一八〇五年頃のパリである。[8] 主人公はフランドル出身のオンディーヌという若い娘で、両親はすでに亡く、パリに住む叔父の画家コンスタン・レオナールの元で修業中の身である。叔父のレオナールは、ヴァンドーム広場近くの、今では廃墟となった元カプチン会女子修道院の地下にアトリエを構えているが、経済的には困窮している。レオナールのアトリエの真上には、彼の尊敬するジロデのアトリエがあった。[9] レオナールはラファエロを崇拝し、ルーヴル美術館で《聖女セシリア》（図55）を熱心に模写している。この作品は現在、ボローニャ国立美術館に収蔵されているが、当時はナポレオン軍の戦利品としてルーヴル美術館に展示されていた。デボルド＝ヴァルモールは、作中「聖女セシリア」と題した章を設けるほど、この絵を特別視している。この章では、レオナールがルーヴルでこの絵を模写しているところにナポレオンが現れる。皇帝は彼の模写を欲しがるが、画家は拒否する。腹を立てたナポレオンは、ラファエロの原画をルーヴルから引き上げさせてしまう。それほどまでに《聖女セシリア》に愛着を覚えていたレオナールだが、最後はお金に困って、模写した絵を手放さざるを得なくなる。絵がアトリエから姿を消した時、「聖女セシリア」に喩えられるオンディーヌも死ぬ。そこには絵画と人物の運命との照応関係が見られ、否応なくバルザックの『毬打つ猫の店』の結末（三〇、三二頁参照）を連想させる。

さてレオナールのアトリエには、同郷者や弟子たちが始終集っていた。その中の一人、ダヴィッドの弟子でローマ賞を獲得したアベルが、絵の修業を終えてローマから帰ってくる。アベルはドイツ人画家ヨリック・エンゲルマンを同伴していた。オンディーヌは、才能もあり、経済的にも恵まれているこの青年画家に密かに思いを寄せるが、彼はカミーユという名の不実な女性に夢中で、オンディーヌの気持ちには気づかない。叶わぬ恋にオンディーヌは憔悴しきってしまう。ヨリックはやがて、自分が本当に愛しているのはオンディーヌだと気づき、彼女との結婚の許しを乞いにレオナールの元を訪れる。だが時すでに遅く、オンディーヌはすでに亡くなっていた。絶望したヨリックは、オンディーヌの葬式が済むや、ピストル自殺を遂げる。

『ある画家のアトリエ』は一般に自伝的小説とみなされ、オンディーヌは作者自身（名前は実の娘からとった）、

（7）『人間喜劇』の刊行時期と重なる一八四〇－四七年、バルザックはパリ郊外（五九年にパリに編入）のパッシーに住んだ。屋敷は現在は「バルザックの家」として公開されている。

（8）マルク・ベルトランは一八〇五－〇六年頃と推察しているが（Marc Bertrand, Postface de *L'Atelier d'un peintre. Scènes de la vie privée*, Lille, Miroirs Éditions, 1992, p.463）、ステファン・バンは一八〇九－一〇年頃としている（Stephan Bann, « The studio as a scene of emulation : Marceline Desbordes-Valmore's *L'Atelier d'un peintre* », in *French Studies* 61, No. 1, 2007, p.33）。ただし、実際には一八〇五－二五年までの二〇年間の出来事が凝縮されている。

（9）実際にジロデは一七九九年に、大革命による教会の国有化に伴い、廃墟となった元カプチン会女子修道院の一室を借りてアトリエとしていた。『ある画家のアトリエ』では、ジロデは話題にのぼるだけで一度も姿を現さない。しかし、レオナールに絵の模写を注文するなど、経済面での支援者として描かれているばかりか、後述する一八〇二－〇六年の作品《大洪水の情景》が重要な意味をもつなど、この作品でジロデの果たす役割は大きい。

レオナールはその叔父コンスタン・デボルドがモデルであるとされている。コンスタンは確かにジロデと交流があり、小説と同時期に同じ場所にアトリエを持ち、そこは弟子や同郷者の溜まり場となっていた。コンスタンは一八〇六年から二七年までサロンに作品を出展したが、あまり評価されず、常に貧困に苦しんでいた。また、アベルのモデルは第三章で言及したアベル・ド・ピュジョル「フランドル地方ヴァランシエンヌ出身」である。作中のアベルは私生児として生まれ、貧しい幼少期を送るが、後に貴族の父に子どもとして認知される。これは実在のアベル・ド・ピュジョルの生い立ちそのままである。オンディーヌが恋に落ちるヨリック・エンゲルマンのモデルは、前述した作者の恋人アンリ・ド・ラトゥシュである。作者がラトゥシュと初めて出会った場所が叔父のアトリエであったこと、そして作家から画家へとジャンルは変えてあるが、ラトゥシュとの現実の師弟関係がヨリックとオンディーヌの関係に投影されていること、ヨリックがアンドレ・シェニエの詩集を愛読していること「フランス革命で夭折したシェニエの作品を発掘し、世に広めたのがラトゥシュであった」など、様々な点でヨリックはラトゥシュに重なり合う(10)。

その他にも、レオナールのアトリエに出入りする一二歳の早熟な少年ポールは、一八二〇年代に画家として華々しい成功を収めたポール・ドラロシュ（一七九七－一八五六）がモデルとされている。また、オンディーヌの二人の姉の名（ウジェニーとセシル）が、作者の姉たちの名前であるなど、この小説には確かに自伝的要素が多分に反映されている。それゆえ、一八三三年の初版以来、再版の機会がなかったこの小説を一九二二年に復活させたボワイエ・ダジャンなどは、これを完全な自伝小説として扱っている。自伝小説であるからには、ヨリックがドイツ人であるという設定は事実無根の空想に過ぎない。したがってこの小説の恋愛的要素は「マルスリーヌの真の記憶とは全く関係のない、オンディーヌのあり得ない物語」(11)ということになる。ダジャンは再版にあたって、この論法に基づき、あろうことかヨリックが関わる章（オンディーヌの死で終わる結末部分も含む）をすべて削除してしまった。その上、タイトルも『マルスリーヌの青春時代、またはある画家のアトリエ』に変えた。しかし、彼が削除した部分には「絵のレッスン」や「モデル」など、絵画に関する章が含まれ、それは作者の芸術論、とりわけ女性の芸術家像と深く関わっている。『ある画家のアトリエ』はむしろ、この作品を「偉大な絵画小説」[12]と呼んだ詩人ルイ・アラゴンにならって、芸術小説ないし芸術家小説としての側面から検証すべきであろう。

では、デボルド=ヴァルモールは、この作品の中で画家=芸術家をどのように描いているだろうか。それを、作品の主要な舞台となるレオナールのアトリエの描写から考察してみよう。

> アトリエは装飾も余分な家具もなく、デッサンを挟んでおく板や石膏像、画架や人物模型で溢れても拡張されることはなかった。少し湿った壁には二、三年ごとに灰色のペンキが厚く塗り重ねられ、すさまじい冷気のせいであちこちに染みができていたが、唯一の贅沢としてラファエロの肖像画とレオナール氏の母親の肖像画がそこに掛けられていた。[…] さらに手の模型やメルクリウス〔ローマ神話の商業の神〕の羽の付いた足、型取りした子どもの腕の実物大模型、頭骸骨、蝶の標本を入れた額縁があった。

所狭しと画材が置かれ、弟子たちがひしめき合う様子は、ジャン=アンリ・クレスの《ダヴィッドのアトリエ》（**図57**）を想い起こさせる。床にはいくつもの画架が並び、立錐の余地のないほど弟子たちで溢れ、画面右端には石膏像が何体も積まれている。アレクサンドラ・ウェットローファーは、この絵を次のように分析している。

（10）ヨリックとラトゥシュの共通点の詳細、およびヨリックがドイツ人と設定された理由については、Bertrand, *op.cit.*, pp.466-470を参照のこと。

（11）A.-J. Boyer d'Agen, Préface de *La Jeunesse de Marceline ou L'Atelier d'un peintre*, Éditions de la Nouvelle Revue française, 1922, p.XVII.

（12）Aragon, Introduction à *L'Atelier d'un peintre* en feuilleton dans *Lettres françaises*, 1949, cité par Bertrand, *op.cit.*, p.455.

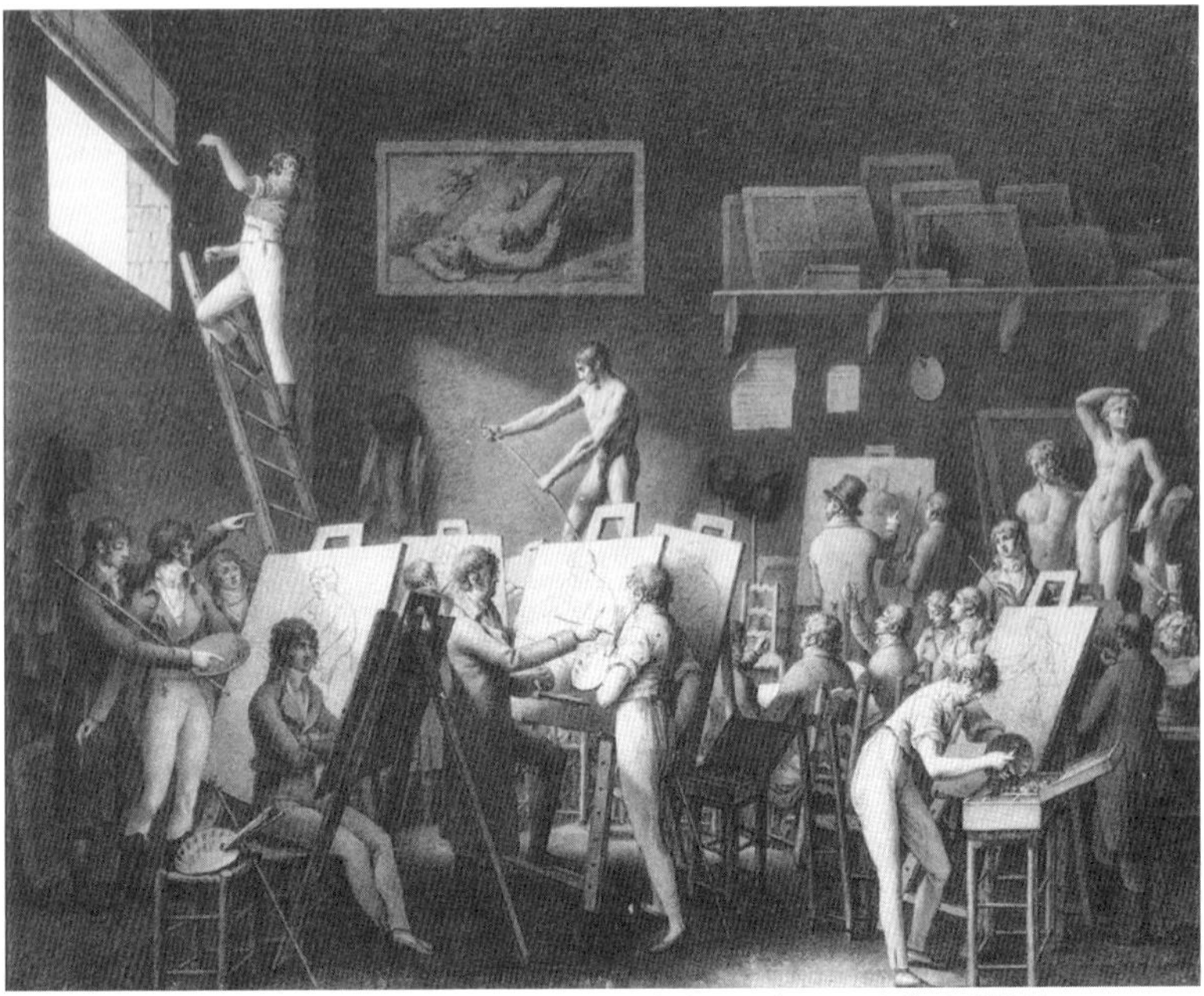

図57　ジャン=アンリ・クレス《ダヴィッドのアトリエ》（1804），カルナヴァレ博物館

このエネルギッシュな描写には、男ばかりのアトリエのホモソーシャルな原動力が明らかに見て取れる。そこでは弟子たちはヌードモデルや、それらのモデルを描いたデッサンを互いに眺め合っている。その上、男のヌード像のイメージは古典的な彫像や画面上部に掛かっている油絵にも反映されている。多くのイーゼルの上に見られる実質的に同じイメージの反復は、共有された、または共通のヴィジョンを証明するものである。〔画面奥にいる〕ダヴィッドがシルクハットを被ったまま、最前列で弟子のスケッチを直していることから、彼もこの画家たちの世代の構成員の一人であることは明白だ[13]。

傍点部の「ホモソーシャル」という言葉は、イヴ・コゾフスキー・セジウィックの用語で、男性同士の擬似同性愛的な強い親愛・連帯関係を指している。その基本的な特徴はホモフォビア〔同性愛嫌悪）とミソジニー（女性嫌悪）である。確かに、この絵の画面左端の二人の男性の構図——左の男が、もう一人の背後から体を密着させて絵の指導をしている——は、「ホモソーシャル」の関係を如実に示している。ここでは師匠ダヴィッドも含めてアトリエにいる画家全員が同じヴィジョンを共有し、男同士の親密な連帯感で結ばれている。こうした雰囲気は、レオナールのアトリエにも見出せる。

この慎ましい画塾では、金持ちは貧乏人と同様に無償で絵を習っていた。彼らは実に一文も払っていなかった。まさにそのことによって、和合と平等の雰囲気が［アトリエを］支配し、それが師匠に対する敬意に変わっていった。弟子たちは師匠の内に美しい情熱、栄光のみを見ていた。これらすべての若い頭は、師匠と同様に栄光に燃え立っていた。この暗い世界の片隅で息づいていたのは、友情と無私無欲、熱狂のみであった！

第一部第三章ですでに触れたように、オラース・ヴェルネの《アトリエ》（図28）にも、男同士の連帯と平等の精神が表現されていた。そこに漲る好戦的な雰囲気は、レオナールのアトリエにも引き継がれている。ポール少年がアトリエで戦争ごっこをしてアベルの上に飛び乗り、アベルがひっくり返る。弟子の一人モーゼスはそれを見てインスピレーションを受け、「自分の乗っていた軍馬が死んだのを見て涙を流すアラブ人」のスケッチを描く。モーゼスのモデルは実在の画家ジャン＝バチスト・モーゼス（一七八四－一八四四）で、彼は一八一二年のサロンに《自らの軍馬に涙するアラブ人》（**図58**）を出展し、センセーションを引き起こした。それはナポレオンのエジプト遠征を機に流行したオリエンタリスムのモチーフ、すなわち「東洋趣味」を基調としていた。そしてそこに描かれた

（13）Alexandra K. Wettlaufer, *Portraits of the Artist as a Young Woman*, Columbus, Ohio State University Press, 2011, p.35.

図58　ジャン=バチスト・モーゼス《自らの軍馬に涙するアラブ人》(1812)，バーミンガム美術館

死せる黒馬は、ヴェルネの絵に登場する生きた白馬――ナポレオンの馬を連想させる――と対照を成している。

したがって、この小説のアトリエは、バルザックの『ラ・ヴェンデッタ』におけるセルヴァンのアトリエ――保守的なブルジョワ道徳に合致した女性専用のアトリエ――とは対極的な空間ということになろう。

ところで、ヴェルネの《アトリエ》の画面奥には、軍帽を被った男の胸像がある。これはオラースの祖父で、一八世紀の著名な風景画家であったクロード=ジョゼフ・ヴェルネ（一七一四―八九）の像である。さらにその右奥の壁には、オラースの父カルル（一七五八―一八三六）が描いた風景画が掛かっている。つまりこの絵には、三世代の男の画家による芸術の継承が暗示されている。このような系譜はデボルド=ヴァルモールの小説にも見出せる。年老いたレオナールと才能溢れる青年アベル、早熟な天才ポール少年という、三世代の画家が登場するからである。それゆえ、ステファン・バンが指摘しているように、この小説のテーマを芸術における「父性と親子の関係」[14]とみなすこともできよう。

同じテーマはバルザックの作品にも見出せる。『知られざる傑作』では、プッサン、ポルビュス、フレノフェールという三世代の画家が登場し、最年長のフレノフェールが年下の二人に芸術の奥義を伝授するという関係性が見られた。総じて『人間喜劇』においては、芸術的創造は男のみが携わる領域であり、女性は芸術家にインスピレーションを与える「ミューズ」、またはモデル、あるいは作品の鑑賞者でしかない。それに対して、デボルド=ヴァルモールの主人公オンディーヌは、女性画家としての特異なありようを体現している。そこで次に、オンディーヌの人物像を詳しく見ていくことにしよう。

3　女性作家が描く女性画家

レオナールのアトリエにおけるオンディーヌの振る舞いは、次のように描写されている。

オンディーヌにとって、叔父の弟子たちはアトリエにおける兄弟であった。彼女は彼らの真ん中にいて、絵を描くこと、そして調和と無垢以外のものは何も発散せず、彼らを見つめ、彼らに微笑みかけていた。彼女は、周囲のものを映し出す清らかで自由な小川のように、気紛れで陽気なこれらの者たちの間に、いつの間にか入り込んでいた。

オンディーヌはホモソーシャルな雰囲気に支配されたアトリエにおいても、いわば「妹」的な存在として受け入れられ、男の弟子たちと同じように平等と連帯の精神を享受していた。レオナールは姪の内に潜む「才能の煌めき」に気づき、彼女を「少しは有名な芸術家」に育て上げようとしている。この姿勢はヨリックも共有していた。「絵のレッスン」と題された章で、彼はオンディーヌの絵［子どもの棺を運ぶ葬列を描いたもの］を見て次のように助言する。「あなたが描いたこの子ども、こんな胸はあり得ません。この子はどうやって呼吸するというのですか。あなたの絵には空間が欠けています」。この台詞は、『知られざる傑作』で、フレノフェールがポルビュスの《エジプトのマリア》を批判して、「この腕と絵の地《じ》の間には空気が感じられない。広がりと奥行きが欠けている」と言う場面を彷彿とさせる。このようにオンディーヌは叔父のアトリエで、趣味的に絵をたしなむアマチュアとしてで

（14）Bann, *op.cit.*, p.33.

はなく、批評に値する芸術家として遇されている。
しかしながら、デボルド＝ヴァルモールの女主人公は、スタール夫人やジョルジュ・サンドの主人公たち——『コリンヌ』の天分に恵まれた即興詩人や『歌姫コンシュエロ』のオペラ歌手——のように、公の場で自らの才能を発揮することはない。またはサンドのように、ジェンダー規範に反して「男のように」振舞うこともない。オンディーヌには「臆病」「慎ましい」「涙」「沈黙」「服従」「苦しみ」「謙虚」といった言葉がつきまとい、むしろ父権的な価値観に基づく「女性性」を体現していた。
レオナールは、真上にジロデのアトリエがあることに注意を喚起しつつ、オンディーヌに次のように言っている。

［ジロデのような天分に恵まれた人物が］頭を振って後光を振り落とすと、その煌めきが多少なりと落ちてくる。エプロンを差し出してそれを受け取りなさい。女は所詮、落ち穂拾いにしかなれないのだから。でも女のかよわい腕には、愛らしい気品がある。その祈っているように見える腕のために、人は落ち穂拾いを大目に見るのだ。

「落ち穂拾い（glaneuses）」という言葉は、同時代のロマン派詩人アルフォンス・ド・ラマルチーヌ（一七九〇－一八六九）の詩に言寄せたものである。ラマルチーヌは一八三一年、「デボルド＝ヴァルモール夫人に捧げる」と題する詩を彼女に贈った。この詩では、「高いマスト」と「［三角帆を支える］頑丈な帆桁」を備え、水夫を満載した大型船が嵐の海原を勇敢に進む様子が描かれている。「逞しい」「種をまく」「帝国」といった言葉が散りばめられていることからも、この船が「男らしさ」の象徴であり、作者を含めた「男の詩人」のメタファーとなっていることがわかる。続いて風景は一変し、荒れ狂う波に翻弄されて沈没寸前の「小舟」と、その「みすぼらしい帆」の下で必死の抵抗を試みる貧しい漁師一家の姿が語られる。その後に、「この哀れな小舟は、おおデボルド＝ヴァルモールよ、汝の運命を暗示している」という詩句が続いている。ラマルチーヌは詩の中で彼女を、波に翻弄される「小舟」、または「異国のパン屑を拾いながら町から町へと渡る」「安住の地のない鳥」に喩えた。この箇所で、「パン屑を拾う＝おこぼれをもらう、落ち穂拾いをする（glaner）」という動詞が使われているのだ。ラマルチーヌは最後に、かよわい女性詩人は「涙」を詩にすることで栄光を手にし、それが「苦痛」の慰めとなると結んでいる。デボルド＝ヴァルモールは返礼として、「アルフォンス・ド・ラマルチーヌ氏に捧げる」と題した一〇五行に及ぶ長詩を書く。この詩は『ある画家のアトリエ』と同年（一八三三年）に出版された詩集『涙』に収録された。

先に、ユゴーをはじめ当代の男性作家たちがデボルド＝ヴァルモールを高く評価していたと述べた。しかしその評価は、あくまでこの詩人の「女性性」に根ざしたものだった。例えばサント＝ブーヴは詩集『涙』の書評の中で、彼女を「本能的」「愛情深い」「泣きぬれる」「涙もろく興奮しやすい」と形容し、「流派や技巧とは全く無縁」で、「泣き、叫び、呻き、その苦しみをメロディーで包む素朴な才能」を授けられていると評している。[15] さらにサント＝ブーヴは、詩人には二つのタイプ――想像力と構想力に恵まれたクリエイティヴな詩人と、「個人的な感受性」のみに衝き動かされ、恋愛感情や悲痛な思いに拠って立つことでしか詩人になれないタイプ――があるとし、前者の代表がユゴー、後者の代表がデボルド＝ヴァルモールだとしている。このように詩人をジェンダーによって分ける見方は、マイケル・ダナハイの言葉を借りれば「詩の男性化」[16]に帰結する。そこでは女性詩人は詩の王道の周縁に追いやられている。[17]

デボルド＝ヴァルモールは、ラマルチーヌへの返礼詩の中で、彼の表現をそのまま引用し、自らを「さまよう小

（15）Sainte-Beuve, « Mme Desbordes-Valmore, 1833. (*Les Pleurs*, poésies nouvelles. *Une raillerie de l'amour*, roman) », dans *Portraits contemporains*, PUPS, 2008, p.499.

（16）Michael Danahy, « Marceline Desbordes-Valmore et la fraternité des poètes », in *Nineteenth-Century French Studies*, 19-3, 1991, p.388.

図59　アンヌ=ルイ・ジロデ《大洪水の情景》（1802-06），ルーヴル美術館

舟」に喩え、「私は愛し、苦しむことしか知らない」「弱い女」であると嘆いている。また、自分は「貧しい落穂拾いの女（glaneuse）」に過ぎないが、ラマルチーヌは天使のような崇高な存在であり、「汝の光輝く慈悲の心が私の足元に純正の小麦を降り注ぐ」と謳っている。「小麦」は男のみに備わる創造力を象徴し、女はその「落ち穂」を拾うしかないと言っているのだ。

果たして、この詩句の文字通りに、彼女は男性詩人が考える「女らしさ」を自ら引き受け、内在化していたのだろうか。そしてそれが『ある画家のアトリエ』におけるレオナールの言葉にも反映されたのだろうか。そうではないように思われる。彼女は最後の詩句で、ラマルチーヌに次のように問いかけているからだ。「詩人よ！　真実を述べたまえ。その力強い光は、汝の瞼に浮かぶ多くの涙を止めることができたのか?」と。「弱者」である女性につきものの「涙」は、「強者」である男性も免れることができない。デボルド=ヴァルモールはこの痛烈な詩句によって、男性的な価値観・ジェンダー観を相対化し、反撃を試みているのだ。

『ある画家のアトリエ』における作者の分身、オンディーヌも同様である。それは、ジロデの《大洪水の情景》(図59)に関する、レオナールとの見解の違いの中に明白に表れている。洪水に襲われた一家族の悲劇をドラマティックに描いたこの作品を、ジロデは一八〇六年のサロンに出展した。その際、荒ぶる自然の脅威に対する人間の恐怖や苦悩を描くことで、「神話そのもの〔『創世記』などに出てくる大洪水の逸話〕と同じくらい強い感動と興奮を呼び起こす絵画」[18]を目指したという。しかし発表後、男の裸体や彼に背負われた老人のマントの襞を描くのに歴史画特有の手法が用いられていること、すなわち「三面記事的事件をきわめて英雄的に取り扱ったこと」[19]が批判の的となった。一方、一般大衆からは、老人の握りしめている金袋が「貪欲の象徴」[20]とみなされた。バルザックの印象も大衆と同じものだったようで、一八三九年の小説『カディニャン公妃の秘密』には、浪費家のカディニャン公妃に惚れ込んだ純情な青年ダルテスに、友人が「ジロデの《大洪水》のあの老人のように、自分のお金はしっかり手

(17) ダナハイは上記論文の中で、特にボードレールのデボルド=ヴァルモール評を取り上げ、女性詩人の周縁化の一例としている。ボードレールは彼女を「自然の詩人(poète de la nature)」「永遠の女性(*l'éternel féminin*)」と讃えた。しかし彼の中で「自然=動物性、本能、無意識」は、自身を含めたダンディな詩人の「反自然=人工=天分を持った創造者」の下位にある概念だった。ダナハイは、ボードレールがデボルド=ヴァルモールを「自然」の側に置くことで、「男の詩人たちの連帯」から巧みに疎外したと指摘している。ちなみにボードレールのデボルド=ヴァルモール評は次の通り。「これほど自然で、これほど人工的ではない詩人はいなかった」「デボルド=ヴァルモール夫人は女であり、常に女であり、まさしく女以外の何物でもなかった。しかし彼女は、女の持つあらゆる自然美の、極度の詩的表現そのものであった」(Baudelaire, *op.cit.*, p.744 et p.745)。

(18) Sylvain Bellenger, *Girodet 1767-1824*, Gallimard / Musée du Louvre Editions, 2005, p.286.

(19) *Ibid.*, p.288.

(20) *Ibid.*, p.289.

に握りしめておくのだよ」と忠告する場面がある。

デボルド＝ヴァルモールの小説に戻ろう。オンディーヌは、《大洪水の情景》の画面中央で、妻の腕を引き上げようとしている男の「恐ろしい表情」に怖気づく。それを見たレオナールは、弟子である姪を次のように叱責する。

深い崖の縁に立ち、体を支える木が裂けるのを感じながら、ほほえみを浮かべる義務があるとでも言うのかい。父親の重さは、あらゆる老人の例に漏れず並はずれたものだ。重くのしかかる父親を背に担ぎながら、あたかも息子アスカニオス同然に楽々と運ぶアイネイアースのように、愛想良く、穏やかに、バラ色の顔をしていろとでも言うのかい。

ここでレオナールが引き合いに出しているのは、フランソワ・ジェラールとダヴィッドの共作《トロイアの廃墟からアンキーセスを背負って逃げるアイネイアース》（図60）と思われる。古代ローマの詩人ウェルギリウスの叙事詩『アエネーイス』などによれば、トロイアの武将アイネイアースは、木馬の計略によってトロイアが陥落した日、父アンキーセスを背負い、幼い息子アスカニウスの手を引いて、燃える都から脱出した。その場面を描いたのがこの絵である。確かにこの絵のアイネイアースは、ジロデの《大洪水の情景》の男とは異なり、父親の重みをものともせず泰然としている。レオナールは神話の英雄と比較することで、ジロデの作品を歴史画として扱い、洪水の場面に「神の怒りの驚くべき一端」を垣間見ている。

トマス・クロウは、ジロデが「巨大なカンバスに悲劇と恐怖の物理的影響を最大限に」再現しようとしたと述べ、この絵を次のように分析している。

画家は人物たちを、［実物大以上のサイズで］危険な崖の斜面に沿って垂直に積み重ね、カンバスが鑑賞者の上に高く聳え立って見えるように描いている。人物の動作は、きわめて悲劇的な状況に即して選ばれている。すなわち中央の男は、まだかろうじて妻と子どもたちを手で支えている。年老いた父親は、まさに死体の重さを体現することになった。彼はすでに身動きせず、屍のように見えるが、もはや役に立たない金袋をしっかり握っている。［…］この過去の死の掌握［老人がしがみついていること］によって、生命溢れるより若い世代の者たち［妻と子ども］を繋ぐかぼそい支えが断ち切られる寸前で、すべての人物が平衡を失い、逆巻く激流に消え去ろうとしている。[21]

クロウによれば、ここには年老いた者を背負い続ける「死の掌握」によって、若い世代が犠牲となるという構図が現れている。[22] しかし、先の引用のレオナールの台詞――「父親の重さは、あらゆる老人の例に漏れず並はずれたものだ」――には、重荷というよりむしろ先達の蓄積された知識と経験への敬意が込められている。そして彼は、その重みに押しつぶされそうになりながらも、「あらゆる恐怖を抱きとめ、それに耐える男」の引きつった表情の中に、崇高な英雄像を看取している。オンディーヌは叔父のこうした男性像に対して、嫌悪を抱かずにはいられない。だが叔父は、それは単にこの絵の男の顔が醜悪で、恋愛や結婚の対象になりえないからだろうと告げる。まるで、英雄然としたアイネイアースならお前も好きになるだろうと言わんばかりである。オンディーヌはたまらず

図60　フランソワ・ジェラール，ジャック＝ルイ・ダヴィッド共作《トロイアの廃墟からアンキーセスを背負って逃げるアイネイアース》，ドゥブレ美術館（ナント）

(21) Thomas Crow, *Emulation. Making Artists for Revolutionary France*, New Haven/London, Yale University Press, 1995, pp.254-255.

(22) クロウはさらにこの構図を、ジロデと彼の師匠ダヴィッドの関係と重ね合わせて解釈している（*Ibid*., pp.256-257）。

反論する。

　叔父さん、私は彼［アイネイアース］も嫌いよ。彼だって、海に落ちてしまいそうな妻を気にかけないもう一人の男［ジロデの中央の男］と同じように、火の中に取り残された妻のことなど気にかけていないのだから。

　ジェラールとダヴィッドの絵には、アイネイアースたちと一緒に逃げたはずの妻クレウサの姿はない。彼女だけがはぐれ、業火に包まれて死んでいったのだ。オンディーヌの視線は、「父」と「息子」だけを救い出す英雄よりも、彼が見捨てた女性に向いている。彼女にとってアイネイアースや《大洪水》の男は、家父長的な価値観の象徴に他ならない。だが、姪の真意を理解できないレオナールは、「洪水の場面にまで、女への機嫌取り《ギャラントリー》を望むなんて！」と皮肉る。オンディーヌはさらに問いかける。

　「でも、叔父さん」と、女生徒は勇気を振るっておずおずと言った。「この痛ましい母親は、逆さになった髪の毛をこれほど激しく子どもに掴まれているというのに、心を動かされた様子も、苦しそうな表情もしていないのはどうしてでしょう。この絵を見ていると、私まで髪が痛くなってくるわ！　この母親の冷静さは、私には驚きです」。

　これに対するレオナールの答えは、「彼女は母親だから」というものだった。作者は彼の言葉に、一九世紀当時のジェンダー観――女のアイデンティティを専ら「母親に生まれつき備わる自制心と自己犠牲の精神」[23]に閉じこめる考え――を反映させている。そして、海に浮かぶもう一人の女性も含めて、ジロデの絵に登場する女性の表情の乏しさは、オンディーヌ＝作者にとって、女性の主体性が奪われていることを意味していた。オンディーヌのこの絵に対する嫌悪感は、そこから発しているものであろう。このようにデボルド=ヴァルモールは、小説作品において女性の視点から絵画を読み直し、その新しい解釈を読者に提示しようとしている。

興味深いことに、第三章で見たバルザックの『ラ・ヴェンデッタ』でも、ジロデの絵画が大きな役割を果たしていた。バルザックはジロデの《エンデュミオンの眠り》に、「女性化された男の肉体」（=エンデュミオン）を刺し貫く「女の欲望の視線」（=月の女神）という構図を見て取っていた。だがその際、デボルド=ヴァルモールとは違い、バルザックの関心は専らジロデの描いた「女性的な男性像」にあった。

ところで先に見たように、アトリエに通い始めた当初は、オンディーヌは男ばかりの空間に「妹」として溶け込み、男女の隔てのない画家同士の親密な関係を楽しむことができていた。しかし、彼女のヨリックへの密かな愛に男の弟子たちが気づいた時、アトリエの空気は一変する。

とうとう、彼らがオンディーヌを見る眼は、もはや以前と全く同じではなくなった。彼女は成長し、気に入られたいという望みによって美しくなっていた。絵を描くことに関して彼女は急速に進歩し、彼らに追いついた。そして突然、彼女はよく笑う子どもではなくなった。一体誰のために？　ドイツ人のために！

男の弟子たちがオンディーヌを「女」として見るようになった時、しかも彼女が画家としての才能の片鱗を見せ始めた時、彼らは彼女に対してよそよそしく振舞うようになり、仲間意識は失われてしまう。結末における彼女の死は、失恋の痛手だけではなく、アトリエの仲間から疎外された苦しみによるものでもあった。ウェットロー

（23）Wettlaufer, *op. cit.*, p.88.

ファーはこの点を次のように指摘している。

アトリエのメタファーは、芸術的創造のより一般的な分野を示す提喩〔部分によって全体を表す比喩〕の役割を果たし、一九世紀フランスにおける女の芸術家（画家、詩人、作家）の周縁化と、この拒絶のもたらす破壊的な力を空間的な言葉で証明するのに役立っている。(24)

つまりこの作品において、「アトリエ」は芸術領域における女性の疎外を示す空間的メタファーとして機能している。アトリエから疎外されたオンディーヌは、志半ばで死んでしまう。生前の彼女は、画家として密かな野心を抱いていた。それは、当時のフランスで華々しい活躍をしていた実在の女性画家オルタンス・レスコのようになることであった。そこで最後に、レスコの経歴を紹介しながら、オンディーヌの理想の女性画家像、ひいては作者の理想の芸術家像について考察してみたい。

4　理想の女性画家――オルタンス・オードブール＝レスコ

『ある画家のアトリエ』には、オルタンス・レスコの名前が何度も登場する。例えば、レオナールがオンディーヌのスケッチを「魅力的で宗教的、かつ真実味がある」と褒め、「あともう少しで、レスコ嬢と同じぐらいになれるだろう」と述べる場面がある。ではなぜ、レスコはオンディーヌにとって理想の画家だったのだろうか。

オルタンス・レスコ（一七八四－一八四五）〔一八二〇年に建築家オードブールと結婚し、姓がオードブール＝レスコとなる〕は、第一帝政から七月王政期にかけてのフランスで、最も有名な女性画家の一人であった。例えば、フランソワ＝ジョゼフ・エムの《一八二四年のサロンの終わりに芸術家に褒章を授与するシャルル一〇世》（一六〇頁図61）を見てみよう。ここにはアングルやオラース・ヴェルネ、アベル・ド・ピュジョル、グロ、ジェラールなど、当時の美術界を代表する多くの男性画家が描かれているが、女性画家は二人だけである。一人はすでに言及した肖像画家エリザベト＝ルイーズ・ヴィジェ＝ルブラン、そしてもう一人がレスコであった。

レスコの経歴はデボルド＝ヴァルモールとやや似ている。マルスリーヌが女優から詩人になったように、レスコはまずパリでダンサーとして一世を風靡し、その後、画家となった。幼い時に絵の手ほどきを受けた画家ギヨーム・ギヨン＝ルチエール（一七六〇－一八三二）が、一八〇七年にローマのアカデミー・ド・フランスの院長に任命された時、二三歳だった彼女はダンサーの職を捨てて師に同行し、ローマで絵の修業に臨んだ。アカデミーで正規のレッスンを受けることはできなかったが、古代彫刻や巨匠たちの作品を模写し、彫刻家アントニオ・カノーヴァ（一七五七－一八二二）をはじめ多くの芸術家と交流した。一八一〇年、肖像画やイタリアの風俗を描いた作品をローマから送り、初めてサロンに出展し話題を呼んだ。とりわけイタリア庶民の日常生活を描いた絵は批評家から絶賛され、以来レスコは「イタリア風俗画」という新しいジャンルの創設者とみなされている。

『ある画家のアトリエ』では、オンディーヌが初めて足を踏み入れた時、叔父のアトリエはちょうどレスコの話題でもちきりであった。

無知と好奇心で赤い唇を半開きにした内気なフランドルの少女が、厳かな芸術の聖域に入った時、人々はもはや「レスコ嬢が踊るのをもう見たか？」ではなく、「レスコ嬢の素敵な絵をもう見たか？」と互いに聞き合っていた。「ローマの足の接吻」や「死刑囚」、「粉挽きとその息子」の機知に富んだ解釈、それから「嵐の間の祈り」を鑑賞したかどうかが、話題になっていたのである。

（24） *Ibid.*, p.95.

図61　フランソワ=ジョゼフ・エム《1824年のサロンの終わりに芸術家に褒章を授与するシャルル10世》（1825），ルーヴル美術館

「ローマの足の接吻」とは、レスコの代表作《ローマのサンピエトロ大聖堂で聖ペテロ像の足に接吻する人々》（一八〇七）を指している。また「粉挽きとその息子」は、ラ・フォンテーヌの『寓話詩』に材を得た《粉挽き、その息子と驢馬》であり、いずれも批評家から好意的に迎えられた。パリに戻ったレスコは、ベリー公爵夫人（マリー・カロリーヌ・ド・ブルボン）付きの画家に任命され、多くの作品をサロンに出展した。とりわけ一八二五年の自画像（図62）は、オンディーヌ＝マルスリーヌの眼に、自らの目指す芸術家像を視覚化したものと映った。

それまで女性画家の自画像と言えば、画家であることを捨象した単なる「美しい女性を描いた絵」に過ぎなかった。例えばヴィジェ＝ルブランの自画像（図63）では、画家は羽飾りのついた華やかな帽子を被り、耳には宝石のイヤリング、そして白い縁飾りの付いた高価な衣装を身に纏い、鑑賞者に向かって艶然と微笑んでいる。片手にパレットと絵筆を持っていなければ、彼女が画家だとは気づかないであろう。この絵の下敷きとなった作

図62　オルタンス・オードブール=レスコ《自画像》（1825），所蔵不明／図63　エリザベト=ルイーズ・ヴィジェ=ルブラン《麦わら帽子を被った自画像》（1782），ロンドン・ナショナル・ギャラリー／図64　ピーテル・パウル・ルーベンス《麦わら帽子》（1622頃），ロンドン・ナショナル・ギャラリー

図65　アデライド・ラビーユ=ギアール《二人の弟子のいる自画像》（1785），メトロポリタン美術館

品として知られているのが、ルーベンスの《麦わら帽子》（図64）である。豊かな胸を覗かせ、大きな帽子の下から上目遣いに見つめるこの女性は、官能的な雰囲気を漂わせている。それは「性的対象としての女」であり、画家がこの女性像をモチーフに自画像を描くことには矛盾がある。グリゼルダ・ポロックとロジカ・パーカーは、それを次のように説明している。

ヴィジェ=ルブランの自画像は、一八世紀末の批評言語として体系化された「女」というひとつの記号が芸術表現の語法のなかでもつ意味——それはアーティスト概念とは正反対の意味をもつが——をふまえて描かれている。一八世紀において女性アーティストが認められるには、男性アーティストとは違う別の審査基準があった。女性アーティストは、彼女の外見、彼女が世間に見せる姿が当時の女性概念に適合している場合に限り認められた。(25)

要するに、女性の画家は、自身が「美しい存在としての女」「性的対象としての女」である限りにおいて、そして当時のジェンダー規範を逸脱しない限りにおいて、社会でその存在を容認されたのである。ヴィジェ=ルブランが、ルーベンスの絵に典型的に現れているような、男性画家が描く価値があると考える女性像（=男の理想の女性像）を下敷きにして自画像を描いた理由もそこにある。

ヴィジェ=ルブランのライヴァルとみなされていたアデライド・ラビーユ=ギアールについても同様である。ラビーユ=ギアールは若い女性たちに、「男性と平等に正規の教育を受ける権利のあることを認めさせようとして、果敢に戦った」[26]教育者でもあった。彼女の《二人の弟子のいる自画像》(図65)では、自分の背後に女弟子二人を描いて、女性画家同士の連帯感を表現している。しかし肝心の自画像は、大きなカンバスを前に創作中であるのにもかかわらず、「正装を着用し、つばの大きな帽子にはふわふわした羽飾り、ドレスの色と見事に調和する絹のリボン、そして華奢な靴の爪先がたっぷりとしたスカートの下から覗いている」[27]。ラビーユ=ギアールもまた、当時のジェンダー規範から外れないよう、貴婦人然とした装いの自画像を描くしかなかったのである。

一方レスコの自画像は、それらとはかけはなれている。飾り気のない黒いベレー帽と上着という地味な服装で、前出二人の自画像のような華やかな雰囲気は全くない。彼女はこの自画像を描くにあたって、ラファエロの《バルダッサーレ・カスティリオーネの肖像》(図66)とレンブラントの自画像(図67)からインスピレーションを受けたとされている。この二つの肖像画からも明らかなように、黒い帽子は古来、男の被るものであった。ラファエロの描いたバルダッサーレ・カスティリオーネは、『廷臣論』(一五一三-二七)で知られるイタリア・ルネサンスの有名な学者である。その肖像画を下敷きにして描かれたレスコの自画像には、「美しい存在としての女」ではなく、「知を探求する女」のイメージが表現されていると言えよう。

図66　ラファエロ・サンティ《バルダッサーレ・カスティリオーネの肖像》(1514-15), ルーヴル美術館／図67　レンブラント《自画像》(1640), ロンドン・ナショナル・ギャラリー

さらに、レンブラントの自画像で画家の首に掛かっている金の鎖は、ティツィアーノの自画像(図68)にちなんだものだ。ティツィアーノの金の鎖は、彼が神

(25) グリゼルダ・ポロック、ロジカ・パーカー『女・アート・イデオロギー』萩原弘子訳、新水社、一九九二年、一四八頁。
(26) アメリア・アレナス『絵筆をとったレディ―女性画家の五〇〇年』木下哲夫訳、淡交社、二〇〇八年、七七頁。
(27) 同、七六頁。

図68　ティツィアーノ《自画像》（1567-68），プラド美術館

聖ローマ皇帝カール五世から「黄金拍車の騎士」の称号を授けられた時に、騎士の位の印として賜ったものである。ティツィアーノの時代、まだ画家の地位は低く、職人と同等にみなされていた。それが、ティツィアーノが皇帝に認められたことで、創造行為に携わる「芸術家」の地位が確立していく。したがって、金の鎖は真の芸術家の象徴なのである（現存するティツィアーノの二つの自画像は、どちらもこの金の鎖を身につけた姿を描いたものである）。レスコの自画像にも、芸術家の証たる金の鎖が描かれている。角度は違うが、首元に覗く白い襟、黒い服に金の鎖、黒の帽子、手には絵筆という諸要素は、すべてティツィアーノの自画像と重なっている。

このようにオルタンス・レスコは、自画像を描くにあたって、明らかに意識的に「男性画家の自画像」の様式を踏襲することで、芸術家としてのアイデンティティを主張しようとした。彼女は「男の視線」を意識した女性画家ではなく、創造に携わる芸術家としての自負を自画像に投影している。この絵に込められた高らかな芸術家宣言が、作者デボルド＝ヴァルモールを、そして彼女の主人公オンディーヌの心を打ったのだと言えよう。実際、デボルド＝ヴァルモールの娘オンディーヌは、後にレスコに師事し、この誇り高い芸術家からデッサンと水彩画を学んでいる。

5　「アトリエ」の意味

ここまで、バルザックとの比較も試みながら、デボルド＝ヴァルモールの『ある画家のアトリエ』を「芸術小説」の観点から検証した。この小説とバルザックの『ラ・ヴェンデッタ』には、確かに様々な点で共通項が見出せる。ほぼ同時期のパリの、ある画家のアトリエを舞台としていること、女性画家が主人公であること、さらにジロデの絵が物語に大きく関係していることなどである。しかし、その内容も帰結も、そして作者がそこに込めた「理想の芸術家像」も、全く違うものであった。相違点の一つとして、『ある画家のアトリエ』は「芸術小説」として読むことができるが、バルザックの小説はそうではない。それは、二人の作家の芸術家像の違いに起因しているように思える。

　デボルド＝ヴァルモールは、『ある画家のアトリエ』に「私生活情景」という副題を付した理由について、序文の中で次のように述べている。

> ［…］慎ましく貧しい、ぱっとしない家庭生活にも、単調で平和なその見かけにもかかわらず、次々と事件が起こる波乱に満ちた人生と同様にドラマがある。家のそばで生まれ、生き、死ぬ女性も、自らの作品に完全に没頭して孤独のうちに日々を過ごす芸術家も、それぞれ希望や絶望、天にものぼる喜びを経験する。彼らを襲う精神的衝撃は、ガルヴァーニ電気［一八世紀の医師・物理学者ガルヴァーニの実験に因む］のように、目には見えないものである。とはいえ、それでもやはり激しく、恐ろしく彼らに打撃を与える。ただ犠牲者は、その声が人々に聞こえるにはあまりに遠くにいて、大抵は打ちのめされ、諦めて自らの嗚咽を押し殺し、無駄な涙を飲み干してしまう。犠牲者の気持ちが鎮まった、または衝撃に無頓着なのだと思い込んで、人々はよりエネルギッシュな叫びや、はっきりと目に見える激しい苦悩だけにその関心を向けてしまう。

　このように、デボルド＝ヴァルモールは、家庭空間に閉じ込められた「女性」と、孤独のうちに創作活動に没頭する「芸術家」を、どちらも社会＝公的空間から疎外された存在と考えている。両者はともに「目に見えない」存在であり、その苦悩が世間に知られることのない「犠牲者」なのだ。こうして芸術家を、伝統的に男の領域とされてきた「公的空間」＝「目に見える空間」ではなく、女の領域である「私的空間」＝「目に見えない空間」に移行させ、その生を「私生活情景」として描いたのである。したがって主人公オンディーヌは、伝統的な「女らしさ」

を体現しながらも、創造に携わる「芸術家」を目指す存在でもあった。芸術に関するこうした考え方は、バルザックの作品世界に現れる男の芸術家たちの奉じる創造神話とは全く異なっている。そこでは男女の役割は明確に分けられ、女は家庭内の再生産のみを課されている。それゆえ、女の芸術家（画家、詩人、作家）は、家庭という私的空間を越え出て、男の聖域である公的空間に侵入したとして非難の的になった。言い換えれば、女の芸術家とは、「女」を捨てて「男」になることで秩序を壊乱する者とみなされたのだ。

バルザックの『私生活情景』（一八三〇）の目的とは、作者自身が序文で明らかにしているように、「家族が今日、闇に葬っている風俗の真の情景を提示」することであり、「結婚に伴う、または結婚に先立つ出来事を忠実に描く」ことであった。その目論見通り、『ラ・ヴェンデッタ』では、画家のアトリエが主な舞台となっているものの、物語の主題は父親の反対を押し切って結婚した娘の悲劇であった。『毬打つ猫の店』においても、画家の芸術家としての苦悩が語られることはなく、物語の主眼はブルジョワ階級の娘が身分違いの結婚をしたことによる悲劇であった。

確かに『画家のアトリエ』も、物語は主人公オンディーヌの死という悲劇で終わっている。しかし、結末に置かれた彼女の葬儀の場面は、バルザックとは一味違っている。葬儀会場となる教会では、フランス革命で処刑されたルイ一六世の贖罪の儀式が翌日に予定されており、立派な「王の棺」が準備されていた。ヨリックはこの棺にオンディーヌの遺体を納め、聖母マリアの礼拝堂で、これもまた王のために用意されていた蠟燭をすべて灯して彼女の冥福を祈る。ここではオンディーヌは、ヨリックにとって国王と同等の存在になっているのだ。それは、「女性」であり「画家」であるオンディーヌの神格化に他ならない。

その上、オンディーヌは自身が画家であると同時に、他の画家にインスピレーションをもたらす「ミューズ」の役割も担っている。叔父のレオナールはオンディーヌについて、「ラファエロならば、あの子をモデルに聖女セシリアや、恐らくは女庭師〔聖母マリア〕でさえ描いたことだろう」と述べている。また、「モデル」と題された章では、レオナールのアトリエでモデルを務めていた女性が妊娠し、アトリエの中で子どもを産むというエピソードが盛り込まれ、「子どもを産む性」としての女性も登場する。つまりこの小説では、女性は芸術的創造に携わる主体であり、芸術的創造を促す存在であり、子どもを産む性でもある。それを象徴するかのような台詞がある。レオナールがオンディーヌに「崇高な絵を生み出す」と告げるくだりでは、本来は「出産する」という意味のaccoucherという動詞が使われているのだ。

創造行為の主体となることは、当時、女性に与えられた伝統的な役割から逸脱していた。しかし、デボルド=ヴァルモールの目的は、不平等な社会を告発し、女性の権利を声高に要求することではなかった。むしろ、物語の初めに描かれたレオナールのアトリエの、男女の隔てのない平等と連帯の精神が彼女の理想であった。実際、物語の最後では、男の弟子たちはオンディーヌに対する態度を悔いて謝罪し、「ぼくたちはいつまでも君の兄弟であり続けるよ」と誓っている。

デボルド=ヴァルモールはこの作品で、「画家のアトリエ」を、女性を疎外する空間として描いた。と同時に、自身が理想とする平等と連帯に基づく社会の雛型としても描いたと言えよう。

第六章

芸術の聖なる火
——サンド『ピクトルデュの城』

ジョルジュ・サンドは、日本では作曲家フレデリック・ショパンの恋人として有名な作家だが、音楽だけでなく絵画にも深い関心を持っていた。「良家の娘」が嗜む芸事としてデッサンや水彩画を学んだだけではない。不仲な夫カジミール・デュドゥヴァンと一八三〇年に取り交わした協定により、一年の半分を夫と離れてパリで暮らすことになった時には、煙草入れや小物入れの箱に花の装飾画を描いて生活費を稼ぐことを真剣に考えたほどであった。作家として経済的に自立してからも、肖像画や風景画、カリカチュアなど多くの作品を残している。とりわけ晩年に熱中したのが、ダンドリット手法による絵画であった。ダンドリットとは、「紙の上に絵具を筆でたらして染み（tache）を付け、その上に吸収性の強い厚紙（デッサンや名刺に使う白いブリストル紙がよく用いられた）を押し付けて、偶然出来た樹木模様を生かして描く手法」[1]である。その一例が《オロールとガブリエル・デュドゥヴァン=サンド、ファデ氏と古城》（図69）である（「ファデ氏」は犬の名前）。サンドはヴィクトル・ユゴーと同様に、作家になっていなければ「著名な画家、恐らくは偉大な画家になっていたかもしれない」[2]と思わせる才能の持ち主であった。

また画家のドラクロワとは、一八三四年に彼がサンドの肖像画を描いて以来、親しくつきあっていた。息子モーリス・デュドゥヴァンは長じてドラクロワに師事し、母親の小説（『魔の沼』など）の挿絵を描いている（しかもモーリスの結婚相手は、イタリア人版画家ルイジ・カラマッタの娘リーナであった）。サンドの若い頃の恋人アル

図69　ジョルジュ・サンド《オロールとガブリエル・デュドゥヴァン=サンド，ファデ氏と古城》（1875-76），個人蔵

フレッド・ド・ミュッセ（一八一〇－五七）は、詩人であると同時にデッサンにおいても優れた才能を見せた。晩年の恋人アレクサンドル・マンソー（一八一七－六五）は版画家であった。他にも、テオドール・ルソー（一八一二－六七）などバルビゾン派の画家とも交流があり、多くの画家がサンドの住むノアンの館を訪れた。サンドは画家たちに取り囲まれて暮らしていたのである。

バルザックとは、彼女が一八三二年に「ジョルジュ・サンド」というペンネームを名乗る前からの知り合いで、バルザックが一八三八年にノアンの館に滞在するなど、彼が死ぬまで親しい関係にあった。『人間喜劇』の中の『ベアトリクス』の主人公、才能豊かな女性作家カミーユ・モーパンは、サンドをモデルにしている[3]。

1　「芸術小説」としての『ピクトルデュの城』

早くから芸術に親しんだサンドは、芸術や芸術家を扱った小説、

（1）平井知香子「ジョルジュ・サンドと絵画――〈ダンドリット〉をめぐって」、『関西外国語大学研究論集』第八七号、二〇〇八年、一二五頁。

（2）Christian Bernadac, *George Sand. Dessins et aquarelles « Les montages bleues »*, Pierre Belfond, 1992, pp.7-8.

（3）サンドとバルザックの友情およびカミーユ・モーパンに関しては、拙著『女がペンを執る時』新評論、二〇一一年、一〇一－一二六頁を参照のこと。

いわゆる「芸術小説」を数多く著した。まず音楽家を取り上げた代表作として挙げられるのが、一八世紀ヨーロッパを舞台にしたオペラ歌手の物語『歌姫コンシュエロ』(一八四二-四三)および、その続編『ルードルシュタット伯爵夫人』(一八四三-四四)である。他にも『七弦の琴』(一八四〇)、『笛師のむれ』(一八五三)、『アドリアニ』(一八五四)など、音楽や音楽家を扱った作品は枚挙にいとまがない。演劇に関しても、恋人ジュール・サンドー(一八一一-八三)との共作『ローズとブランシュまたは女優と修道女』(一八三一)に始まり、『ルクレチア・フロリアニ』(一八四六)、『デゼルトの城』(一八五一)など、女優や男優を主人公にした作品を数多く生み出した。絵画に関しても、ルネサンス時代のヴェネツィアを舞台にした『モザイクの師』(一八三八)にはルネサンス期の画家ティントレットやティツィアーノが、『オラース』(一八四一-四二)には、ドラクロワに師事する才能ある画家の卵ポール・アルセーヌが登場する。

しかし、音楽や演劇を扱った芸術小説とは異なり、画家の登場する小説では、「理想の画家像」が具体的に示されることはない[4]。『モザイクの師』はむしろ、創造行為に携わる「芸術家(artiste)」と、画家の下絵をもとにモザイク壁画を仕上げる「職人(artisan)」との芸術におけるヒエラルキーの問題を浮き彫りにしたもので、「画家」よりも「職人」の世界に重点が置かれている。また『オラース』では、ポールは二人の妹、および自分が密かに慕う女性マルトを養うために、画家の道を断念してしまう。こうした中で唯一、画家=芸術家像が正面から扱われているのが、本章で取り上げる『ピクトルデュの城』である。この小説では、一人の少女が様々な絵画的表象に触れることで、優れた肖像画家に成長していく過程が描かれる。

『ピクトルデュの城』は、サンド最晩年の作品集『祖母の物語』に収録されている。『祖母の物語』はもともと、サンドが六八歳の時に二人の孫娘オロールとガブリエルのために書き始めた一三編の物語であった。この一三編が、一八七二年から七五年にかけて『両世界評論』誌や『ル・タン』紙に順次掲載された。一八七三年にはうち五編の作品をまとめて第一集が出版され、七六年(サンドの死後)には残り八編をまとめた第二集が刊行された[5]。『ピクトルデュの城』は、一八七三年三月五日から二三日にかけて『ル・タン』紙に掲載され、作品集第一集の巻頭を飾っている。

『祖母の物語』全編に共通しているのは、妖精や精霊、自然の驚異が描かれていることである。『ピクトルデュの城』でも、物語の舞台となる「城」は、超自然的な存在である「ヴェールを被った婦人」に守られていると古くから言い伝えられている。それゆえこの作品に関しては、シャルル・ペローの『眠れる森の美女』との類似を探ったり[6]、ファンタジーとの関連を分析するなど[7]、「驚異（le merveilleux）」に焦点を当てた研究が多くなされてきた。しかしまた本作は、主人公ディアーヌが様々な障害や葛藤に苦しみながら優れた画家に成長する過程が描かれる点で、「教養小説」とみなすこともできよう[8]。さらに、教育学や発達心理学の観点からこの作品を評価することもできる。のちに主人公に美術の知識を授けることになるフェロン医師は、幼いディアーヌが「ピクトルデュの城」で経験した不思議な現象（妖精に出会ったこと）を頭から否定することなく、彼女を「詩の才能に恵まれた子ども」とみな

（4）音楽・演劇を主題とする小説では、理想の音楽や音楽家像（『コンシュエロ』『ルードルシュタット伯爵夫人』）や理想の演劇（『デゼルトの城』の即興劇など）が語られ、作家自身の音楽論、演劇論が色濃く反映されている。

（5）『祖母の物語』第一集には『ピクトルデュの城』『女王コアックス』『バラ色の雲』『勇気の翼』『巨岩イエウス』の五編、第二集には『ものを言う樫の木』『犬と聖なる花』『巨人（タイタン）のオルガン』『花のささやき』『赤鎚』『埃の妖精』『牡蠣の精』『大きい目の妖精』が収められ、いずれもMichel Lévy社から刊行された。

（6）Cf. Elizabeth Millemann, « *Le Château de Pictordu*, du crépuscule à l'aurore, paysages », in *Les Amis de George Sand*, nouvelle série No 24, 2002, pp.57-60 ; Simone Bernard-Griffiths, « Au pays des contes sandiens, le château de Pictordu entre nature et merveilleux », in *Ô saisons, Ô château. Châteaux et littérature des Lumières à l'aube de la Modernité (1764-1914)*, Clermont-Ferrand, Presses Universitaires Blaise Pascal, 2004, pp.265-267.

（7）Cf. 平井知香子「『ピクトルデュの館』におけるファンタジー」、『関西外国語大学研究論集』第七二号、二〇〇〇年。

（8）Cf. Philippe Berthier, Présentation de *Contes d'une Grand-mère, Première Série*, Meylan, Éditions de l'Aurore, 1982, p.9.

し、その成長を見守る。フェロン医師は、主人公に忍耐強い教育を施すことで「第二の父」となるのである。そもそも『祖母の物語』は全編、下書きの段階でサンド自身が二人の孫の前で読み聞かせ、彼女たちの反応を見ながら加筆修正していくという創作過程を経ている。つまり作者は、子どもたちの詩的想像力を最大限発展させるような物語を志向していたのである。

しかし何より注目すべきは、一見童話のように見えるこの物語群がすべて、子ども向けの雑誌〔ジュール・ヴェルヌの『海底二万里』(一八七〇)などが掲載された『教育娯楽雑誌』など〕ではなく、成人を対象とする『ル・タン』紙に連載されたことだ。『祖母の物語』の一三編には、サンドが精通していた植物学や鳥類学、鉱物学などの知識がふんだんに盛り込まれていた。さらに第二集の三つの作品(『犬と聖なる花』『花のささやき』『埃の妖精』)は、作者が信奉する輪廻転生の思想に基づいている。それゆえ、伝記作家ウラジミール・カレーニンが、『祖母の物語』の大部分が「子どもが理解できるように、または子どもを喜ばせるために書かれたものとは言えない」[9]と断じているのも不思議ではない。カレーニンは中でも「最も長い物語」である『ピクトルデュの城』に批判の矛先を向け、「これは率直に言ってちょっとした小説であり、生来の才能の目覚めとその開花を幻想的な形で描いたものである。このテーマは子ども向けではない」[10]と述べている。

カレーニンはさらに、『ピクトルデュの城』を長編小説『歌姫コンシュエロ』と同系列の作品とみなしている。本章でもこの見方にならい、この物語を「芸術小説」とみなし、そこからサンドの絵画論、理想とする画家像を抽出していきたい。ところで、第一部で検証したように、バルザックをはじめとする男性作家が著した芸術小説には、女性の職業画家は登場しない。あるいは、前章で見た女性作家デボルド=ヴァルモールの作品でも、主人公は女性画家ではあるが、志半ばで死に、画家として自立するには至らなかった。したがって本章では、サンドの『ピクトルデュの城』が、「女性作家が描いた女性職業画家の自己形成の物語」である点に注目する。そこからバルザックの画家像との違いも明らかとなるだろう。

なお、『ピクトルデュの城』の分析に入る前に、一八五九年の小説『彼女と彼』に少し触れておこう。この作品は、サンドと恋人ミュッセとのヴェネツィア旅行が下敷きとなっている。したがってこれまで、二人の恋人の愛の葛藤が中心テーマであるとされ、主にモデル小説の視点から作品分析が行われてきた[11]。しかし、二人の主人公テレーズとローランは、詩人や作家ではなく画家と設定されている。そこには作者の深い意図が感じられる。そこで次節では、二人の画家が作中でどのように描かれているのかを検証してみよう。

2　『彼女と彼』における画家像

この小説は、歴史画家ローランと肖像画家テレーズを主人公とする恋愛物語で、三人称の語りに二人の書簡が差し挟まれる構図となっている。ローランはテレーズに宛てた手紙の中で、アカデミー絵画のヒエラルキーにおいて最高位にある歴史画家として、彼女のような肖像画家に対する軽蔑の念をはしなくも露わにする。

> 何も創り出すことができない画家の中には、生きたモデルを忠実に、感じ良く模倣できる者もいます。彼らはモデルを最も好ましい姿で見せる方法、つまり流行の服を、モデルを引き立てるように着つける術を少しでも知っていれば、確固とした成功を手にできるのです。まだ修業中の無名の哀れな歴史画家――光栄にも僕はその一人ですが――でしかない者は、こうした職人に対抗することはできません。白状しますが、僕は黒い服

（9）Wladimir Karénine, *George Sand. Sa vie et ses œuvres*. t.IV, Genève, Slatkine Reprints, 2000, p.522.

（10）*Ibid.*

（11）例えばチエリ・ボダンは、『彼女と彼』の物語展開を、サンドとミュッセの現実の恋愛関係の推移と密接に関連づけて、時系列的な比較を行っている（Thierry Bodin, Préface d'*Elle et Lui*, Folio classique, 2008, pp.20-25）。

の襞や、人の顔つきの細々した構造を注意深く研究したことなど、一度もありません。

ローランは、肖像画家を「職人（gens du métier）」、または「やっつけ仕事をする輩（*faiseur*）」と呼び、一方で自らを「詩人で創造者《クリエーター》」と称している。すでに見たように、ロマン主義時代に席巻したピュグマリオン神話は、やがて天分を持った男の芸術家が女神の介在なしに作品に生命を吹き込むという創造神話に変容し、芸術的創造は専ら男の領域に属するものとみなされていた。それゆえ、女性の芸術家が才能を発揮することがあれば、サンド自身のように「名誉男性」として扱われた。テレーズも同様で、ローランからは「女に変装した優れた男性」と呼ばれている。

ここで改めて整理しておこう。一九世紀の小説では、「男＝エネルギー、想像力、生産（芸術的創造）」、「女＝消極性、模倣、再生産（生殖）」というジェンダー的な二項対立が顕著である。それゆえ、モデルの顔の表情や衣装を忠実に「模倣」する肖像画家は、男女を問わず、言わば「女性化された芸術家」であった。ローランの言葉には、独創的な芸術作品を作り出す男の優越感がありありと見て取れる。実際、テレーズはヴァン・ダイクの肖像画を模写することで才能を磨いた画家であり、世間に認められるまではそうやって著名な画家の作品を模写し、それを売って生活費を稼いでいた。それに対してローランは、たとえ巨匠の絵であっても、「模写しようと考えたことは一度もなかった」のである。

アレクサンドラ・ウェットローファーが指摘しているように、ローランは理想主義者であり、不毛性を刻印されたロマン主義的天才を体現し、一方テレーズは現実主義者で、生産性と母性愛を体現している。(12) 二人の違いは、当時の芸術家のジェンダー的対立構造そのものである。この図式は、芸術的創造に対するバルザックの考察を想起させる。彼は『従妹ベット』の中で、次のように述べている。

素晴らしい作品の着想を温め、夢想し、あれこれ考えるのは甘美な仕事である。それは魔法の葉巻をふかすこと、気紛れに耽って楽しむ高級娼婦のような生活を送ることに等しい。その時、作品は、幼年時代の若々しい魅力を放ち、生命の誕生の狂おしい喜びのうちにふくよかな花の香りを振りまき、早摘みの果実の甘い汁を滴らせながら現れる。芸術作品の構想と快楽とはこのようなものだ。［…］しかし、実際に作品を生み出すとなると話は別だ！　作品を分娩し、生まれた子どもを苦労して育て、毎晩乳をふくませて寝かしつけ、母親の尽きぬ愛情をもって毎朝抱きしめる。汚れた体を舐めてやり、すぐに破いてしまうとわかっていながら何度もきれいな着物を着せてやる。手に負えないこの生命がどんなに騒いでもたじろがず、もしそれが彫刻なら万人の眼に語りかけ、文学なら万人の知性に、絵画なら万人の思い出に、音楽なら万人の心に語りかける生きた傑作に仕立てあげること、それが制作と労働である。

このように、バルザックは芸術的創造を「構想」と「制作」の二つの要素に区分し、「構想」には「快楽」が伴うが、「制作」には「母親」の弛まぬ「労働」が必要であるとしている。そして彼はそうした労を厭わぬ「母親」の精神を、「頭脳の母性愛（maternité cérébrale）」とも呼んでいる。サンドの小説においては、ローランは言わば「構想と快楽」の段階にとどまり、「制作と労働」の段階に移行することができずに挫折した芸術家であった。一方テレーズの方は、ローランと別れた後も芸術活動を続けながら、生き別れた実の息子と再会し、「母」としても幸せに暮らす。したがって、この物語は「想像力」に対する「母性愛」の勝利で終わると言える。それは、ロマン主義的・男性優位主義的な芸術家神話の、女性による書き直しとも言えよう。

（12）Alexandra K. Wettlaufer, *Portraits of the Artist as a Young Woman*, Columbus, Ohio State University Press, 2011, pp. 246-259.

さらに、晩年の作品『ピクトルデュの城』では、初めから天分を持った芸術家として登場するのは、もはや男性画家ではなく女性画家である。以下では、『ピクトルデュの城』を詳しく見ていくことにしよう。

3　画家のイニシエーションの場としての「城」

『ピクトルデュの城』は、修道院に預けられていた八歳の娘ディアーヌが病気になり、父親のフロシャルデが娘を継母の待つ家に連れて帰る場面から始まる。旅の途中、親子は馬車の事故に逢い、廃墟となった城に一晩泊まらざるを得なくなる。この廃墟が「ピクトルデュの城（le château de Pictordu）」と呼ばれていた。城の名前の由来に関して、御者のロマネシュは次のように説明する。

城の上の方の森から突き出ている、あの岩のせいですよ。まるで火に捻じ曲げられたようでしょう。昔、このあたり一帯が燃え尽きたのです。それでここいらは「火山の国」と呼ばれています。

「ピクトルデュ」とは、溶岩によって「捻じ曲げられた山頂（pic-tordu）」を意味している。フィリップ・ベルチエによれば、「ジョルジュ・サンドの神話的トポグラフィーにおいて、火山は常に大地の胎内に眠っている聖なる火である。聖なる火はインスピレーションの束となって、熱狂のうちに大地から迸り出ようとしている」(13)。「聖なる火」は、神から火を盗んで人間に与えたギリシア神話のプロメテウスと結びつく。ロマン主義時代には、神に代わって創造行為を行う芸術家がプロメテウスに喩えられるようになる。バルザックの『知られざる傑作』においても、フレノフェールが「プロメテウスの松明」に言及し、真の芸術家の使命は、この松明（芸術的創造の源）を用いて絵に生命を吹き込むことだと語っている。火を盗むこと＝創造行為は神への冒瀆であり、芸術家＝プロメテウスにはフレノフェールのように悪魔的な様相が伴う。創造において神と競おうとする芸術家＝悪魔的存在の「傲慢さ」は、プロメテウスと同様に罰せられることになる。

しかし、サンドの「聖なる火」は、少し意味合いが違う。サンドの芸術家像に関して、ナタリー・アブドラジは次のように指摘している。

> 芸術家＝創造者は、天の創造者である神からこの火を受け取る。新しいプロメテウスが神と張り合うとしても、もはや傲慢さによってではなく、特別な天恵によってである。芸術家はもはや火を盗むのではなく、その理想を引き受ける任務のために火を与えられるのだ。[14]

サンドの芸術家は、神の恵みによって「芸術家に生まれついている」[15]のであって、こうした特権的な人物の内には「聖なる火」がもともと潜在している。それゆえ、サンドにとって、噴火によって「原初の火の湧出」を引き起こす「火山」は、「主人公の内に眠り、芸術家の天職を育む『聖なる火』を主人公が自覚すること」[16]と深く結びついている。「火山」は、『祖母の物語』所収の『巨人《タイタン》のオルガン』にも登場する。主人公の少年が幻想的な夜闇の中で、火山の噴火によってできた柱状の玄武岩の列（「タイタンのオルガン」と呼ばれている）に触れ、それによってオルガン奏者としての才能――もともと彼の内に眠っていた天分――に目覚めるのである。

『ピクトルデュの城』においても、フェロン医師はディアーヌを「生まれながらの芸術家」と呼び、彼女には真の美を感じ取る能力が備わっているとした。実の父で画家であるフロシャルデも、後に「お前には『聖なる火』が

（13）Berthier, *op.cit.*, p.9.
（14）Nathalie Abdelaziz, *Le personnage de l'artiste dans l'œuvre romanesque de George Sand avant 1848*, Lille, Anrt (Thèse à la carte), 1996, p.247.
（15）*Ibid.*, p.255.
（16）Bernard-Griffiths, *op.cit.*, p.260.

宿っている」と認めている。ディアーヌは自らの内に眠る「聖なる火」を、「火山」と密接に関わるピクトルデュの城で見出すのである。

さらに「ピクトルデュ」という名称には、他の意味も含まれている。エリザベト・ミルマンが指摘しているように、「画家（peintre）」のラテン語の語源が *Pictor* であることから、Pictordu を Pictor-du と分節し、le château de Pictor-du とすれば、「画家の城（le château du peintre）」という意味になる(17)。また、ラテン語の *Pictor* は天文用語で星座の「画架座」［フランス語 Peintre］をも表し、その略称が Pic である。実際、ディアーヌが画家となることを決心したのは、夜空の星の下、城を守る「ヴェールを被った婦人」と触れ合う中でのことだった。つまり「ピクトルデュの城」は、ディアーヌが画家となるためのイニシエーションの場となるのである。

4　自然が画家を開眼させる

馬車の事故に遭ったフロシャルデ親子は、一夜を過ごすため、やむなく廃墟の城に足を踏み入れる。

かつては敷石で舗装されていたテラスは、今や野生の草が生い茂る庭のようになっていた。それらの草は昔、花壇に植えられていた珍しい植物に混じって、剥がれた敷石の間から生えていた。緋色のスイカズラは野薔薇の巨大な茂みと調和し、ジャスミンが木苺の木の間で花盛りであった。レバノン原産のヒマラヤスギが、自生のモミと鄙びたセイヨウヒイラギカシの上に聳え立っていた。蔦は絨毯のように広がるか、花飾りのようにぶら下がっていた。階段の上に生えた苺は、彫像の台座の上まで唐草模様を描いていた。自由にはびこる植物に覆われたこのテラスは、恐らく今までになく美しかったことであろう。

緋色のスイカズラ、白・赤・ピンクの野薔薇、ジャスミンの白い花、朱色の木苺や紅の苺、緑の蔦など、自然の鮮やかな色調が生き生きと描かれ、まるでドラクロワの色彩豊かな絵画（図70）を彷彿とさせる。ディアーヌは「この狂ったような植物の豪華さ」に魅惑されるが、「サロン〔貴族や富裕なブルジョワ階級の女性たちが自宅で開いた文芸サロン〕の画家」である父のフロシャルデは「自然が大嫌いであった」。

前述のように、サンドはドラクロワと親しくつきあい、彼を「現代、そして過去においても第一級の画家」[18]として高く評価していた。ソフィ・マルタン＝ドゥエによれば、サンドが「芸術へのイニシエーションを通過し、不確かであった知識を掘り下げることができたのは、ウジェーヌ・ドラクロワとの出会いのおかげであった」[19]。当然ながら絵画論においても、サンドはドラクロワの影響を大きく受けていた。

図70　ウジェーヌ・ドラクロワ《花束》（1848），ルーヴル美術館

ドラクロワは『日記』（一八五二年五月六日付）の中で、次のように記している。

> 森の中や山の上で、自然の法則を観察したまえ。一歩進むごとに素晴らしい主題が見出せるだろう。すべての存在の様々な法則を研究し、記録しようとする者にとって、動物、植物、昆虫、大地や水が糧となる。[20]

一方でドラクロワは、自然よりも「アカデミーの緑の絨毯の周辺でおしゃべり

（17）Millemann, *op.cit.*, p.56.
（18）Sand, *Histoire de ma vie*, dans *Œuvres autobiographiques*, Pléiade (Gallimard), t.II, 1972, p.250.
（19）Sophie Martin-Dehaye, *George Sand et la peinture*, Mayenne, Royer, 2006, p.196.
（20）Eugène Delacroix, *Journal 1823-1863*, Plon, 1996, p.298.

することの方を好む学者」[21]を批判した。この人物像はまさに、ダンディで交際上手な「サロンの画家」フロシャルデに当てはまる。娘のディアーヌおよびサンド自身は、明らかにドラクロワの側に立っている。ニコル・モゼが指摘しているように、サンドにとって「生の秘密」が啓示されるのは、「人との交流」ではなく「自然との交流」の中であり、芸術家がインスピレーションを受けるのに最適なトポスが「生い茂る植物に覆われた、ほとんど廃墟となった古い館」であった[22]。

　サンドはドラクロワと知り合う前にも、すでに「自然を糧とする芸術家」に共感を寄せている。一八三〇年に執筆された断片の中で、風景画家ピエール＝アンリ・ド・ヴァランシエンヌ（一七五〇－一八一九）に言及しているのだ[23]。ヴァランシエンヌはアカデミーの序列の下位にあった風景画の地位向上を目指した人物で、風景を単なる背景ではなく一つの確固たる主題とみなし、「歴史風景画」を提唱した。彼は著書の中で、「冷たくて無味乾燥で、生気のないかたちで自然を描くのではなく、われわれの魂に語りかける声として、それ自身［＝自然自体］の表現で、また感性ある人に素早く認知されるような効果で自然を描く」[24]ことが必要だと述べている。そして、移りゆく陽の光や大気など自然の「声」を表現すべく、戸外で描くことを推奨し、一九世紀フランスにおける風景画家の第一人者ジャン＝バチスト・カミーユ・コロー（一七九六－一八七五）などに大きな影響を与えた。コローはまさに、晩年のサンドのお気に入りの画家であった。

　それゆえ、『ピクトルデュの城』でディアーヌが「生の真の秘密」を摑み取ったのも、当然のことながら自然の中であった。物語の最後で、成長したディアーヌがピクトルデュの城を再訪した翌朝、日の出を見に山に登る場面では、自然からの啓示が彼女にもたらされる。

　彼女は岩の窪みの中にいた。正面には、素晴らしい小さな滝が、光沢のある房をつけたクレマチスと野薔薇の間で、きらきらと輝きながら楽しげに流れ落ちていた。斜めに差し込む太陽の光が、この絵のような景色

（tableau）の魅力的な細部に薔薇色の光を投げかけていた。ディアーヌは初めて色彩の陶酔を感じた。山は片側しか照らされていなかったので、彼女は反射に強弱のある光の魔術的な生に気づいた。それは言葉で言い表しがたい調和を通して、鮮やかな輝きから穏やかな光へ、燃え上がるような色調から冷たい色調へと移行していく。父親は彼女にしばしば**中間色**について語ってきた。彼女は思わず、あたかも父親がそこにいるかのように叫んだ。「お父さん、中間色などないわ！ 誓って言うけれども、そんなものはありません」。

それから彼女は自分の興奮ぶりに苦笑し、この啓示をゆっくり味わった。それは天と地、葉の茂みと水、草木と岩、夜を追い払う暁の光、太陽が射しこんでくる透明なヴェールの下へと優雅におとなしく引き下がっていく夜が、彼女にもたらしたものであった。［太字強調は作者自身による］

ディアーヌは、自然が織りなす一幅の絵（tableau）を前にして、「光」と「色彩」の啓示を受ける。彼女が認識した「反射に強弱のある光の魔術的な生」とは、まさにドラクロワの言う「光の反射の神秘」[25]に当たる。ディアー

（21）*Ibid.*

（22）Nicole Mozet, « Signé « le voyageur » : George Sand et l'invention de l'artiste », in *Romantisme*, No 55, 1987, p.29.

（23）『クープリ遊歩道（*Les Couperies*）』の中で、サンドは次のように記している。「私たちはヴァランシエンヌの絵筆に値する小さな木の橋を通って川を横切った後、川沿いの草原に横になった」。

（24）新畑泰秀「一九世紀フランスにおける風景画の展開」、『フランス絵画の一九世紀』展覧会カタログ、二〇〇九年、二〇六頁。

（25）Sand, « Delacroix », dans *Impressions et souvenirs*, Des femmes, 2005, p.99. またドラクロワはサンドに、アングルの絵について「定規やコンパスで切り取った光」を描いているに過ぎず、「光の反射」を忘れていると批判している（*Ibid.*, p.96）。彼は「光の反射の神秘」の例として、青いクッションと赤い絨毯を並べると、互いに「色を盗み合って」、「赤は青みがかり、青は赤で洗われて、真ん中に紫色が生じる」と述べ、「極めて激しい色調を絵に詰め込んでも、それらを互いに結びつける反射を描き込めば、目障りには決してならない」（*Ibid.*, p.99）と語っている。

ヌはここで、先ほどのヴァランシエンヌの言葉を借りれば、自然の「魂に語りかける声」を聞き取ったと言えよう。

先に触れたように、サンドの芸術家は生まれつき天分を内に宿している。しかし、そのような「生まれついての芸術家」であっても、初めから完璧な作品を生み出せるわけではない。完璧さに達するためには、「卓越した技量を段階的に獲得」しなければならず、「絶えざる、粘り強い、情熱的な労働」が必要となる。(26) ディアーヌも、この啓示に至るまでの道のりは厳しかった。美術に造詣の深いフェロン医師の下で学びながら、父のアトリエで絵のテクニックを覚え、「理想美」を見出そうとして体を壊すまでデッサンを描き続けた。その過程を描く上で、サンドは「働く」「辛抱」という言葉を頻繁に用いている。こうした血のにじむ努力の末に、ディアーヌは「生の真の秘密」を摑み取るに至る。だが芸術家は、たとえ「美と真実の領域」に達したと思っても、その地点に安住することは許されない。ディアーヌは、芸術家として「立ち止まってはいけない果てしない道」を死ぬまで進んでいくしかない。これこそ、サンドの理想の芸術家像であった。

このように「ピクトルデュの城」は、自然を通じて、ディアーヌの内に秘められた画家の天分を目覚めさせるイニシエーションの装置として機能していた。しかも、城自体が造形芸術の宝庫でもあった。以下ではこの点を具体的に見ていくことにしよう。

5 造形芸術の宝庫としての城

まずピクトルデュの城の建築様式は、次のように描写されている。

それ［庭の四阿］は、城の他の部分と同様ルネサンス時代の建物であったが、城の正面は様々な建築様式の気紛れな混合となっていた。この四阿《あずまや》は回廊様式の中庭に位置し、古代ローマの共同浴場を規模を小さくして模倣したもので、内部はかなりしっかり壁で囲われ、まずまずの保存状態であった。

ディアーヌは最初の晩、この四阿＝浴場の大理石の浴槽の中に横たわって過ごす。不思議なことに浴場のドアには、「ディアーヌの浴室」という文字が刻まれていた。それを見て彼女は喜び、「じゃあ私は、自分の家にいたのだわ」と言う。このくだりは、「画家の城」であるピクトルデュが、彼女の魂の故郷であることを暗示している。また、庭にはかつて浴槽に水を供給していた噴水がまだ残っていて、「素晴らしい水」を出していた。そこでディアーヌは銀のコップにその水を汲み、飲み干す。その晩、彼女は不思議な夢を見る。妖精が出てきて、珍しい果物や花、お菓子を差し出し、何でも好きなものを取るよう勧める。だが彼女は「冷たい水」だけを所望した。すると妖精は、彼女に息を吹きかけて喉の渇きを潤してくれた。「息」を意味するラテン語 *anima* には、「魂」や「生命」という意味もある。したがって、ここで「水」の代わりに与えられた妖精の「息」は「生命の水」である。以後、城の中では、こうした「水」のモチーフが何度も繰り返される。これはピクトルデュの城が、ディアーヌが画家として生まれ変わる「洗礼の場」として機能していることを示している。

ところで、「ディアーヌの浴室（bain de Diane）」とは、ローマ神話の女神ディアナ［ディアナはフランス語ではDianeと表記］の浴室を意味している。bain は「浴室」の他に「水浴」も意味し、ディアナの水浴場面（*Bain de Diane*）はしばしば絵画のモチーフとなってきた。ルネサンス期のフォンテーヌブロー派の画家フランソワ・クルーエ（一五一〇頃－七二）の《ディアナの水浴》はその一例である（図71）。クルーエのディアナ神のモデルは、アンリ二世の愛妾として有名なディアーヌ・ド・ポワチエ（一四九九－一五六六）だとされている。エリザベト・ミルマンによれば、ディアーヌ・ド・ポワチエが居城としたアネ城は、全体はルネサンス様式でありながら、中世フランスの

（26）Abdelaziz, *op.cit.*, p.257.

図71　フランソワ・クルーエ《ディアナの水浴》（1565頃），ルーアン美術館

教会を想起させる石造りの尖塔を持ち、丸屋根はイタリア風といったように様々な建築様式の混合であった[27]。したがって、主人公の名がこの貴族女性に由来し、ピクトルデュの城のモデルはアネ城だと考えることもできる。実際、ディアーヌ・ド・ポワチエは、女神ディアナに結びつけて語られることが多かった。「絶世の美女」と謳われ、クルーエの他にも多くの画家や彫刻家にインスピレーションをもたらした。アネ城の庭園には、狩猟の女神ディアナに扮した彼女の青銅像が設置されている。クルーエと同じくフォンテーヌブロー派の画家が描いた《狩猟の女神ディアナ》（**図72**）も彼女をモデルとしている。最終節で詳しく見るように、『ピクトルデュの城』でも、主人公の夢の中に女神ディアナが登場する。

ピクトルデュの城の造形芸術に戻ろう。ディアーヌたちが泊まった四阿の天井には、花や蝶や鳥の文様が描かれていた。さらに壁一面は、妖精たちが輪になって踊る様子を描いたフレスコ画となっていた。この妖精たちの一人が、絵の中から抜け出し、先に述べたようにディアーヌの夢に現れる。妖精の「むき出しの腕と足のデッサンはしっかりしている」が、頭の部分は湿気で消えてしまっていた。ディアーヌはこの「顔のない」妖精の美しさに息を呑む。

それは、うっとりするような姿であった。ドレスは彼女の美しい体の上に無数の優雅な襞をなし、銀箔を散りばめたようであった。薄いチュニカ〔古代ギリシア・ローマで着用されたガウン状の衣服〕の裾は宝石のベルトで留めてあった。雪のように白い肩の上には、ブロンドの髪が三つ編みにされて垂れ下がり、輝くような紗のヴェールが髪全体を包み込んでいた。このヴェールに遮られ、彼女の顔を見分けることはできなかったが、目のあたりから二筋の赤い光が発せられていた。彼女のむき出しの足、肩まで露わな腕は、完璧な美しさであった。壁に貼りついていた蒼白くぼんやりした妖精はついに、全く魅力的な生きた女になった。

図72　フォンテーヌブロー派（作者不詳）《狩猟の女神ディアナ》（1550頃），ルーヴル美術館

生命のない「蒼白くぼんやりした」絵画的表象が、「魅力的な生きた女」に変わる瞬間を描いたこの場面は、ゴーチエの幻想小説を思い起こさせる。しかし、サンドの場合、それは恐怖を引き起こす現象ではなく、むしろ画家の追い求める「完璧な美しさ」を提示する出来事であった。そしてこの「顔のない妖精」「ヴェールを被った婦人」こそ、女神ディアナと深く関わる存在であった。後に見るように、ディアーヌはこの超自然的存在から重大な啓示を受け取ることになる。

昼間は廃墟にしか見えなかった大広間が、夢の中では

（27）Millemann, *op.cit.*, p.61.

図73　ミケランジェロ・メリージ・ダ・カラヴァッジョ《バッカス》（1595頃），ウフィツィ美術館

「天井に金の浮き彫り模様のある美しいギャラリー」と化し、窓枠には「松明を掲げた大きく美しい大理石像」が並び、「ブロンズや白大理石、碧玉、金箔を施した彫像が、豪華な彫刻を施した台座の上に立っていた」。庭のテラスも、もはや「草の生い茂った見捨てられた場所」ではなく、「様々な色の小石がモザイク状に敷き詰められた小道のある花園」に変わった。こうして見事な美術館と化した城の中で、第一級の造形芸術に触れることで、ディアーヌは「真の美」に目覚め、デッサンの勉強を志すようになる。

城のあちこちに散らばるモザイクの断片も、城主をはじめ土地の人間にとってはがらくたでしかないが、ディアーヌにとっては貴重な芸術作品である。彼女は翌朝、庭で大理石の玉を拾う。それは胴体の欠けた「子どもの彫像の頭」だった。「彼女にはそれがとてもきれいに思えた。太陽にかざしたり、薄暗がりに置いたりして、前から後ろから飽きずに眺め、そのたびに新しい美しさを発見する」のだった。フェロン医師は、この像の髪の部分に葡萄の枝があしらわれているのを見て、それが若いバッカス〔ローマ神話の葡萄酒の神〕（**図73**）の像であったことを看取し、彼女の審美眼を讃えている。ディアーヌの眼の前にはこうして、体の一部が欠けた美しい肉体――「ヴェールを被った（＝顔の見えない）婦人」、顔または手足の欠けた妖精の踊り子たち、頭だけのバッカス像――が次々と現れる。「真の芸術家」であるディアーヌにとって、その欠けた部分を見つけることが「理想美」に到達する方途であった。だがこれらの芸術の美しいかけらも、父フロシャルデの眼には「古びた不格好な残骸」としか映らない。フェロン医師は彼を、「生命とは何かすらわかっていない」「取るに足らぬ芸術家」だと批判している。

この作品では、「取るに足らぬ芸術家」フロシャルデの存在によって、「真の芸術家」ディアーヌの天分が一層引き立っているとも言える。そこで、父フロシャルデの人物像を少し詳しく見てみよう。

6 肖像画家フロシャルデ

ディアーヌの父フロシャルデは、次のような人物である。

彼は非常に完成された、生き生きとした肖像画を作製してお金をたくさん稼いでいた。いつも実物より美しく、若々しく描いたので、ご婦人たちは必ず、その肖像画が自分にそっくりだと思うのだった。実を言うと、フロシャルデの肖像画はどれもよく似通っていた。頭の中に一つのとても美しい見本を持っていて、それを少しずつ変えながら複製しているに過ぎなかったのだ。彼は、モデルの服装や髪形を忠実に描くことのみに重点を置いていた。彼にとってはこの正確な細部だけが、人物の個性であった。彼はドレスの色合い、髪のカールの動き、リボンの軽やかさをうまく真似るのに長けていた。彼の描いた肖像画であることは、モデルの横に置かれたクッションやオウムが実物そっくりなことですぐに見分けがついた。才能がなかったわけではない。それどころか、この類の肖像画家としては才能に恵まれている方だった。しかし、独創性や天分、真の生の感覚などを彼に求めてはいけない。それらがないからこそ彼は、異論の余地のない成功を勝ち取ったのだ。エレガントなブルジョワ女性たちは、イボや皺をはっきり描く傲岸無礼な巨匠よりも、彼の方を好んだのである。

モデルの衣装や髪形を忠実に再現するフロシャルデは、まさに『彼女と彼』でローランが非難していた肖像画家の典型である。独創性も天分もない彼が画家として成功したのは、「実物より美しく」描く彼の方が、「イボや皺をはっきり描く傲岸無礼な巨匠」よりもブルジョワ女性たちに好まれたためだ。こうした人物像は、バルザックの小説『ピエール・グラスー』（一八三九）の主人公を彷彿とさせる。グラスーは実直だが凡庸な画家で、巨匠の模倣に過ぎない彼の絵は、画家仲間には評価されないものの、俗世間、特にブルジョワからは好評を博している。グラスーはある時、成り上がりのブルジョワであるヴェルヴェルから、娘の肖像画を描いてくれと頼まれる。アトリエで依頼された肖像画を制作していると、画家仲間のジョゼフ・ブリドーが訪ねてくる。ブリドーは娘の頬をピンク色に描いたグラスーの絵を、「香水商の看板にうってつけ」だと批判し、次のように忠告する。

> 「だから、あるがままの自然に取り組みたまえ」と、偉大な画家は続けて言った。「お嬢さんは赤毛だ。それが大罪だとでもいうのか？　絵画においてはすべてが素晴らしい。君のパレットに朱色を置いて、あの頬に血を通わせたまえ。そこに褐色の小さなしみを点々とつけるのだ。〔…〕」

ブリドーは、『人間喜劇』でも優れた画家として登場する。だが、娘の頬を忠実に再現すべく、「褐色の小さなしみ」をつけるよう忠告するこの「偉大な画家」は、ヴェルヴェル一家にとってはまさに「イボや皺をはっきり描く傲岸無礼な巨匠」であった。このブリドーのモデルは一般にドラクロワとみなされている。ドラクロワ自身、「美についての問題」と題する記事の中で、アングルをはじめとする新古典主義の画家を批判して、次のように述べている。

> 現代の流派〔新古典主義〕は、均整の取れた古代の美術作品の規範を外れるものはすべて追放してきた。彼らは〔…〕老いから皺を取り除き、避けがたい醜さ――それはしばしば、人生の波乱や労働が人間の体にもたらす特徴的な醜さであるが――を削除する。それによって率直にも、自分たちは美を料理する方法を一つしか持たないという証拠を示したのだ。彼らは幾何学を教えるように美を教えることができ、また単に教えるだけでなく、その安易な例を与えすらした。〔…〕すべての特徴を唯一のモデルに近づけ、自然のままの人間の様々な気質や、それぞれの世代を特徴づける根源的な差異を弱め、消し去ること、顔立ちや手足の調和を乱し

かねない複雑な表情や激しい動作を避けること。つまるところそれが彼らの原理であり、それによって彼らは、美を我が手にしたように思っているのだ！[28]

ドラクロワが批判した、「美」を「唯一のモデル」に還元する新古典主義の手法はまさしく、自然を「一つのとても美しい見本」に還元して肖像画を描くフロシャルデの手法と合致する。ドラクロワにとって、「ひしゃげた小さな鼻」、「下唇の厚い口」に「小さな目」のソクラテス像も、それらの「醜さ」が「思想と内なる気高さの反映で活気づく」時、「美」の表象となる。[29]「私はこれまで人間、人の心、魂、その密やかな生を描いてきた。あなた方はどうして、くだらない衣装や表皮に留まっているのか」[30]という言葉にも明らかなように、ドラクロワは表層よりも、内面の魂を描くことに意を注いだ。つまり服装や髪形（＝表層）を忠実に描くことにのみ専念したフロシャルデは、サンドが敬愛したドラクロワの対極にあったと言えよう。

ディアーヌもまた、父が美化して描くことによって、モデルとなった人々の顔から個性が奪われてしまうことに気づいている。彼女はフェロン医師に次のように言う。「私の考えでは、彼らをありのままに描くべきです。もし私が絵を描くことができれば、お父さんとは全く違う描き方をするでしょう」。このように娘の方は、モデルの特徴をありのままに描くことで「理想美」を表現することができると知っていた。ナタリー・アブドラジによれば、サンドにとって「美の唯一の基準」は、「アカデミー風の整った顔つきでも、古代ギリシアの均衡の取れた彫像でもなく」、「魂の美徳の特異性」であった。[31]

（28） Delacroix, « Questions sur le beau » (article daté du 15 juillet 1854, paru dans la *Revue des Deux-Mondes*), in *Écrit sur l'art*, Librairie Séguier, 1988, pp.20-21.

（29） *Ibid.*, p.20.

（30） Cité par Jean Pueyo, « Les portrais de George Sand par Delacroix », in *Présence de George Sand*, No 27, 1986, p.23.

図74 《狩猟の女神ディアナ》（B.C.4世紀半ば頃），ルーヴル美術館

だが「表層の画家」フロシャルデは、あろうことか娘の絵の才能を否定する。それ以来ディアーヌは長い間、絵画に関する父との考えの違いに悩み、自分の才能を疑いながら修業を続ける。しかし彼女の中には確実に「聖なる火」が宿っていた。物語の最後で自然からの「啓示」を受けた時、ディアーヌは思わず叫ぶ。「お父さん、中間色などないわ！」――こうして父の色彩についての考え方、ひいては芸術観を否定することで、ディアーヌは「真の芸術家」としての自己を確立する。実際次節で見るように、ディアーヌを「理想美」へと導いたのは、画家の父ではなく、「女性性」の象徴とも言える女神ディアナであった。

7　女神ディアナ――「母」の探求

ディアーヌが初めてピクトルデュの城を訪れた日の夜、フレスコ画から抜け出した妖精が夢の中に現れたことはすでに見た（一八四－八五頁参照）。重要な表現を改めて引用しておこう。

> ドレスは彼女の美しい体の上に無数の優雅な襞をなし、銀箔を散りばめたようであった。薄いチュニカの裾は宝石のベルトで留めてあった。［…］彼女のむき出しの足、肩まで露わな腕は、完璧な美しさであった。

この描写は、ルーヴル美術館所蔵のディアナ像（**図74**）を想起させる。この彫像は、左手で鹿の角を握り、右手で背に負った箙《えびら》から矢を取ろうとしている。「無数の優雅な襞」をなすチュニカはベルトで締められ、「むき出しの足、肩まで露わな腕」は力強く美しい。神話の女神ディアナは「完璧な美貌の象徴」[32]であり、この妖精も「完璧な美しさ」と表現されている。ローマ神話の女神ディアナは、しばしばギリシア神話の女神アルテミスと同一視され、「狩猟」の女神であると同時に「月」の女神でもある（第三章も参照）。この妖精もまさに、「月の光のような青い美しい光」の下で、銀色の月を想起させる「銀箔」を伴って現れる。この時、テラスに散らばる彫像たちは「月を讃えて美しい賛歌を歌い」、ディアーヌは「自分の名の由来である月の女神」に会ってみたくなる。その願いは叶えられ、女神が「空に銀色の雲の形」で現れる。雲は次第に大きくなり、「輝くばかりの弓」を手にした女神が彼女の前に姿を現す。ディアーヌはこの邂逅で、画家となることを決意する。

ディアナはもともと「古いイタリアの自然と森林の女神」[33]であり、自然の美を探求するディアーヌに啓示をもたらす存在として選ばれたことには必然性がある。つまりディアーヌの守り神は、「太陽」の神アポロンではなく、「月」の女神ディアナであった。この点が、男性作家の描く画家像とは決定的に異なっている。例えばバルザックの『知られざる傑作』では、フレノフェールが「宇宙の聖なる画家」として崇めるのは「月」ではなく、「太陽」である。

ディアナ＝アルテミスはまた「純潔」を象徴し、「愛」の女神アプロディテとは対極にある。その誇り高さから、自分が水浴しているところを誤って目撃した狩人アクタイオンを鹿に変え、猟犬に食い殺させるという冷酷な一面も持っている。しかし、『ピクトルデュの城』のディアナにはこうした冷酷さは見られない。シモーヌ・ベルナール＝グリフィスが指摘しているように、むしろこの女神はその慈愛によって、《エペソスのディアナ＝アルテミス》

（31）Abdelaziz, *op.cit.*, p.85.

（32）ルネ・マルタン監修『ギリシア・ローマ神話文化事典』松村一男訳、原書房、一九九七年、三三五頁。

（33）同、一二七頁。

図75 《エペソスのディアナ＝アルテミス》像，エフェス考古学博物館／図76 ヴェールを被った《エペソスの女神ディアナ》。2世紀頃の貨幣に描かれた図像で，表がハドリアヌス帝，裏がエペソスのディアナ

像（**図75**）を連想させる。(34) この像は、古代小アジアの商業都市エペソスのアルテミス神殿に祀られたものである。この地方にもともとあった大地母神信仰と結びついて、胸に多数の乳房を持つ「豊穣の女神」の造形となった。なかには顔をすっかりヴェールで覆った像（**図76**）もあり、作中の「ヴェールを被った婦人」とも重なる。

またロマン主義時代には、「ヴェールを被ったエジプトの女神イシス像」が流行し、「その見えない顔はあらゆる神秘、あらゆる禁忌の結晶となった」。(35) イシスはエジプト神話の豊穣の女神であり、ナイル河畔のサイスの町にあった巨大な神殿には、「我が面布（ヴェール）を上げる者は、語るべからざるものを見るべし」という銘文が刻まれていたとされる。この銘文が「真理」の性質を表すものとして、特にヨーロッパで好んで引用されたのである。

サンドの作品でも、女神の「ヴェール」の下には、画家が捉えようとする「生の真の秘密」が隠されていた。しかも、エペソスのディアナやエジプトのイシスのように、この「ヴェールを被った婦人＝女神」もまた「母」のイメージを伴い、若くして死んだディアーヌの母の面影と重ね合わされるのである。浪費家の継母の欲求を満足させるために、馬車馬のように働く父の身を案じて、ディアーヌが亡くなった母親に想いを馳せる時、奇跡が起こる。

彼女は手を動かしていることも意識せずに、機械的にデッサンを描いていた。魂の奥底から母を呼び、次のような言葉を口にしていた。「お母さん、どこにいるの？〔…〕他の女性〔継母〕に苦しめられ、悲しんでいるお父さんを助け、慰めるためにどうすべきなのか、私に何も言ってくれないの？」

突然彼女は、髪の毛に熱い息がかかったような気がした。そして、朝のそよ風のようにかすかな声が彼女の耳元で囁いた。「私はここよ、お前は私をやっと見つけたのね」。

ディアーヌは気づくと、生前の母親とそっくりな、「生きているような」母の肖像を描いていた。彼女が自分のためではなく、父の幸福のみを願った時に、「失われた母の顔」〔幼かったディアーヌは母の顔を全く覚えていなかった〕を見出すのである。それは、女神のヴェールの下に隠されていた顔に他ならない。ディアーヌを「生の真の秘密」に導き、画家としての道を指し示すのは、女神に投影された実の母親であった。

このように『ピクトルデュの城』では、「美の探求」の果てに「母の探求」が成し遂げられる。男性作家の作品では、『知られざる傑作』に典型的なように、「美の探求」はしばしばエロチックなメタファーを伴う。その主人公たる画家は必然的に、芸術に対しても父権的な姿勢をとる。これに対し、サンドの描く女性画家は逆に、母権的な姿勢で芸術に臨んでいると言える。

8　「女性職業画家」が描かれた理由

先述したように、サンドと同時代の男性作家の作品には、ディアーヌのような女性職業画家は登場しない。そこ

---

(34) Bernard-Griffith, *op.cit.*, p.274.

(35) *Dictionnaire des mythes littéraires*, sous la direction de Pierre Brunel, Éditions du Rocher, 1988, p.824.

では当然のように「男性画家と女性のモデル」という構図が取られる。第一部で見たように、バルザックの『人間喜劇』では、女性は絵のモデルか、せいぜい絵の鑑賞者に過ぎなかった。これはゴーチエやミュッセの作品においても同様である。[36] 一九世紀末自然主義文学の代表作、エミール・ゾラの『制作』（一八八六）でも、主人公は男性画家クロード・ランチエであり、そのモデルを務める妻は、芸術観や芸術像に関して言えば二次的な存在である。

それに対して、サンドはすでにジュール・サンドーとの共作『アルバーノの娘』（一八三一）の中で、芸術におけるジェンダー格差を指摘している。主人公の女性画家ローランスは、町の名士との結婚式の当日、画家仲間のカルロスから、結婚せずに芸術家として自由に生きることを勧められる。この時作家はカルロスに、「天才には男女の性の区別はない」と語らせている。そしてローランスは彼とともに、芸術の国イタリアに旅立つのである。

第三章でも述べた通り、当時「良家の娘」が芸事を超えて絵を職業とすることは、ジェンダー規範を逸脱する行為に等しかった。『ピクトルデュの城』にも、「芸術家の教育を受けるのは、生活のために働く必要のある人に限られていた」とある。裕福な家の女性たちは、あくまでも私的空間でのみ活動するアマチュア画家に留まっていた。一方、生活費を稼ぐ必要のある女性たちは、「画家」というより「職人」の範疇に入るような職種――「（象牙などに描く）小肖像画《ミニアチュール》、（花模様などを描いた）壁紙、陶器の絵付け、帽子用の造花や羽飾りの製造、七宝細工、手彩色、布地のモチーフの考案など」[37]――に就くしかなかった。サンド自身、夫との別居によって生活費を稼ぐ必要が生じた時、こうした職種に就くことを考えていた。バルザックの『オノリーヌ』（一八四三）の女主人公が、夫の元を離れて生計を立てようとして思いついたのも造花作りであった。だが、夫はオノリーヌが作った造花を、市場価値をはるかに超える値段で秘かに買い取っていた。それを知ったオノリーヌは夫の元に戻らざるを得なくなる。バルザックのこの小説は、女性がその芸術的才能で経済的自立を果たすことが困難な時代の状況を反映している。

たとえ職業画家になれたとしても、ドラクロワのように国や教会から大きな絵を受注するような機会には恵まれようもなかった（ドラクロワは、ブルボン宮やリュクサンブール宮の図書室の天井画、サン＝シュルピス教会の装飾画など、大規模な歴史画も手がけている）。数少ない女性職業画家は、肖像画や静物画、風俗画といった下位のジャンルに属する主題に甘んじねばならなかったのだ。一九世紀後半に女性画家としてヨーロッパ中に名を馳せたローザ・ボヌール（一八二二－九九）も、手がけていたのは動物画であった[38]。

『歌姫コンシュエロ』において、サンドが理想の音楽家像として描いたコンシュエロは、作家と親交のあったオペラ歌手ポーリーヌ・ヴィアルドがモデルとされている。演劇に関しても、一世を風靡したマリー・ドルヴァルや悲劇女優ラシェルなど、サンドは身近にモデルとすべき友人を持っていた。それに反して、女の職業画家はサンドの周辺には見当たらない。それが、サンドの作品に女性画家があまり登場しない現実的な理由の一つであろう。また、ディアーヌを肖像画家としたのは、恐らくヴィジェ＝ルブランやラビーユ＝ギアールなど、優れた女性の肖像画家が輩出されていたからであろう（第五章参照）。こうした女性画家の多くが画家の父親または夫を持っていたことも、『ピクトルデュの城』に反映されている。しかしそれでもディアーヌは、現実のモデルを超えた、作者の理想の「女性職業作家」像であった。父の庇護から離れ、絵で身を立てていくことを決意した時点で、ディアーヌはジェンダー規範を逸脱し、真の芸術家となった。やがて修業の果てに彼女は自然の「声」を聞き、「生の真の秘密」に辿り着く。その時、歴史画、肖像画、風景画といった絵の主題のヒエラルキーもまた無に帰するのである。

（36）ミュッセの『ティツィアーノの息子』（一八三八）も、主人公は男の画家（ティツィアーノの息子ピッポ）であり、その恋人である女性に与えられた芸術上の役割は「絵のモデルを務めること」にすぎない。

（37）Anne Higonnet, « Femmes et images. Apparences, loisirs, subsistance », in *Histoire des femmes 4. Le XIXe siècle*, sous la direction de Geneviève Fraisse et Michelle Perrot, Plon, 1991, p.258.

（38）ローザ・ボヌールに関しては、拙論「男装の動物画家ローザ・ボヌール——その生涯と作品」、『女性学研究』第二〇号、二〇一三年を参照のこと。

9　「制作」を支える母性

ここまで見てきたように、サンドは自らが高く評価するドラクロワの芸術観を女主人公に反映させ、「聖なる火」＝天分を宿した女性画家を生み出した。一八五九年に執筆された『彼女と彼』の段階では、天才的な芸術家の役割は男の登場人物ローランによって担われていた。それはローランのモデルが恋人ミュッセであったからだけではなく、当時、専ら男を主体とするロマン主義的な天才神話が席巻していたからであろう。サンドが「天分を持った女性画家」を登場させることができたのは、すでに作家として確固とした地位を確立した晩年の作品『ピクトルデュの城』（一八七三）においてであった。

『ピクトルデュの城』では、一人の少女が妖精の導きを得て「真の芸術家」に成長していく過程が描かれている。最後にディアーヌはフェロン医師の甥と「幸せな結婚」をするが、これは妖精物語（おとぎ話）の定型を守るために置かれた結末にすぎない。サンドはこの小説の冒頭で、孫娘オロールに向けた献辞として次のように述べている。

> これらの超自然的と言われる存在、精霊や妖精たちがどこにいるのか、どこから来てどこに行くのか、私たちにどんな力を及ぼすのか、私たちをどこに導いていくのか、それを知らなければいけません。多くの大人はそれをよく知らないのです。だから私は、あなたを寝かせながら語る物語を、大人たちに読ませたいと思っているのです。

サンドはここで、自らの内に眠る「聖なる火」を、時に自然を超えたものの力を借りながら自覚すること、そして自らの才能を伸ばす努力をすることが大切だと伝えようとしている。そしてそのことは、子どもだけでなく大人にも求められているのである。

すでに見たように、サンドは芸術的創造において、「構想」よりはむしろ「制作」を重視していた。そして「制作」に最も必要な要素は母性愛だと考えていた。ディアーヌの「美の探求」の果てに、「母」が見出されたことを思い起こそう。彼女はこの時、自分の幸福よりも父親の幸福を優先したのだった。さらに彼女は、職業上でも父と競合しないように、子どもだけを対象とする肖像画家となるのである。その上、フェロン医師の甥と結婚して裕福になると、貧しい少女たちのために無料の画塾を開設し、後進の育成を計る。つまりサンドの女性画家は、ローランのようなナルシスティックで自己中心主義的な男性画家とは異なり、献身と自己犠牲に特徴づけられている。物語の最後にディアーヌは女神の啓示によって、母親の次のような声を聞く。

さあ、私たち二人で一緒に理想の道を求めていきましょう。〔…〕お前が求めていた形象を、涙のうちに見出したことを覚えておきなさい。お前が勇気をもって苦しんでいる時、お前の才能は必ずや、知らぬ間にその力とともに大きくなっているのです。

このように『ピクトルデュの城』では、父権制社会が定義する「女性性」の属性——献身、涙、苦悩——が、必ずしも「弱さ」を表すものではなく、芸術的創造を推進する「力」として立ち現れる。もはや女性画家は、「真の芸術家」になるために自らの性を否定する必要は全くない。それが、サンドが孫娘の世代に伝えたかった理想の女性画家像であろう。まさにそこに、バルザックをはじめとする男性作家とサンドを隔てる芸術観の大きな相違があった。

おわりに

本書では、第一部でバルザックの作品を取り上げ、テクストで言及される、またはテクストと関連の深い画家や絵画を参照しつつ、小説と絵画の相関性をジェンダーの視点から考察した。こうした分析を通して、これまであまり注目されてこなかった、新古典主義の画家ジロデとバルザックの作品との密接な関係を浮き彫りにすることができた。また、特に『知られざる傑作』に関しては、ロマン主義時代に特徴的な男の芸術家神話に焦点を当てて検証した。さらに、ブルジョワ社会における理想の女性像がラファエロやジロデの聖母像と重なることや、一七世紀のオランダ絵画が一九世紀フランスの家父長的な社会といかに親和性が高かったかが明らかになったと思う。

第二部では、バルザックと親しい関係にあったロマン主義作家テオフィル・ゴーチエやマルスリーヌ・デボルド＝ヴァルモール、ジョルジュ・サンドの作品を取り上げ、それぞれの作品と絵画との関係を探ると同時に、バルザックとの共通点、相違点を明らかにした。同じピュグマリオン神話に関しても、創造者の立場に立ったバルザックとは違い、ゴーチエは芸術愛好家の立場に立ち、「魂」よりも「表層」を重んじるなど、両者の絵画に対する視点には根本的に異なる点があった。また、「画家のアトリエ」を扱ったバルザックの作品とデボルド＝ヴァルモールの作品を読み比べることで、女性が職業画家となることを阻んでいた当時の芸術観が明らかになった。さらに、デボルド＝ヴァルモールやサンドの作品には、男性作家とは異なる絵画的表象の解釈や芸術論が見出された。彼女たちは、男性作家たちが作り上げた芸術家神話の書き直しを行っていたと言える。

本書で取り上げた作品はどれも、ラファエロ、ティツィアーノ、ルーベンスのような過去の巨匠や、ダヴィッド、ジロデ、アングル、ドラクロワといった同時代の画家とその作品に言及し、しかもそれらの絵画のイメージはテクストと密接に関わっていた。本書に登場した作家たちはみな、絵筆の代わりに言葉で画家と競い合おうとした「文学的画家」であったと言えよう。

このように、一九世紀フランス文学と絵画のつながりは深く、小説で援用される絵画の比喩は、単にイメージを読者に喚起させるだけではなく、作者の芸術観、小説美学、さらには当時の社会の時代精神（とりわけジェンダー意識）を反映していた。それは、一九世紀フランスという特定の時代や場所に限らず、近現代の文学（日本文学も含む）にも共通していると思われる。作家が作品の中でどのような絵画を、どのような場面で比喩として用いているのか、その背後にはどのような芸術観が読み取れるかを詳細に分析することで、文学的次元に留まらず、美学的・社会学的次元においても新たな知見を得ることが可能となろう。

なお、バルザックの『人間喜劇』については、今回は紙幅の関係で初期の小説しか取り上げることができなかった。しかし、第六章で触れた画家ブリドーが登場する『ラ・ラブイユーズ』や凡庸な画家の物語『ピエール・グラスー』、絵画の収集家の物語『従兄ポンス』など、『人間喜劇』は他にも興味深い芸術小説を含んでいる。また、本書で取り上げた作家の他にも、スタンダールやユゴー、ゾラなど、一九世紀に限っても絵画と関わりの深い作家たちが多彩な作品を残している。こうした作品を「絵画で読み解く」ことを今後の課題としたい。

最後に、本書の出版を快諾下さった新評論編集長の山田洋氏、編集過程で校正はじめ多くの貴重な助言をいただいた同編集部の吉住亜矢氏に厚くお礼を申し上げたい。また、バルザック研究会、ジョルジュ・サンド研究会、「女性作家を読む会」などでの研究発表の折に、有益な指摘をいただいた方々にも感謝したい。なお、本書は平成二三年度～平成二六年度科学研究費補助金 基盤研究（C）研究課題「ジェンダーの視点から見たフランス・ロマン主義文学と絵画の相関性」（研究代表者 村田京子）の研究成果の一部である。

【初出】

第一部：「寓意としての『娼婦』――『知られざる傑作』を中心に」（『バルザック　生誕二〇〇年記念論文集』駿河台出版社、一九九九年）、「隠喩としての図像――『人間喜劇』におけるポルトレ」（『テクストの生理学』朝日出版社、二〇〇八年）、「バルザックとジロデ」（『日仏美術学会会報』第二九号、二〇一〇年）を再編。

第二部第一章：「テオフィル・ゴーチエの『金羊毛』における絵画的表象――バルザック『知られざる傑作』との比較研究」（『人間科学：大阪府立大学紀要』第四号、二〇〇九年）、「テオフィル・ゴーチエと造形芸術――ゴーチエの「石の夢」」（『女性学研究』大阪府立大学女性学研究センター、第二一号、二〇一四年）を再編。

第二部第二章：「マルスリーヌ・デボルド＝ヴァルモール『ある画家のアトリエ』――バルザックの絵画小説との比較研究」、『人間科学：大阪府立大学紀要』第八号、二〇一三年。

第二部第三章：「ジョルジュ・サンドの作品における女性画家像――『ピクトルデュの城』をめぐって」、『女性学研究』第一九号、二〇一二年。

＊本書収録にあたり、すべて加筆修正を行った。

ドラクロワ（ウジェーヌ）:『色彩の饗宴』高橋明也編・訳，二玄社，1999年。
平井知香子:「ジョルジュ・サンドと絵画――〈ダンドリット〉をめぐって」，『関西外国語大学研究論集』第87号，2008年。
平井知香子:「『ピクトルデュの館』におけるファンタジー」，『関西外国語大学研究論集』第72号，2000年。
マルタン（ルネ）監修:『ギリシア・ローマ神話文化事典』松村一男訳，原書房，1997年。
村田京子:『女がペンを執る時――19世紀フランス・女性職業作家の誕生』，新評論，2011年。
村田京子:「男装の動物画家ローザ・ボヌール――その生涯と作品」，『女性学研究』第20号，2013年。

Delacroix, Eugène : *Journal 1823-1863,* Plon, 1996.

Delacroix, Eugène : « Questions sur le beau » (article daté du 15 juillet 1854, paru dans la *Revue des Deux-Mondes*), in *Écrit sur l'art,* Librairie Séguier, 1988.

Dictionnaire des mythes littéraires, sous la direction de Pierre Brunel, Éditions du Rocher, 1988.

Diamond, Marie J. : « *Elle et lui* : Literary Idealization and the Censorship of Female Sexuality », in *The World of George Sand,* New York, Hofstra University, 1991.

Didier, Béatrice : *George Sand écrivain, « un grand fleuve d'Amérique »,* PUF, 1998.

Didier, Béatrice : Présentation de *Contes d'une grand-mère,* GF Flammarion, 2004.

Didier, Béatrice : « De l'exclusion forcée à la marginalité bienheureuse : *Les Contes d'une grand-mère* », in *La Marginalité dans l'œuvre de George Sand,* Clermont-Ferrand, Presses Universitaires Blaise Pascal, 2012.

Galassi, Peter : « The Nineteenth Century : Valenciennes to Corot », in *The Development of Landscape Painting in France,* New York, Colonagh, 1990.

Gallo, Luigi : « Pierre-Henri de Valenciennes et la tradition du paysage historique », in *Imaginaire et création artistique à Paris sous l'ancien régime (XVII*[e]*-XVIII*[e] *siècles) : art, politique, trompe-l'œil, voyages, spectacles et jardins,* 1998.

George Sand. Une nature d'artiste, Exposition du bicentenaire de sa naissance, Musée de la vie romantique, 2004.

Hirsch, Michèle : « Lire un conte merveilleux : *Le Château de Pictordu* », in *George Sand. Colloque de Cerisy,* SEDES, 1983.

Hoog, Marie-Jacques : « Le pic, le soc, le burin et le stylet », in *George Sand Studies,* 1984-85.

Karénine, Wladimir : *George Sand. Sa vie et ses œuvres,* t.IV, Genève, Slatkine Reprints, 2000.

Lavagne, Henri : « *Les Maîtres mosaïstes* : entre l'Histoire et l'histoire de l'art, les « écarts » de la romancière », in *George Sand et l'écriture du roman. Actes du XI*[ème] *Colloque International George Sand,* Paragraphes, Département d'Études Françaises, Université de Montréal, N° 18, 1996.

Linowitz Wentz, Debra : « George Sand's *Contes d'une grand'mère* as an Educational device », in *Friends of George Sand news letter,* Spring/Summer 1981.

Lukacher, Maryline, « George Sand et les transgressions romanesques : *Lucrezia Floriani* et *Elle et Lui* », in *La Marginalité dans l'œuvre de George Sand.*

Martin-Dehaye, Sophie : *George Sand et la peinture,* Mayenne, Royer, 2006.

Millemann, Elizabeth : « *Le Château de Pictordu,* du crépuscule à l'aurore, paysages », in *Les Amis de George Sand,* nouvelle série N° 24, 2002.

Moins, Claude : « George Sand et Delacroix », in *George Sand et les arts,* Clermont-Ferrand,Presses Universitaires Blaise Pascal, 2005.

Mozet, Nicole : « Signé « le voyageur » : George Sand et l'invention de l'artiste », in *Romantisme,* N° 55, 1987.

Musset, Alfred de : *Le Fils du Titien,* dans *Le peintre et son modèle,* Gallimard, 2006.

Perrot, Jean : « De la « source des pleurs » au « Bain de Diane » : lustre du rituel chez George Sand », in *L'Éducation des filles au temps de George Sand,* Arras, Artois Presses Université, 1998.

Pueyo, Jean : « Les portrais de George Sand par Delacroix », in *Présence de George Sand,* N° 27, 1986.

Savy, Nicole : « La découverte des dendrites », in *George Sand. Une nature d'artiste.*

Savy, Nicole : « George Sand, art et hasard : la plume et le pinceau », in *Les héritages de George Sand aux XX*[e] *et XXI*[e] *siècles. Les arts et la politique,* Tokyo, Keio University Press, 2006.

Sérulliaz, Arlette et Doutriaux, Annick : *Delacroix. « Une fête pour l'œil »,* Gallimard, 1998.

Vesper, Sabine : « George Sand peintre », in *Les Amis de George Sand,* Nouvelle Série N° 16, 1995.

新畑泰秀：「19世紀フランスにおける風景画の展開」,『フランス絵画の19世紀』展覧会カタログ, 2009年。

Literature Series 16, 1989.
Planté, Christine : « *L'Atelier d'un peintre* de Marceline Desbordes-Valmore : Le roman d'une poète », in *George Sand Studies,* Vol. XVII, N° 1 et 2, 1998.
Planté, Christine : « *Tout un peuple qui crie.* Marceline Desbordes-Valmore et l'insurrection des canuts (1834) », in *Mélanges barbares. Hommages à Pierre Michel,* Lyon, Presses universitaires de Lyon, 2001.
Sainte-Beuve, Charles-Augustin : *Causeries du lundi,* t.14, Garnier Frères, 1861. (« Poésies inédites de Madame Desbordes-Valmore »)
Sainte-Beuve, Charles-Augustin : *Portraits contemporains,* édition établie, préfacée et annotée par Michel Brix, PUPS, 2008.
セジウィック（イヴ・コゾフスキー）:『男同士の絆――イギリス文学とホモソーシャルな欲望』上原早苗・亀沢美由紀訳，名古屋大学出版会，2001年。

◎第二部第六章

【ジョルジュ・サンド（Sand, George）の著作】

Contes d'une Grand-mère, Première Série, Meylan, Éditions de l'Aurore, 1982.
Contes d'une Grand-mère, Deuxième Série, Meylan, Éditions de l'Aurore, 1983.
Elle et Lui, Folio classique (Gallimard), 2008.
Histoire de ma vie, dans *Œuvres autobiographiques,* Pléiade, t.II, 1972.
Impressions et souvenirs, Des femmes, 2005.
Journal intime, dans *Œuvres autobiographiques,* Pléiade, t.II, 1972.
La fille d'Albano, dans *Œuvres complètes, sous la direction de Béatrice Didier, 1829-1831, George Sand avant* Indiana, Vol. 1, Honoré Champion, 2008
Les Couperies, dans *Œuvres complètes, sous la direction de Béatrice Didier 1829-1831, George Sand avant* Indiana, Vol. 1, Honoré Champion, 2008.
Questions d'art et de littérature, Des femmes, 1991.
Sand Delacroix Correspondance, L'Édition de l'Amateur, 2005.

【研究書および研究論文】

Abdelaziz, Nathalie : *Le personnage de l'artiste dans l'œuvre romanesque de George Sand avant 1848,* Lille, Anrt (Thèse à la carte), 1996.
Bernadac, Christian : *George Sand. Dessins et aquarelles « Les montages bleues »*, Pierre Belfond, 1992.
Bernard-Griffiths, Simone : « Au pays des contes sandiens, le château de Pictordu entre nature et merveilleux », in *Ô saisons, Ô château. Châteaux et littérature des Lumières à l'aube de la Modernité (1764-1914),* Clermont-Ferrand, Presses Universitaires Blaise Pascal, 2004.
Berthier, Philippe : Présentation de *Contes d'une Grand-mère, Première Série,* Meylan, Éditions de l'Aurore, 1982.
Berthier, Philippe : Présentation de *Contes d'une Grand-mère, Deuxième Série,* Meylan, Éditions de l'Aurore, 1983.
Béssis, Henriette : « George Sand critique d'art », in *George Sand Studies,* vol. XII, N° 1 et N° 2, 1983.
Béssis, Henriette : « Un Voyage imaginaire avec George Sand dans son univers plastique du passé et du présent », in *The Traveler in the life and Works of George Sand,* New York, Whiston Publishing Company, 1993.
Bodin, Thierry : Préface d'*Elle et Lui,* Folio classique (Gallimard), 2008.
Chambaz-Bertrand, Christine : « George Sand et Delacroix », in *Présence de George Sand,* N° 27, 1986.
Courrier, Jean : Présentation de *Contes d'une grand-mère* t.I et t.II, De Borée, 2009.

◎第二部第五章

【マルスリーヌ・デボルド=ヴァルモール（Desbordes-Valmore, Marceline）の著作】

La Jeunesse de Marceline ou L'Atelier d'un peintre, Éditions de la Nouvelle Revue française, 1922.

L'Atelier d'un peintre. Scènes de la vie privée, Texte établi par Georges Dottin. Postface de Marc Bertrand, Lille, Miroirs, 1992.

Les Œuvres poétiques de Marceline Desbordes-Valmore, 2 vol., Grenoble, Presses Universitaires de Grenoble, 1973.

【研究書および研究論文】

Ambrière, Francis : *Le Siècle des Valmore: Marceline Desbordes-Valmore et les siens,* 2 vol., Seuil, 1987.

Bann, Stephen : « The studio as a scene of emulation : Marceline Desbordes-Valmore's *L'Atelier d'un peintre* », in *French Studies* 61, N° 1, 2007.

Bertrand-Jennings, Chantal : *Un autre mal du siècle,* Toulouse, Presses Universitaires du Mirail, 2005.

Bertrand, Marc : Introduction des *Œuvres poétiques de Marceline Desbordes-Valmore,* t. I, Grenoble, Presses Universitaires de Grenoble, 1973.

Bertrand, Marc : Postface de *L'Atelier d'un peintre. Scènes de la vie privée,* Lille, Miroirs Éditions, 1992.

Bertrand, Marc : *Une femme à l'écoute de son temps. Marceline Desbordes-Valmore,* Lyon, Jacques André Éditeur, 2009.

Boutin, Aimée : « Marceline Desbordes-Valmore and the Sorority of Poets », in *Women in French Studies,* 2001.

Boutin, Aimée : « Marceline Desbordes-Valmore et Alphonse de Lamartine ou les Mères douloureuses de la Poésie », in *Masculin / Féminin dans la poésie et les poétiques du XIXe siècle,* sous la direction de Christine Planté, Lyon, Presses universitaires de Lyon, 2002.

Boyer d'Agen, A.-J. : Préface de *La Jeunesse de Marceline ou L'Atelier d'un peintre,* Éditions de la Nouvelle Revue française, 1922.

Danahy, Michael : « 1859, 23 July. Death of Marceline Desbordes-Valmore. Poète Maudite », in *A New History of French Literature,* Denis Holier éd., Cambridge, Harvard University Press, 1989.

Danahy, Michael: « Marceline Desbordes-Valmore et la fraternité des poètes », in *Nineteenth-Century French Studies,* 19-3, 1991.

Danahy, Michael: « Marceline Desbordes-Valmore (1786-1859) », in *French Women Writers : A Bio-Bibliographical Source Book,* Sartori, Eva Martin & Zimmerman, Dorothy Wynne éd., Westport, Greenwood Press, 1991.

Doy, Gen : *Women & Visual Culture in 19th Century France 1800-1852,* London / New York, Leicester University Press, 1998.

Fargeaud, Madeleine : « Autour de Balzac et de Marceline Desbordes-Valmore », in *Revue des Sciences humaines,* 1956.

Marceline Desbordes-Valmore. Une artiste douaisienne à l'époque romantique, Douai, Musée de la Chartreuse de Douai, 2010.

Paliyenko, Adroanna M. : « (Re)placing Women in French Poetic History : The Romantic Legacy », in *Symposium,* 53.4, 2000.

Planté, Christine : « Marceline Desbordes-Valmore : Une femme poète. Les Silences dans la Voix », Actes du colloque Marceline Desbordes-Valmore et son temps (26 avril 1986), *Mémoires de la Société d'Agriculture, Sciences et Arts de Douai,* 5e série, 1986.

Planté, Christine: « L'art sans art de Marceline Desbordes-Valmore », in *Europe* 697, 1987.

Planté, Christine: « Marceline Desbordes-Valmore : ni poésie féminine, ni poésie féministe », in *French*

« Exposition de 1847 », in *La Presse,* 10 avril 1847（『プレス』紙掲載の記事はすべて « Gallica » による）
Guide de l'amateur au Musée du Louvre, Charpentier, 1893.
Histoire du Romantisme, Cœuvres-et-Valsery, Ressouvenances, 2007.
Jettatura, dans *Œuvres,* Bouquins (Robert Laffont), 1995.（小柳保義訳『フランス幻想小説　魔眼』現代教養文庫，社会思想社，1991 年）
La Toison d'or, dans *Œuvres,* Bouquins.
Le Roi Candaule, dans *Romans, contes et nouvelles,* Pléiade (Gallimard), t.I, 2002.
« Les Rubens de la cathédrale d'Anvers », in *La Presse,* 29 novembre 1836.
Mademoiselle de Maupin, Œuvres complètes, Romans, contes et nouvelles, t.I, Honoré Champion, 2004.
Œuvres poétiques complètes, Bartillat, 2004.
Omphale, dans *Romans, contes et nouvelles,* Pléiade (Gallimard), t.I, 2002.
« Salon de 1848 », in *La Presse,* 23 avril 1848.

【研究書および研究論文】

Barstad, Guri Ellen : *Mademoiselle de Maupin de Théophile Gautier. Arabesques et identités fluctuantes,* Oslo / Paris, Solum Forlag / L'Harmattan, 2006.
Baudelaire, Charles : « Théophile Gautier », dans *Œuvres complètes,* Pléiade, t.II, 1976.
David-Weill, Natalie: *Rêve de Pierre : la quête de la femme chez Théophile Gautier,* Genève, Droz, 1989.
Du Camp, Maxime : *Théophile Gautier,* Hachette, 1890.
Fizaine, Jean-Claude : Notice et Notes de *La Toison d'or,* dans *Romans, contes et nouvelles* de Théophile Gautier, Pléiade, t.I, 2002.
Geisler-Szmulewicz, Anne : *Le mythe de Pygmalion au XIXe siècle,* Honoré Champion, 1999.
Lavaud, Martine : « La Muse et le Poète dans *Mademoiselle de Maupin* de Théophile Gautier », in *Masculin/Féminin dans la poésie et les poétiques du XIXe siècle,* Lyon, Presses Universitaires de Lyon, 2002.
Laubriet, Pierre : Notice et Notes du *Roi Candaule, Romans, contes et nouvelles,* Pléiade, t.I, 2002.
Ledda, Sylvain : *Le peintre et son modèle,* Gallimard, 2006.
Montandon, Alain : « La séduction de l'œuvre d'art chez Théophile Gautier », in *L'Art et l'Artiste, Actes du colloque international,* t.II, Université Paul-Valéry, Montpellier, 1982.
Milner, Max : « Gautier », dans *On est prié de fermer les yeux,* Gallimard, 1991.
Senneville, Gérard de : *Théophile Gautier,* Fayard, 2004.
Schapira, Marie-Claude : « Le langage de la couleur dans les nouvelles de Théophile Gautier », in *L'Art et l'Artiste,* t.I.
Steinmetz, Jean-Luc : Préface de *Balzac* de Théophile Gautier, Le Castor Astral, 1999.
Théophile Gautier, Europe, N° 601, 1979.
Théophile Gautier, Revue d'histoire littéraire de la France, 1972, N° 4.
Ubersfeld, Anne : *Théophile Gautier,* Stock, 1992.
Ubersfeld, Anne : « Théophile Gautier ou le regard de Pygmalion », in *Romantisme* N° 66, 1989.
Yücel (Tahsin) : *Figures et messages dans La Comédie humaine,* Mame, 1972.
井村実名子：「解説」，『モーパン嬢』岩波文庫，上巻，2006年。
フリース（アト・ド・）：『イメージシンボル事典』山下圭一郎ほか訳，大修館，1974年。
フロマンタン（ウジェーヌ）：『昔の巨匠たち　ベルギーとオランダの絵画』杉本秀太郎訳，白水社，1992年。

Naginski, Isabelle : « Les deux *Lélia* : une réécriture exemplaire », in *Revue des Sciences humaines,* 1992-2.
Oger, « Commentaire de *La vierge de Saint Sixte* », in *Balzac et la peinture.*
Paulson, William : « Pour une analyse dynamique de la variation textuelle : *Le Chef-d'œuvre inconnu* », in *Nineteenth-Century French Studies,* Vol. 19, N° 3, 1991.
Pierrot, Roger : « Balzac et « Pygmalion » : de Falconet à Girodet », in *L'Année balzacienne 2011.*
Pitt-Rivers, Françoise : *Balzac et l'art,* Chêne, 1993.
Rubin, James Henry : « Endymion's dream as a myth of romantic inspiration », in *The Art Quarterly,* N° 1-2, 1978.
Samuels, Maurice : « L'Érotique de l'Histoire : *La Vendetta* et l'image de Napoléon au XIXe siècle », in *L'Érotique balzacienne,* SEDES, 2001.
Schuerewegen, Franc : « La toile déchirée. Texte, tableau et récit dans trois nouvelles de Balzac », in *Poétique,* N° 65, 1986.
Serres, Michel : *Genèse,* Grasset, 1982.
Serres, Michel : *L'Hermaphrodite,* Flammarion, 1987.
Solomon-Godeau, Abigail : *Male Trouble. A Crisis in Representation,* London, Thames and Hudson, 1997.
Solomon-Godeau, Abigail : « Endymion était-il gay ? Interprétation historique, histoire de l'art homosexuelle et historiographie queer », in *Girodet 1767-1824.*
Stendhal, *Histoire de la peinture en Italie,* Folio (Gallimard), 1996.
Trésor de la langue française. Dictionnaire de la langue du 19e et du 20e siècle, Gallimard, 16 vol., 1971.
Van Der Gun, W. H. : *La courtisane romantique et son rôle dans La Comédie humaine de Balzac,* Leiden, Van Gorcum & Gomp. N.V., 1963.
Vouilloux, Bernard : « "Frenhofer, c'est moi". Postérité cézannienne du récit balzacien », in « *Balzacien* », *Style des imaginaires, Eidôlon,* N° 52, 1999.
Wettlaufer, Alexandra K. : *Pen vs. Paintbrush. Girodet, Balzac and the Myth of Pygmalion in Postrevolutinary France,* New York, Palgrave, 2001.
小倉孝誠：『〈女らしさ〉の文化史　性・モード・風俗』中公文庫，2006年。
柏木隆雄：「変貌するテクスト　『知られざる傑作』を読む」，『ユリイカ』1994年第12号。
澤田肇：「『人間喜劇』における画家たちの世界」，『テクストの生理学』朝日出版社，2008年。
鈴木杜幾子：『画家ダヴィッド　革命の表現者から皇帝の主席画家へ』晶文社，1991年。
高階秀爾：『想像力と幻想』青土社，1987年。
中堂恒朗：「バルザック『知られざる傑作』についての一考察」，『女子大文学外国文学篇』第41号，1989年。
バシュラール（ガストン）：『空と夢』宇佐見英治訳，法政大学出版局，1977年。
村田京子：「恋愛結婚と政略結婚の行く末——バルザック『二人の若妻の手記』」，『女性学研究』第14号，2007年。
芳川泰久：「化石と手形　バルザック的創造への道案内として」，バルザック『ゴプセック　毬打つ猫の店』芳川泰久訳，岩波文庫，2009年。

◎第二部第四章

【テオフィル・ゴーチエ（Gautier, Théophile）の著作】

« A travers les ateliers », in *L'Artiste,* 16 mai, 1858, p.18, Bibliothèque nationale de France « Gallica » (Bibliothèque numérique).
Balzac, Le Castor Astral, 1999.
Caprices et Zigzags, Victor Lecou, 1852.
Critique artistique et littéraire, Larousse, 1929.

Bellenger, Sylvain : « Girodet et la littérature, Chateaubriand et la peinture », in *Chateaubriand et les arts,* Fallois, 1999.

Bonard, Oliver : *La peinture dans la création balzacienne. Invention et vision picturales de* La Maison du Chat-qui-pelote *au* Père Goriot, Genève, Droz, 1969.

Brooks, Peter : *Body Work : Objects of Desire in Modern Narrative,* Cambridge / London, Harvard University Press, 1993.

Bruel, François-Louis : « Girodet et les Dames Robert », in *Bulletin de la Société de l'art français,* 1912.

Burns, Sarah : « Girodet-Trioson's *Ossian* : the role of theatrical illusionism in a pictorial evocation of otherworldly beings », in *Gazette des Beaux-Arts,* N° 95, 1980.

Coeuré, Catherine et Massol, Chantal : « Postérité du *Chef-d'œuvre inconnu* », in *Balzac et la peinture,* Tours, Musée des Beaux-Arts de Tours, 1999.

Coupin, P. A. : *Œuvres posthumes de Girodet-Trioson : Peintre d'histoire,* t.2, Jules Renouard, 1829.

Crow, Thomas : « B/G », in *Vision and Textuality,* Durham, Duke University Press, 1995.

Damisch, Hubert : *Fenêtre jaune cadmium ou les dessous de la peinture,* Seuil, 1984.

Delécluze, Étienne-Jean : *Louis David. Son école et son temps,* Macula, 1983.

Didi-Huberman, Georges : *La peinture incarnée,* Minuit, 1985.

Fosca, François : « Les artistes dans les romans de Balzac », in *La Revue artistique des idées et des livres,* N° 34, 1922.

Galard, Jean : « Histoire du palais et du musée », dans *Promenades au Louvre en compagnie d'écrivains, d'artistes et de critiques d'art,* Bouquins (Robert Laffont), 2010.

Goetz, Adrien : Préface à l'édition Folio du *Chef-d'œuvre inconnu,* 1994.

Goetz, Adrien : « « Une toile de Rembrandt, marchant silencieusement et sans cadre ». L'esthétique du portrait peint dans *La Comédie humaine* », in *L'Année balzacienne 2001.*

Grand dictionnaire universel du XIXe siècle, Pierre Larousse, 24vol., 1866-1876.

Guise, René : Introduction à l'édition Pléiade du *Chef-d'œuvre inconnu,* t.X, 1979.

Hanselaar, Saskia : « De la diffusion à la transformation de l'image par la littérature et la gravure ossianiques : le « cas » de Balzac », in *L'Année balzacienne 2011.*

Harter, Deborah : « From Represented to Literal Space : Fantastic Narrative and the Body in Pieces », in *L'Esprit créateur,* t.28, N° 3, 1988.

Irigaray, Luce : *Speculum de l'autre femme,* Minuit, 1974.

Jobert, Barthélémy : « Delacroix chez Balzac », in *L'Année balzacienne 2011.*

Laugée, Thierry, « Les couleurs de l'âme : Balzac et les peintres d'intérieur », in *L'Année balzacienne 2011.*

Le Code Civil, GF Flammarion, 1986.

Le Leyzour, Philippe : « Liminaires », in *Balzac et la peinture.*

Levitine, George : « Girodet's *New Danaë :* The Iconography of a Scandal », in *Mineapolis Institute of Arts Bulletin* N° 58, 1969.

Levitine, George : « *L'Ossian* de Girodet et l'actualité politique sous le consulat », in *Gazette des Beaux-Arts,* 1956.

Libby, Susan : « "Je préfère le bizarre au plat". Ossian et l'originalité », dans *Girodet 1767-1824.*

Lorant, André : « Sources iconographiques du jeune Balzac », in *L'Année balzacienne 1998.*

Meininger, Anne-Marie : Introduction de *La Maison du chat-qui-pelote,* Pléiade, t.I, 1976.

Meininger, Anne-Marie : Introduction de *La Vendetta,* Pléiade, t.I, 1976.

Mémoires de la duchesse d'Abrantès, Garnier Frères, t.III, 1832.

Milner, Max, « Le peintre fou », in *Romantisme,* N° 66, 1989.

Molino, Jean : « Balzac et la technique du portrait autour de *Sarrasine* », in *Lettres et Réalité : Mélanges de littérature générale et de critique romanesque,* Aix-en-Provence, Université de Provence, 1988.

◎バルザック（Balzac, Honoré de）の著作（出版地がParisの場合は省略，以下同）

以下バルザック『人間喜劇』のテクストは，*Le Chef-d'œuvre inconnu*を除いて，すべて*La Comédie humaine de Balzac,* édition publiée sous la direction de Pierre-Georges Castex, Pléiade (Gallimard), 1976-1980, 12 vol. に拠った。

Correspondance, Pléiade (Gallimard), 2 vol., 2006.

Le Chef-d'œuvre inconnu, Garnier Flammarion, 1981.

Le Chef-d'œuvre inconnu, Illustrations de Picasso, Éditions L.C.L, 1966.

Lettres à Madame Hanska, Bouquins (Robert Laffont), 2 vol., 1990.

Le Vicaire des Ardennes, dans *Premiers romans,* Bouquins, 1999, t.2.

◎複数の章で参照した文献

Baudelaire Charles : *Curiosités esthétiques. L'Art romantique,* Classiques Garnier, 1990.

Bellenger, Sylvain : *Girodet 1767-1824,* Gallimard / Musée du Louvre Éditions, 2005.

Crow, Thomas : *Emulation. Making Artists for Revolutionary France,* New Haven and London, Yale University Press, 1995.

Higonnet, Anne : « Femmes et images. Apparences, loisirs, subsistance », in *Histoire des femmes 4. Le XIX*e *siècle,* sous la direction de Geneviève Fraisse et Michelle Perrot, Plon, 1991.

Laubriet, Pierre : *Un catéchisme esthétique. Le Chef-d'œuvre inconnu de Balzac,* Didier, 1961.

Wettlaufer, Alexandra K. : *Portraits of the Artist as a Young Woman. Painting and the Novel in France and Britain, 1800-1860,* Columbus, Ohio State University Press, 2011.

饗庭孝男・加藤民男・朝比奈誼編『フランス文学史』白水社，1992年。

アレナス（アメリア）:『絵筆をとったレディ——女性画家の500年』木下哲夫訳，淡交社，2008年。

ヴィマー（オットー）:『図説　聖人事典』藤代幸一訳，八坂書房，2011年。

オウィディウス:『変身物語』上・下，中村善也訳，岩波文庫，1981年。

ブーロー（バーン＆ボニー）:『売春の社会史』香川檀・家本清美・岩倉桂子訳，ちくま学芸文庫，1996年。

ポロック（グリゼルダ），パーカー（ロジカ）:『女・アート・イデオロギー　フェミニストが読み直す芸術表現の歴史』萩原弘子訳，新水社，1992年。

◎第一部

【研究書および研究論文】

Adhémer, Jean : « Balzac et la peinture », in *Revue des Sciences humaines,* 1953.

Adhémer, Jean : « Balzac, sa formation artistique et ses initiateurs successifs », in *Gazette des Beaux-Arts* N° 104, 1984.

Autour du Chef-d'œuvre inconnu *de Balzac,* École Nationale Supérieure des Arts Décoratifs, 1985.

Athanassoglou-Kallmyer, Nina Maria : « *Imago Belli* : Horace Vernet's *L'Atelier* as an Image of Radical Militarism under the Restoration », in *The Art Bulletin* 68-2, 1986.

Baron, Anne-Marie : *Balzac, ou les hiéroglyphes de l'imaginaire,* Honoré Champion, 2002.

《ジョヴァンナ・ダラゴーナの肖像》［ジュリオ・ロマーノとの共作］ 99
《聖女セシリア》 138, 140, 142-143
《バルダッサーレ・カスティリオーネの肖像》 163
ラファーター，ヨハン・カスパー（Lavater, Johann Caspar） 101
ラマルチーヌ，アルフォンス・ド（Lamartine, Alphonse de） 150-152
「デボルド=ヴァルモール夫人に捧げる」（*A Madame Desbordes-Valmore*） 150-151
ランジュ嬢（Mademoiselle Lange） 30-31

リウー，ルイ=エドゥアール（Rioult, Louis-Édouard） 77
リヴェット，ジャック（Rivette, Jacques） 54
『美しき諍い女』（*La Belle Noiseuse*） 54
リベーラ，ホセ・デ（Ribera, José de） 49
《エジプトのマリア》 49, 50

ルイ15世（Louis XV） 1
ルイ16世（Louis XVI） 166
ルソー，テオドール（Rousseau, Théodore） 169
ルーベンス，ピーテル・パウル（Rubens, Pierre Paul） 79, 81, 82, 83, 84, 85, 86-94, 103, 105, 106, 109, 120, 198
《アマゾンの戦い》 94
《アンヌ・ドートリッシュの肖像》 98, 99
《キリスト降架》 81, 83, 84, 85-86, 87, 89, 90
《キリスト昇架》 81, 82, 84, 85
《キリストの弟子と聖なる婦人たち》 81
《三美神》 92, 93
《聖母被昇天》 84, 90
《聖母マリアの聖エリザベツ訪問》 81, 90
《聖母マリアの奉献》 81
《二人の盗賊と護送隊》 81
《マリー・ド・メディシスのマルセイユ上陸》 87, 88
《麦わら帽子》 161, 162
《メドゥーサ》 126, 127

レスコ，オルタンス（Lescot, Hortense）［結婚後，オードブール=レスコ（Haudebourt-Lescot）］ 158-164
《粉挽き，その息子と驢馬》 160
《自画像》 160, 161, 163-164
《ローマのサンピエトロ大聖堂で聖ペテロ像の足に接吻する人々》 160
レンブラント，ファン・レイン（Rembrandt, van Rijn） 26, 35, 36, 108
《自画像》 163
《縁なし帽をかぶった老人の肖像》別名《レンブラントの父の肖像》 35, 36

ロッシーニ，ジョアキーノ（Rossini, Gioachino） 34
ローブリエ，ピエール（Laubriet, Pierre） 10, 94, 103, 118
ロラン夫人（Madame Roland, Jeanne-Marie） 56
ロール（Laure）［バルザックの妹］ 16

ワ行

ワイルド，オスカー（Wilde, Oscar） 33
『ドリアン・グレイの肖像』（*The Picture of Dorian Gray*） 33

ポルビュス，フランス（Pourbus, Frans） 10, 34, 35, 36, 39, 40, 48, 94
ポロック，グリゼルダ（Pollock, Griselda） 162
ボワイエ・ダジャン（Boyer d'Agen, A.-J.） 144
ボワサール，ジョゼフ・フェルディナン（Boissard, Joseph Ferdinand） 135
ポワチエ，ディアーヌ・ド（Poitiers, Diane de） 183-184

マ行

マクファーソン，ジェームズ（Macpherson, James） 17
マチューリン，C. R.（Maturin, Charles Robert） 35
『放浪者メルモス』（*Melmoth the Wanderer*） 35
マネ，エドゥアール（Manet, Édouard） 52
《オランピア》 52, 134
《草上の昼食》 134
マビューズ（Mabuse）［本名ヤン・ホッサルート Jan Gossaert］ 46
《アダムとイヴ》 46
《ネプトゥヌスとアンフィトリテ》 46
マルス嬢（Mademoiselle Mars） 138
マルタン=ドゥエ，ソフィ（Martin-Dehaye, Sophie） 179
マンソー，アレクサンドル（Manceau, Alexandre） 169

ミケランジェロ，ブオナローティ（Michelangelo, Buonarroti） 84, 85
ミュッセ，アルフレッド・ド（Musset, Alfred de） 168-169, 173, 194, 196
ミルネル，マックス（Milner, Max） 122
ミルマン，エリザベト（Millemann, Elizabeth） 178

メツー，ハブリエル（Metsu, Gabriel） 108
メディシス，カトリーヌ・ド（Médicis, Catherine de） 55
メディシス，マリー・ド（Médicis, Marie de） 34, 87, 94

モゼ，ニコル（Mozet, Nicole） 180
モーゼス，ジャン=バチスト（Mauzaisse, Jean-Baptiste） 147
《自らの軍馬に涙するアラブ人》 147, 148
モンタンドン，アラン（Montandon, Alain） 121, 125

ヤ行

ユゴー，ヴィクトル（Hugo, Victor） 78, 136, 151, 168, 199
『エルナニ』（*Hernani*） 78

芳川泰久 27

ラ行

ラ・フォンテーヌ，ジャン・ド（La Fontaine, Jean de） 114, 160
『寓話詩』（*Fables*） 160
ラシェル（Rachel） 195
ラトゥシュ，アンリ・ド（Latouche, Henri de）［本名 Latouche, Hyacinthe-Joseph-Alexandre Thabaud de］ 139, 142, 144
ラビーユ=ギアール，アデライド（Labille-Guiard, Adélaïde） 56, 162-163, 195
《二人の弟子のいる自画像》 162-163
ラファエロ，サンティ（Raphaello, Santi） 1, 13-14, 20, 26, 37, 73, 85, 96, 102, 142, 198
《サン・シストの聖母》 14

ピカソ，パブロ（Picasso, Pablo） 53
ヒゴネット，アンヌ（Higonnet, Anne） 43
ピュジョル，アベル・ド（Pujol, Abel de） 61, 144

フィゼンヌ，ジャン=クロード（Fizaine, Jean-Claude） 89
フェヌロン，フランソワ（Fénelon, François） 138
『テレマックの冒険』（*Les Aventures de Télémaque*） 138
フェルメール，ヨハネス（Vermeer, Johannes） 108
ブーシェ，フランソワ（Boucher, François） 56
プッサン，ニコラ（Poussin, Nicolas） 10, 34, 35, 37, 40, 56
《アルカディアの牧人たち》 34, 35
《洪水》 34
ブラ，テオフィル（Bra, Théophile） 15, 141
フラゴナール，ジャン=オノレ（Fragonard, Jean-Honoré） 56, 63, 64, 65
《ディアナとエンデュミオン》 63, 64, 65
プラディエ，ジェームズ（Pradier, James） 124, 125, 126
《ニュシア像》 124, 125
プラトン（Platon） 114
『国家』 114
フリードリヒ，カスパー・ダーヴィト（Friedrich, Caspar David） 22, 23
《雲海の上の旅人》 23, 24
《窓辺の女性》 23, 24, 26
プリュードン，ピエール=ポール（Prud'hon, Pierre-Paul） 20, 56
プルースト，マルセル（Proust, Marcel） 108
ブルックス，ピーター（Brooks, Peter） 27
ブルニオ，ルイーズ（Breugnot, Louise）［通称ブリュニョル夫人Madame de Brugnol］ 142
フロマンタン，ウジェーヌ（Fromentin, Eugène） 89
『昔の巨匠たち　ベルギーとオランダの絵画』（*Les Maîtres d'autrefois : Belgique-Hollande*） 89

ヘイデン，ヨハンネス（Heyden, Jan Van der） 107
ベランジェ，ピエール=ジャン・ド（Béranger, Pierre-Jean de） 136
ベリー公爵夫人（Duchesse de Berry, Marie Caroline Ferdinande Louise de Bourbon） 160
ベルチエ，フィリップ（Berthier, Philippe） 176
ベルトー，サミュエル=アンリ（Berthoud, Samuel-Henry） 139
ベルナール=グリフィス，シモーヌ（Bernard-Griffiths, Simone） 191-192
ペロー，シャルル（Perrault, Charles） 171
『眠れる森の美女』（*La Belle au bois dormant*） 171
ヘロドトス（Herodotus） 114
『歴史』 114

ポー，エドガー・アラン（Poe, Edgar Allan） 33
『楕円形の肖像』（*The Oval Portrait*） 33
ボッティチェリ，サンドロ（Botticelli, Sandro） 92, 116
《ヴィーナスの誕生》 92, 116
ボードレール，シャルル（Baudelaire, Charles） 8, 10, 97, 136, 153
ボヌール，ローザ（Bonheur, Rosa） 195

ネルヴァル，ジェラール・ド（Nerval, Gérard de）［本名Labrunie, Gérard］　78, 81

ハ行

バイロン，ジョージ・ゴードン（Byron, George Gordon）　24, 77
『マンフレッド』（*Manfred*）　24
パーカー，ロジカ（Parker, Rozsika）　162
バシュラール，ガストン（Bachelard, Gaston）　25
バルザック，オノレ・ド（Balzac, Honoré de）　1, 2, 8-10, 12, 14, 15, 16, 17, 19, 20, 24, 31-33, 34, 35, 42, 45, 48, 49, 50, 52, 55, 66, 68, 69, 72, 73, 76, 79, 80, 93-94, 100-101, 103, 108, 111, 132, 137, 139, 141-142, 153, 164, 165, 166, 169, 172, 174-175, 197, 198, 199
『アルデンヌの助任司祭』（*Le Vicaire des Ardennes*）　19
『従妹ベット』（*La Cousine Bette*）　104, 174-175
『従兄ポンス』（*Le Cousin Pons*）　199
『ウジェニー・グランデ』（*Eugénie Grandet*）　8, 21
『オノリーヌ』（*Honorine*）　194
『家庭の平和』（*La Paix du ménage*）　12
『カディニャン公妃の秘密』（*Les Secrets de la princesse de Cadignan*）　80, 153
『クロムウェル』（*Cromwell*）　16
『幻滅』（*Illusions perdues*）　72, 80
『ゴプセック』（*Gobseck*）　12
『ゴリオ爺さん』（*Le Père Goriot*）　25
『財布』（*La Bourse*）　20
『サラジーヌ』（*Sarrasine*）　66-69
『三十女』（*La Femme de trente ans*）　20
『私生活情景』（*Scènes de la vie privée*）　12, 55, 137, 166
『知られざる傑作』（*Le Chef-d'œuvre inconnu*）　10, 34-54, 76, 79, 94-95, 101-102, 103, 104, 105, 111, 112, 131, 137, 148, 149, 176, 191, 198
『絶対の探求』（*La Recherche de l'Absolu*）　141
『セラフィタ』（*Séraphîta*）　24-25
『ソーの舞踏会』（*Le Bal des Sceaux*）　12
『二重家族』（*Une double famille*）　12, 21
『人間喜劇』（*La Comédie humaine*）　10, 12, 13, 25, 35, 133, 141, 142, 148, 188, 194, 199
「人間喜劇総序」（*L'Avant-propos de la Comédie humaine*）　13
『農民』（*Les Paysans*）　34
『ピエール・グラスー』（*Pierre Grassous*）　187-188, 199
『ファチーノ・カーネ』（*Facino Cane*）　9
『フランドルのイエス=キリスト』（*Jésus-Christ en Flandre*）　141
『ベアトリクス』（*Béatrix*）　21, 169
『マッシミルラ・ドーニ』（*Massimilla Doni*）　34
『マラナの女たち』（*Les Marana*）　72, 73
『毬打つ猫の店』（*La Maison du chat-qui-pelote*）　10, 12-33, 36, 45, 108, 111, 137, 143, 166
『村の司祭』（*Le Curé de village*）　25-26, 108
『ユルシュール・ミルエ』（*Ursule Mirouët*）　20
『ラ・ヴェンデッタ』（*La Vendetta*）　10, 12, 45, 55-73, 76, 137, 148, 157, 164, 166
『ラ・ラブイユーズ』（*La Rabouilleuse*）　199
『ルイ・ランベール』（*Louis Lambert*）　101, 141
バン，ステファン（Bann, Stephan）　148
ハンスカ夫人（Madame Hanska, Évelyne）　142

ディドロ，ドゥニ（Diderot, Denis） 34, 42
ティントレット（Tintoretto） 170
テニールス，ダーフィット（Ténirs, David） 107
《村の祭り》 107
デボルド，コンスタン（Desbordes, Constant） 138, 139, 144
《マルスリーヌ・デボルドの肖像》 138, 140
デボルド=ヴァルモール，マルスリーヌ（Desbordes-Valmore, Marceline） 2, 11, 76, 136-142, 145, 148, 150-153, 159, 160, 164, 165, 167, 172, 198
『ある画家のアトリエ—私生活情景』（*L'Atelier d'un peintre. Scènes de la vie privée*） 11, 76, 137, 139, 142-167
「アルフォンス・ド・ラマルチーヌ氏に捧げる」（*A M. Alphonse de Lamartine*） 151-153
『エレジー，聖母マリアとロマンス』（*Elégies, Marie et Romances*） 138
『手紙』（*Le Billet*） 138
『デボルド=ヴァルモール夫人の詩集』（*Poésies de Mme Desbordes-Valmore*） 139
『涙』（*Les Pleurs*） 139, 151
デュ・カン，マクシム（Du Camp, Maxime） 77
デュドゥヴァン，カジミール（Dudevant, Casimir） 168
デュドゥヴァン，モーリス（Dudevant, Maurice） 168
デュドゥヴァン=サンド，オロール（Dudevant-Sand, Aurore）［サンドの孫］ 168, 170, 196
デュドゥヴァン=サンド，ガブリエル（Dudevant-Sand,Gabrielle）［サンドの孫］ 168, 170
デュマ，アレクサンドル（Dumas, Alexandre） 139
テルボルフ，ヘラルト（Terborch, Gérard） 108
《手紙を書く女》 108

ド・ラ・トゥール，ジョルジュ（De La Tour, Georges） 56
ドウ，ヘリット（Dow, Gérard） 26
《若い母親》 26
ドゥジュインヌ，フランソワ=ルイ（Dejuinne, François-Louis） 43
《ソンマリーヴァの前でピュグマリオンとガラテイアを描くジロデ》 44
ドゥゼ将軍（Général Desaix, Louis Charles Antoine de Veygoux） 18
ドガ，エドガー（Degas, Edgar） 134, 135
《カンダウレスの妻》 134, 135
ドラクロワ，ウジェーヌ（Delacroix, Eugène） 1, 34, 42, 76, 87, 120, 168, 170, 179-180, 181, 188-189, 195, 196, 198
《花束》 179
ドラロシュ，ポール（Delaroche, Paul） 144
トリオゾン（Trioson, Benoît-François） 64
ドルヴァル，マリー（Dorval, Marie） 195
ドレクリューズ，エチエンヌ=ジャン（Delécluze, Étienne-Jean） 36 , 37
ドロリング，ミシェル=マルタン（Droling, Michel-Martin） 27, 28
《台所の内部》 27, 28

ナ行

ナジンスキー，イザベル（Naginski, Isabelle） 22
ナダール（Nadar） 139, 141
ナポレオン・ボナパルト（Napoléon Bonaparte） 12, 17, 55, 56, 87, 142, 147, 148

ネッチェル，カスパル（Netscher, Casper） 108
《レース編みをする女》 108

『アタラ』（*Atala*） 16-17
シャピラ，マリー=クロード（Schapira, Marie-Claude） 127
シャルダン，ジャン・シメオン（Chardin, Jean-Baptiste Siméon） 56
ショパン，フレデリック（Chopin, Frédéric） 168
ジョルジュ嬢（Mademoiselle George） 138
ジョルジョーネ（Giorgione） 65, 93
《眠れるヴィーナス》 65
ジロデ，アンヌ=ルイ（Girodet, Anne-Louis） 13, 14, 15, 16-21, 26, 30-32, 33, 36-40, 41, 42, 43, 56, 57, 62-66, 68, 69, 70, 71, 72, 73, 137, 142, 143, 144, 150, 153, 157, 164, 198
《アタラの埋葬》 16-17
《エンデュミオンの眠り》 62-66, 68, 69, 70, 71, 73, 157
《カイロの反乱》 72, 73
《自由を求める戦いにおいて祖国のために死んだフランスの英雄の神格化》 17, 18, 36, 39
《座って頭を横に向けている男のアカデミー》 57
《聖母像》 14
《大洪水の情景》 152, 153-156
《ダナエに扮したランジュ嬢》 31
《ピュグマリオンとガラテイア》 15, 36, 40, 41, 66

スコット，ウォルター（Scott, Walter） 77
スタール夫人（Madame de Staël, Gemaine） 136, 150
『コリンヌ』（*Corinne ou l'Italie*） 150
スタンダール（Stendhal） 1, 85, 199
スネイデルス，フランス（Snyders, Frans） 84, 85
セザンヌ，ポール（Cézanne, Paul） 38, 53
《パレットを持つ画家》別名《自らの傑作を見せるフレノフェール》 38
セジウィック，イヴ・コゾフスキー（Sedgwick, Eve Kosofsky） 146
セール，ミシェル（Serres, Michel） 52

ゾラ，エミール（Zola, Émile） 53, 194, 199
『制作』（*L'Œuvre*） 53, 194
ソロモン=ゴドー，アビゲイル（Solomon-Godeau, Abigail） 64
ソンマリーヴァ（Sommariva, Giovanni Battista） 15, 36, 43

タ行

ダヴィッド，ジャック=ルイ（David, Jacques-Louis） 12, 13, 17, 19, 36, 37, 39, 40, 56, 64, 65, 145, 146, 147, 154, 198
《テルモピュライのレオニダス》 12, 13
《ナポレオンの戴冠式》 12
ダヴィッド=ヴェイユ，ナタリー（David-Weill, Natalie） 113, 121
高階秀爾 52
ダナハイ，マイケル（Danahy, Michael） 151
ダブラン，テオドール（Dablin, Théodore） 66
ダブランテス公爵夫人（Duchesse d'Abrantès, Laure-Adelaïde-Constance） 32
タレーラン，シャルル=モーリス・ド（Talleyrand, Charles-Maurice de） 32

ティツィアーノ（Tiziano） 50, 51, 95, 96, 120, 163-164, 170, 198
《ウルビーノのヴィーナス》 51, 95
《自画像》 163-164
《マグダラのマリア》 50

《モーパン嬢》 76
「ラ・ペリ」（*La Péri*） 77
『ロマン主義の歴史』（*Histoire du Romantisme*） 78
コロー，ジャン＝バチスト・カミーユ（Corot, Jean-Baptiste Camille） 180
ゴンクール兄弟（frères Goncourt, Edmond et Jules de） 79

サ行

サント＝ブーヴ，シャルル＝オーギュスタン（Sainte-Beuve, Charles-Augustin） 79, 136, 151
サンド，ジョルジュ（Sand, George） 2, 76, 136, 150, 168-170, 172, 173, 175, 177, 179, 180, 182, 189, 192, 193, 194, 195, 196-197, 198
『アドリアニ』（*Adriani*） 170
『アルバーノの娘』（*La Fille d'Albano*） 194
『犬と聖なる花』（*Le Chien et la fleur sacrée*） 172
『歌姫コンシュエロ』（*Consuelo*） 150, 170, 172, 195
『オラース』（*Horace*） 170
《オロールとガブリエル・デュドゥヴァン＝サンド，ファデ氏と古城》 168, 169
『彼女と彼』（*Elle et lui*） 173-175, 196
『七弦の琴』（*Les Sept cordes de la lyre*） 170
『祖母の物語』（*Contes d'une grand-mère*） 170-172
『巨人（タイタン）のオルガン』（*L'Orgue du Titan*） 177
『デゼルトの城』（*Le Château des Désertes*） 170
『花のささやき』（*Ce que disent les fleurs*） 172
『ピクトルデュの城』（*Le Château de Pictordu*） 76, 170-172, 176-197
『笛師のむれ』（*Les Maîtres sonneurs*） 170
『埃の妖精』（*La Fée Poussière*） 172
『魔の沼』（*La Mare au Diable*） 168
《マルスリーヌ・デボルド＝ヴァルモールの肖像》 76
『モザイクの師』（*Les Maîtres mosaïstes*） 170
『ルクレチア・フロリアニ』（*Lucrezia Floriani*） 170
『ルードルシュタット伯爵夫人』（*La Comtesse de Rudolstadt*） 170
『ローズとブランシュまたは女優と修道女』（*Rose et Blanche ou la comédienne et la religieuse*） 170
サンドー，ジュール（Sandeau, Jules） 170, 194

シェイクスピア，ウィリアム（Shakespeare, William） 77
『ロミオとジュリエット』（*Romeo and Juliet*） 71
シェニエ，アンドレ（Chénier, André） 144
ジェラール，フランソワ（Gérard, François） 17, 18, 19, 154, 155
《トロイアの廃墟からアンキーセスを背負って逃げるアイネイアース》［ダヴィッドとの共作］ 155
《ローラの岸辺に竪琴の音で亡霊を呼び寄せるオシアン》 19
ジェリコー，テオドール（Géricault, Théodore） 66
《メデューズ号の筏》 66, 67
ジェローム，ジャン＝レオン（Gérôme, Jean-Léon） 133-134
《カンダウレス王》 132, 133
シャセリオー，テオドール（Chassériau, Théodore） 135
シャトーブリアン，フランソワ＝ルネ・ド（Chateaubriand, François-René de） 16, 77

159
カラヴァッジョ，ミケランジェロ・メリージ・ダ（Caravaggio, Michelangelo Merisi da） 186
《バッカス》 186
カラカラ帝（Caracalla） 12, 13
カラマッタ，ルイジ（Calamatta, Luigi） 168
カール5世（Karl V） 164
ガル，フランツ（Gall, Franz Joseph） 101
カレーニン，ウラジミール（Karénine, Wladimir） 172

ギヨン=ルチエール，ギヨーム（Guillon-Lethière, Guillaume） 159

グージュ，オランプ・ド（Gouges, Olympe de） 56
クーパン，ピエール=アレクサンドル（Coupin, Pierre-Alexandre） 32
グランピエール=ドゥヴェルジ，アドリエンヌ（Grandpierre-Deverzy, Adrienne） 60-62
《アベル・ド・ピュジョルのアトリエ》 60-62
クルーエ，フランソワ（Clouet, François） 183
《ディアナの水浴》 183-184
グルーズ，ジャン=バチスト（Greuze, Jean-Baptiste） 56
クレサンジェ，オーギュスト（Clésinger, Auguste） 123, 124
《蛇に咬まれた女》 123, 124
クレス，ジャン=アンリ（Cless, Jean-Henri） 145
《ダヴィッドのアトリエ》 145, 146
クレベール将軍（Général Kléber, Jean-Baptiste） 18
グロ，アントワーヌ=ジャン（Gros, Antoine-Jean） 56
クロウ，トマス（Crow, Thomas） 154-155

ゲーテ，ヨハン・ヴォルフガング・フォン（Goethe, Johann Wolfgang von） 78
『ファウスト』（*Faust*） 78, 107

ゴーチエ，テオフィル（Gautier, Théophile） 1, 2, 8, 34, 42, 76, 77-80, 81, 85, 90, 92, 94, 95, 97, 98, 100, 101, 102, 103, 104, 105, 112, 113, 114, 117, 119, 120, 121, 123, 125, 126, 127, 129, 131-134, 185, 194, 198
『アッリア・マルケッラ』（*Arria Marcella*） 105
『アルベルチュス』（*Albertus*） 94, 104
『オニュフリウス』（*Onuphrius*） 104
『オムパレー』（*Omphale*） 120-121
「女性の詩―パロスの大理石」（*Le poème de la femme. Marbre de Paros*） 123
『カンダウレス王』（*Le Roi Candaule*） 76, 79, 112, 113-119,122-123, 125-131, 132, 133-135
『奇想とジグザグ』（*Caprices et Zigzags*） 81
『金羊毛』（*La Toison d'or*） 76, 79, 80-81, 84-86, 89, 92, 96, 103, 104, 105-112, 114, 117, 131, 132
《自画像》 78
『死女の恋』（*La Morte amoureuse*） 127
「ジゼル」（*Giselle*） 77
『七宝とカメオ』（*Émaux et Camées*） 123
『スピリット』（*Spirite*） 127
「テルモドン川」（*Le Termodon*） 94
『ベルギー巡り』（*Un tour en Belgique*） 81, 84, 90
『魔眼』（*Jettatura*） 99-100, 128
「マグダレナ」（*Magdalena*） 93
『モーパン嬢』（*Mademoiselle de Maupin*） 80, 91, 93, 96, 97, 98, 104, 109-110, 114, 117, 119, 131

人名索引

ア行

アブドラジ，ナタリー（Abdelaziz, Nathalie） 177, 189
アラゴン，ルイ（Aragon, Louis） 136, 145
アングル，ドミニク（Ingres, J. A. Dominique） 1, 50, 51, 69, 95, 120, 123, 188, 198
《グランド・オダリスク》 51, 95, 120
《奴隷のいるオダリスク》 123, 124
アンリ2世（Henri II） 183
アンリ4世（Henri IV） 34, 55, 94

井村実名子 98
イリガライ，リュス（Irigaray, Luce） 26

ヴァランシエンヌ，ピエール=アンリ・ド（Valenciennes, Pierre-Henri de） 180, 182
ヴァルモール，プロスペル（Valmore, Prosper） 138
ヴァン・ダイク，アンソニー（Van Dyck, Anthony） 85, 174
ヴァン・デル・ガン（Van Der Gun, W. H.） 48
ヴィアルド，ポーリーヌ（Viardot, Pauline） 195
ヴィアン，ジョゼフ=マリー（Vien, Joseph-Marie） 66, 67
ヴィジェ=ルブラン，エリザベト=ルイーズ（Vigée-Le Brun, Élisabeth-Louise） 56, 159, 160, 161, 162, 195
《麦わら帽子を被った自画像》 160, 161
ヴィニー，アルフレッド・ド（Vigny, Alfred de） 136
ウェットローファー，アレクサンドラ（Wettlaufer, Alexandra K.） 145-146, 157-158, 174
ウェルギリウス（Vergilius） 154
『アエネーイス』 154
ヴェルヌ，ジュール（Verne, Jules） 172
『海底二万里』（*Vingt mille lieues sous les mers*） 172
ヴェルネ，オラース（Vernet, Horace） 59, 62, 147, 148
《アトリエ》 59, 62, 147, 148
ヴェルネ，カルル（Vernet, Carle） 148
ヴェルネ，クロード=ジョゼフ（Vernet, Claude-Joseph） 148
ヴェルレーヌ，ポール（Verlaine, Paul） 136
『呪われた詩人たち』（*Les Poètes maudits*） 136

エム，フランソワ=ジョゼフ（Heim, François-Joseph） 158
《1824年のサロンの終わりに芸術家に褒章を授与するシャルル10世》 158-159, 160
エリュアール，ポール（Éluard, Paul） 136

オウィディウス（Ovidius） 122
『変身物語』（*Metamorphoses*） 122
オンディーヌ（Ondine）［デボルド=ヴァルモールの娘，本名Marceline Junie Hyacinthe］ 139, 164

カ行

カスティリオーネ，バルダッサーレ（Castiglione, Baldassare） 163
『廷臣論』（*Il libro del cortegiano*） 163
カノーヴァ，アントニオ（Canova, Antonio）

著者紹介

村田京子（むらた・きょうこ）

大阪府立大学地域連携研究機構女性学研究センター教授。文学博士（パリ第7大学）。単著に『女がペンを執る時―19世紀フランス・女性職業作家の誕生』（新評論，2011），『娼婦の肖像―ロマン主義的クルチザンヌの系譜』（新評論，2006），*Les métamorphoses du pacte diabolique dans l'œuvre de Balzac*（Osaka Municipal Universities Press / Klincksieck, 2003），共著に『西洋近代の都市と芸術2　パリⅠ　19世紀の首都』（竹林舎，2014），*Femmes nouvellistes françaises du XIX*^{e} *siècle*（Peter Lang, 2013），『200年目のジョルジュ・サンド―解釈の最先端と受容史』（新評論，2012），『テクストの生理学』（朝日出版社，2008），*Les héritages de George Sand aux XX*^{e} *et XXI*^{e} *siècles. Les arts et la politique*（Keio University Press, 2006）などがある。

ロマン主義文学と絵画　19世紀フランス「文学的画家」たちの挑戦

2015年3月5日　　初版第1刷発行

著　者　村　田　京　子

発行者　武　市　一　幸

発行所　株式会社　新　評　論

〒169-0051　東京都新宿区西早稲田3-16-28
http://www.shinhyoron.co.jp

電話　03（3202）7391
FAX　03（3202）5832
振替　00160-1-113487

定価はカバーに表示してあります
落丁・乱丁本はお取り替えします

装訂　山　田　英　春
印刷　神　谷　印　刷
製本　中　永　製　本　所

ISBN978-4-7948-0998-8
Printed in Japan

好評既刊

日本ジョルジュ・サンド学会 編

200年目のジョルジュ・サンド

解釈の最先端と受容史

生誕200年余，初邦訳から1世紀を機に，豊かな蓄積を踏まえつつ第一線の研究者たちが提示する「最新のサンド像」。

A5 並製　288 頁　3000 円
ISBN978-4-7948-0898-1

A.マルタン=フュジェ／
前田祝一 監訳

優雅な生活

〈トゥ=パリ〉，パリ社交集団の成立 1815-1848

ブルジョワ社会への移行期に生成した文化空間を，浩瀚な資料をもとに再現。バルザックの世界の，虚構なき現場報告。

A5 上製　616 頁　6000 円
ISBN4-7948-0472-5

【表示価格：税抜本体価】